驻村记

黎晓阳 ◎ 著

南方出版传媒
花城出版社
中国·广州

图书在版编目（CIP）数据

驻村记 / 黎晓阳著. -- 广州：花城出版社，2021.4
ISBN 978-7-5360-9402-4

Ⅰ. ①驻… Ⅱ. ①黎… Ⅲ. ①长篇小说－中国－当代 Ⅳ. ①I247.5

中国版本图书馆CIP数据核字(2021)第056368号

出 版 人：	肖延兵
责任编辑：	李 谓　曹玛丽
技术编辑：	薛伟民　林佳莹
封面设计：	原色视觉传达

书	名	驻村记
		ZHUCUN JI
出版发行		花城出版社
		（广州市环市东路水荫路11号）
经	销	全国新华书店
印	刷	佛山市浩文彩色印刷有限公司
		（广东省佛山市南海区狮山科技工业园A区）
开	本	880毫米×1230毫米 32开
印	张	10.5　1插页
字	数	230,000字
版	次	2021年4月第1版　2021年4月第1次印刷
定	价	49.00元

如发现印装质量问题，请直接与印刷厂联系调换。
购书热线：020-37604658　37602954
花城出版社网站：http://www.fcph.com.cn

一

三月的春风暖阳中,周奇鉴站在罗锅渡口前,焦灼地望着滚滚的绥江水。

早在一个月前,受上游强降雨的影响,数段原本干涸的河道,那些大片裸露的结满龟裂泥痂的河床和大块突兀的石头,似乎在一夜之间消失了。周奇鉴身后是当地最具特色的罗锅老街——一排排清末民初的砖瓦老房,似正穿越时光的烟尘,静静地矗立着,展示着它不老的光华。

罗锅老街形成于明朝年间,之所以称为"罗锅",是因为这一带地势较低,河道迂回曲折,江水流经此处常常迂回盘旋,形成巨大的漩涡,其形如大锅,因此,当地人就称之为"罗锅"。绥江流至罗锅这一段,形成"九曲十三弯"的天然美景,从空中俯瞰,宛如一条青龙蛰伏于此。

忽然,从东南面的山后升起一片乌云。乌云随风而动。俄顷,乌云漫过头顶,像一块黑幕布掩盖住整个天空。眨眼之间,电闪雷鸣,狂风怒号——一场暴风雨即将来临。

周奇鉴迅速从渡口码头退回身后的凉亭。他急忙掏出手机打电话:"喂,我是周奇鉴,你马上通知人放下'忘忧岛'那座浮桥。对,对!一定要确保人员安全。眼下水位急涨,浮桥会卡住上游冲积下来的杂物,很容易酿成事故……"

刚挂电话,倾盆大雨便从天而降。豆大的雨点落入江面,顷刻之间便扬起阵阵白雾，砸得老街上的房顶噼噼啪啪地响。转眼间，天地顿时变成白茫茫一片。耀眼的闪电不时从空中打着曲线劈向地平线，风声、雨声、雷声交织在一起，响彻云霄。

不到半小时，绥江水位就超过了渡口前的步阶。凉亭也进水了，周奇鉴退缩至亭柱一侧，用手抹了一把脸上的雨水，扬手遮挡住前方抽打过来的雨水，继续观察江面上的动静。

这时，周奇鉴发现上游有一个小黑点，正随湍急的洪流浮浮沉沉顺流而下。凭经验判断，黑点应该是一棵横出斜逸的老树。

周奇鉴心里非常清楚，若再不放下横跨在老街与"忘忧岛"上的那座浮桥，势必会囤积越来越多的漂流物。随着雨水的持续急降，一旦浮桥断裂，囤积起来的漂流物会如同决堤的洪流——喷薄而出，所造成的危害会远远超出洪流的本身。

他又抓起手机，试图再次拨通电话，可那黑点在前方的河道上转了个弯之后，似乎打着旋转漂流得更快。像疾速的子弹在惯性的作用下不断加速。他心中一抖，那可是一股不容小觑的冲击力，它足以冲垮那座简易的浮桥，甚至会危及岸上的农房。

不敢有半分犹豫，他马上冲出凉亭，冒着滂沱大雨，沿着老街朝下游奔去。

雨水像飞箭一般抽打在周奇鉴的身上。他开始感觉前方一切景物都变得朦胧。他不顾一切地跑到"忘忧岛"前方的那道浮桥边。他挽起衣袖，试图去解开拴在铁桩上的那根碗口粗的缆索。可任凭他费尽九牛二虎之力，缆索始终纹丝不动。他心中焦急，猛地将身子倾斜，可雨中的地面尤其湿滑，他一个趔趄，差点儿摔倒。正在万分危急之际，幸好附近的村民见状都冒雨急急赶了过来。

"支书,当心点……"

"太危险了……"

众人也顾不上倾盆大雨,纷纷围了上来。

"快,快帮忙解开缆索。"周奇鉴催促道。

"哦,哦——"

"快拿工具。"

"铁钎,拿铁钎——"霎时间众人忙成一团。

雨越下越大,闻讯赶来帮忙的人越来越多。每个人浑身上下都湿透了。还好,大概十分钟后浮桥的缆索终于被解开了。周奇鉴一边指挥着众人放开缆索让囤积的漂流物缓缓向下流漂去,一边催促大家安全撤离。

一场潜在的危险就这样化解了!

周奇鉴到底是谁?他就是罗锅村委会的村支部书记兼村委会主任,是当地的一个"知名人物",更是"明星支书"。

"知名人物"也好,"明星支书"也罢,本来周奇鉴跟我隔着"千山万水",压根就扯不上半点儿的关系,可命运却让我们走在了一起……

2019年3月15日,我接到单位扶贫工作小组通知,被安排至粤西山区的罗锅村,参与驻村扶贫工作。我的思绪立刻像一只活跃的小鸟飞往这座美丽的小乡村。年前我就跟家人去过当地的著名景点"竹海大观"。罗锅村紧邻竹海大观景区,仅一江之隔。再往前十几年,我随旅行团也去过一次,不过两次行程都十分紧凑,有点儿走马观花的味道。

在接到对点扶贫罗锅村后,我的思想存在一定落差。这缘于我对"竹海"、对"罗锅"此前两次留下的美好印象。那里风景优美，交通便利，无论如何也很难将它与"贫困"二字扯上关系。

3月29日，我正式动身前往驻点——罗锅村。东行至竹乡地域，我很快被道路两旁重重叠叠的"竹山""竹海"迷住了。透过车前的挡风玻璃，雾气在山间田野竹林中缕缕升腾，一条条乡间小道在无边无际的翠绿中蜿蜒穿行。我不由得轻轻摁下按钮，车窗开了条细缝，一股清风如泉水般裹挟着沁人心脾的淡淡竹香灌入车内。

"阳哥，你可不要这么快就被眼前的景色迷惑了。"来接我的棠打断了我的兴致。我偏过头，瞧了一眼手握方向盘的他。

"阳哥，在如此美景中生活，你很快将成为一位作家或艺术家。"他神秘兮兮地说道。

我没有搭理棠，继续欣赏眼前的美景。大概发现我并没有搭理他的意思，他似乎心有不甘。

当车子转过一个山坳之后，道路立马变得一马平川，笔直的柏油路一眼看不到尽头。棠似乎在抓紧时机说道："嘿！阳哥。你可要听我说。我说的，可是有根据的。"他瞟了我一眼，发现我依然不为所动，似乎有点急了。

"阳哥，阳哥！你别以为我在跟你开玩笑。"棠索性把头偏过来看我。

"嘿，嘿，嘿……你开车别走神。"我赶忙制止他。

他淡淡一笑，扭过头来："放心吧！我开车的时间可能比你走过的路还长。"

"这一点我相信。"我回答道。

"但接下来，你也应该选择相信我。"他说。

"嗯嗯!"

"罗锅村委会可不'简单'。"他瞥了我一眼,接着说道,"那可是个'名人堂''明星村'……"

"噢?"我将信将疑。

"嘿!阳哥,你有所不知,你可知道罗锅村委会的支书是谁?"他嘻嘻笑问,一脸神秘。

"是谁?"我问道。

"那可不是一个平凡的名字。"棠微微地调整着手中的"圆盘",像一位舵手掌控着舵盘。他嘚瑟地吹起了口哨。

"哎呀,你这人真会卖关子。"我说,"快说。"

"不急嘛。"他专注地看着前方。

我从他棱角分明的侧脸上察觉出他正在窃笑。

"大概你也是说不出支书的名字吧?"我反问道。

"我当然知道。"

"谁?"

"周奇鉴。"棠冲口而出,"嗯嗯!"他又得意地哼了两声。

我一怔,马上反应过来,"难道……"我疑惑地盯着棠。

棠继续专注地注视着前方。"嗯嗯。你不用这样看我,罗锅村支书就叫周奇鉴,跟大名鼎鼎的广东农民运动领袖周其鉴仅一字之差,读起来一个样!哈哈!"棠得意地说。

"是吗?这么巧!"我惊讶地说。

当我饶有兴致地想继续追问关于支书周奇鉴的更多信息时,这一回,棠却以安全为理由搪塞我,再也不肯跟我透露半句关于周奇鉴的更多信息了。他只轻描淡写地跟我说了一句不着边际的话：那里还有一个"省长副主任"呢！

"省长副主任？"这到底是一个词语，还是"山区"独有的官衔称谓？我琢磨了大半天，还是不能参透个中"玄机"，干脆不再想它，免得白白浪费眼前的大好风光。

棠并不急于赶往此前已经为我安排好的"驻点"。我知道驻点是一所极为普通的民房，地点恰好在罗锅老街里面。至于具体在什么位置，早在几天前，棠就通过微信把定位发到我手机上了，可我却没有认真看过，因为我压根就没有为这种事情担心过，反正住哪都得住，只要方便工作，一切都无所谓。况且，我相信单位会把这个事情安排好，也相信这个坐在我身旁的棠——前扶贫干部，会跟我交接好。

二

车子驶入距罗锅村10公里的粤西县城。迎面而来的小城气息如春天般呈现在眼前：街中心是一个醒目硕大的标志性广场，广场四周是五颜六色的彩旗和各式各样的广告牌，空中飘浮着小绳子悬吊的五彩缤纷的彩灯，虽在昼日中"歇息"着，可在阳光的照耀下依然一闪一闪的，好像是一双双精灵的小眼睛。

我看了看手腕上的表，时间是上午10时整。街头的人流开始稠密起来。人们似乎忘记了季节，穿着各式各样的衣裳走出户外，尽情地享受着春日里那抹最后的芬芳。青年男女扔掉繁重的外套，穿起时尚清爽的服饰，尤其是女性，款式多样的夏季服饰穿在她们身上实在是吸引眼球。小城终于送走了阴雨潮湿的天气，重新显示出它应有的活力和朝气。

棠驾车在城中绕了两圈。他一边开车，一边向我介绍这里的风土人情。当车子驶过县政府简朴庄严的大门口时，棠特地采用"点刹"的方式让车子缓缓减速。棠是个聪明的驾驶者，这样的驾车方式既不会使我们吃"罚单"，又可以让我这个极少外出的扶贫干部对小城的基本路况留下一个模糊的概念。他说，我将在未来驻村的日子里经常往返于政府和部门之间。他说着的时候，大概是我们车速过于缓慢的缘故，我们听到车后几声刺耳急促的喇叭声，在这个并不宽阔的小城中身后的车辆在催促我们前行。棠迟疑了那么一瞬间，然后索性把车子直接驶到县政府门前。经过值守门岗的检查，我们顺利地进入县府大院。环顾四周，花木掩映，绿意成列，各式车辆停泊有序。偶尔碰到几个人，都是步履匆匆。棠打了几个电话，对方不是出差就是外出办事去了。无奈之下，我们在停车场稍作停留便再次折返到广场附近。我知道棠如此做的本意，他大概是想趁着时间的空隙，介绍一些工作上的朋友给我认识，大概这对我接下来的扶贫工作会有所帮助。

虽说小城很小，但坐在车上兜了几圈之后，我开始有点儿摸不着东西南北了。棠见状将车子直接驶进广场旁边的一个电子收费停车场。

"走。"棠把车子熄灭，拔出钥匙。

"干吗去？"我满脸狐疑地扬起脸问他。

他看了看手机："吃中饭的时间到了！"他扬起头，"楼上有中央空调。中午我请你吃个简单的午餐，餐后再到二楼沃尔玛商场给你补充些生活用品。"

我听了很感动。尽管此前我跟棠同在局里工作，但都只限于工作上的普通往来，并没有更深的接触。他平日大大咧咧，爱开玩笑，甚至有点儿"玩世不恭"的少爷气，今天他竟然会为我考虑得如此周到。

沃尔玛商场在小城的中心城区，是小城最繁华的商贸地段。

棠挽起他的斜背包，急急行至商业大楼背阴的骑楼下。

我紧跟在棠身后，感激地说道："棠哥，今天太劳烦你了，这顿饭应该由我买单才是。尽量吃好一点。"

"唉，都是自己人，谁买单还不一样。"棠笑笑说。

原以为棠会带我到类似"真功夫"或者茶餐厅之类的馆子吃个快餐就算了。可跟着他，几分钟之后我们便转乘电梯来到三楼的一间中式餐厅。

点好饭菜以后,棠开始收起刚才那副笑脸,郑重地对我说:"驻点那边的生活用品基本上是齐备的,等会儿跟你再补充一些。空调是房东原本的'老爷机',噪声会有点大,但制冷效果还不错,不用担心。你看看还缺什么,等会到超市里再添置一些……"

自出娘胎以来,我还是头一回独自一人长时间生活在异地他乡,棠的这番话着实令我感动,片刻之间,我还真不知该说些什么客气话来向他道谢。

"您想得这么周到,我真不知该如何感谢您呢。"我说。

"少来这一套!"棠接着说,"你工作安定下来以后,我会过来蹭吃蹭喝的。你可别忘了……"他剜了我一眼,"我可是扶贫工作队的联络员。"

"哈哈!欢迎,欢迎。"我说。

"你放心。肯定会的!"棠说,"再说了,我轮换回局以后,也是主要负责扶贫的后勤保障工作,到时候,即便你不邀约,我也会不请自来。"

"好!"我点了点头。

"明年是扶贫攻坚年,接下来的工作会更加艰巨。"他顿了顿,接着脸色一沉,少有地严肃起来。"须知道,在攻坚年派你轮替扶贫工作,是经过局党组充分研究和考虑的,这是组织对你的一种信任。你一定要克服困难,坚决打赢这场没有硝烟的脱贫攻坚战。"

我惊讶地凝视着他,真有点儿不敢相信这番话会出自平日桀骜不驯的棠口中。

"嗯!请领导放心,坚决完成任务。"我把"指剑"置于眉前,向棠行了个手礼。

棠仰起头,笑得人仰马翻。很快又露出他的"本性"。

午餐一直持续到餐厅熄灯打烊。棠是个很健谈的人,我们涉及的话题很广泛。不过,主要还是围绕关于扶贫攻坚的内容。

沃尔玛超市就在餐厅的楼下。在补充完日常生活用品以后,时间已经不早了。当我们回到停车场时,刚才还艳阳高照的天空,忽然之间就变脸了,大团大团的乌云从西边集结,并慢慢向更广阔的空间扩散。

我们赶紧驱车朝横山镇罗锅村方向疾驰而去。车子穿过城区几条区间道路,很快便驶入一条由东往西的柏油道。俄顷,高楼大厦被我们甩在烟雨朦胧的身后。随着车子越往前行,雨越下越大,犹如瀑布一般。路两旁的建筑物也愈加变得低矮细小……过了东乡桥,转入罗锅村方向,几乎就见不着高楼大厦的影子了。接踵而来的,是一苍苍茂盛的青竹林在风雨中摇曳。

落日时分,车子抵达罗锅村罗锅老街——老街依绥江而建。这时,这场瓢泼大雨正好停了。

"啊!"我脚尖刚一着地,不由得惊呼。只见茫茫苍穹,碧空如洗,柔柔白云,随风移动,橘黄色的夕阳重新横卧在远方的山脊上,宛如一幅水墨丹青的画卷。这场景似乎只有在电影里才会看到,真有一种无法言喻的美。

我轻轻地闭上眼睛,深深地呼吸着这来自大自然的馈赠,想把这种气息连同橘黄色的阳光一起吸进我的胸腔。

我沐浴在这里的绝美当中,恍惚置身"海市蜃楼"的虚像当中……远山像被海洋里翻滚的浪花包围,又像细细的岛屿上怒放的海石花；对岸的绥江畔孤零零地停泊着几叶渔家小舟，随浪微微摆动，就像几只风筝迎风招展。倏地，几位既像农民又像渔夫打扮的人出现在小舟旁……

这是一个美丽的地方，也是我将在这里开启新征程的地方。

尽管驻点在轮换前闲置了一段很短的日子，但当我随棠进入房子时，仍不免被一阵闷热发霉的气息呛得一连打了几个喷嚏。

为了节省开支，我们只租用了房子顶楼的半层作为驻点，有两间卧室，其中一间大部分空间已经被扶贫档案占用了，另一间便是用来休息的卧室。卧室还算宽敞，有两张简易木床，其中一张堆满了纸箱和杂物；靠阳台的窗边摆放着一张复合板材的电脑桌，上面有安装好的电脑办公设备。棠不时在脸庞前扇动双手："阳哥，电脑已经连接'广东扶贫信息平台'。不过，现在平台暂时关闭，还没有开放。你有空可以先去浏览一下，大致熟知一下基本的操作程序。"

"嗯，好的。"我答道。

柔和的夕阳透过窗户微微映照进来，细小的尘埃在光线里欢快地飞舞。

站在窗边的棠恰好把最后一抹阳光给遮挡住了，房间马上暗淡下来。

"阳哥，今晚我去县城一个朋友家暂住一宿，明天一早再赶过来接你到镇里报到。"棠不好意思地笑着说。

望着凌乱的卧室，我没有做太多的挽留。毕竟，接下来的工作我们仍会时常碰面。眼下我还得抓紧时间收拾我的卧室，否则，我真不知如何在这里度过我驻村的第一个夜晚。

我站在阳台上，目送棠驾车消失在蜿蜒迂回的老巷中。我默默地燃起一支香烟。那一刻,我的肩膀像陡然担负千斤之重,一种无形的压力瞬间笼罩在心头。不过,与此同时,我又感受到前所未有的欢愉。压力就是动力。我能够参与到攻坚脱贫这项神圣的工作中,本身就是机缘巧合与无比的光荣。我想我要尽快熟悉这里的环境,要尽快把这里的一切融入我的生活当中。

我决定先收拾住所。住所显得十分零乱,尤其是卧室,一眼便知是个没有女人打理的空间。卧室木床上的被子没有折叠,电脑桌面上堆放着烟盒、火机、茶杯和茶叶罐,床底下塞满鞋袜和塑料盘……唯一亮人眼球的是卧室旁边的资料室,里面几个大木架子排列齐整,架上一册册档案排列有序。

收拾好房间,已是晚上10时。我累得顾不上身上的汗水,一下子瘫倒在床上,感觉身子像被什么掏空了一般。歇息一会之后,我才发现一楼浴室里那台"老掉牙"的老式燃气热水器竟无法启动。为了节省时间,早些休息,我只好咬咬牙,冲了一个痛痛快快的冷水澡。沐浴过后,我站在阳台上依高远眺,尽可能让白天喧嚣杂乱的事情在这里得到回归。我的目光越过眼前的绥江,越过对岸如烟似雾的丛丛竹林,然后落在远处隐隐的山脊上。乡村的夜特别安静!夜空中繁星闪烁,一弯新月挂在对岸的山脊上,连绵的山脊只能模糊分辨出一些泛白的轮廓,像一道天然的屏障把城市与乡村切割开来。乡村的夜风裹挟着水汽轻轻拂过脸庞,像呢喃,像倾诉,似乎想跟我这个远方的陌生人说些什么。淡若丝的白雾从广袤的竹海中幻化升腾,绥江的淙淙流水声像铜铃一样悦耳。从高处放眼而去,绥江就像一条泛着粼光、迂回着穿过村庄的巨蟒。我深信,任何人来到这里,无论多么焦灼与不安,他的内心都会慢慢变得平静……

三

阳春三月,草长莺飞。连续几场大雨之后,绥江水位急剧上涨,河水变得湍急而混浊,涌动的水流漫过了罗锅老街的渡口码头。

幺叔背靠绥江站在一幢建设中的框架结构的住宅前。住宅刚盖至一层,预留在一层天面的钢筋笔直地伸向淡蓝色的空中,一串串凝结不久的水泥珠子残留在钢筋上,像蜡滴未干的珠帘子吊挂在蜡杆上,又像一串串倒扣在溶洞内的石珠帘。建设中的一层住宅是拆掉三间老瓦房拔地而起的,面积有七八十平方米。在农民眼里,屋宅是他们的根,是农民最大的一笔财富,也是他们向世人炫耀的一种资本。

农民家宅的大小,豪华程度,往往直接影响着其他村人的目光。可千万不要小觑这种目光,它将直接或间接地影响子女的婚姻嫁娶,就好比农村陈旧的传宗接代思想——得男丁还是育女孩的区别一样重要。

从施工现场来看,建设中的房子停下来已经有好些日子了。今春之后,连场暴雨令河沙的价格像直升机一样急剧上涨。一个月前,原本一车满载四立方的河沙,价格从开始的二百多元一路飙升至四百多元,足足翻了将近一番。而且市面上一沙难求,周遭大大小小的沙场大都暂停营业,待价而沽。

前段日子,雄鸡刚刚报晓,天仍蒙蒙发亮,幺叔就满心欢喜地来到这里忙个不停。他接驳软管,迫不及待地摁动那台小型号的抽水机,随着"嗡嗡"的轰鸣声,他牵引着一条长长的塑料透明软管来到屋前,随手打开阀门。软管随即膨胀,哗哗的水流像血液一样穿过盘曲透明的塑料软管,像高压"喷枪"一般射向建设中的柱子或横梁。水向低流,不一阵子,楼板和新砌的砖墙就被灌得湿湿漉漉。把整座在建的房子浇过一遍之后,他看了看脚下的地面,感觉很像一块涂鸦过的世界地图。幺叔淡淡一笑,心满意足地点起一支无滤嘴卷烟。他一边叼着卷烟,一边把手上那条软管插进屋前的水泥环保砖的夹缝里,然后任由流水自行浇灌。反正是自家的井水,用之不竭,也不愁"高昂"的水费,无非损耗些许的电费。

农民一般懂得,房子在建时必须要反复浇水才能令房子更加牢固,才能抵受日后长年累月的风侵雨袭。

前阵子,幺叔家里的女人会时不时尾随而至。怎么算,房子都是他们人生中最大的一笔财富。说不定,将来儿子讨媳妇还得靠它哩。

幺叔知道今天他女人不会再过来。往常都是他前脚出门,后脚就能听到她起床的动静。一连数月,天天如是。今天一大早,幺叔女人就拎着伞出了门——一天前,她跟他说要回娘家一趟。幺叔也没问为什么。二十多年的夫妻,自家"婆娘"是个什么性子他会不知道?当年,新婚之初,幺叔还在县城的某保险公司当业务员。保险公司基本工资开得低,收入主要靠业绩提成。那时,农民普遍对保险还十分陌生,甚至部分人对"保险"二字还特别忌讳。从思想和观念上就有排斥和抵触情绪,往往在幺叔说明来意之后大都板着脸不理睬,活像一个黑"包公"。也不要责怪他们，农民一直十分讲究兆头，平日处处图的是吉利。因此，很多时候没等幺叔把话说完，就被轰了出去。自然地，半年下来，他的业务都没有多大的起色。尽管如此，幺叔女人对幺叔依然充满信心。她对他的性子十分了解——他是一个不到黄河心不死的那一类犟人，下定决心要做的事情，即便是九头牛合力也不可能把他拖回来。也正是这一点，她当年才相中了幺叔。曾几何时，幺叔女人算得上附近十里八乡的美人儿，她长得白白净净，皮肤细腻，瓜子脸上一双杏眼，1.6米的身高已经标准到无可挑剔，家境又殷实，她一直读满高中，这对于出生在二十世纪七十年代初期的农村女孩子来说，几乎是凤毛麟角。那些年，上门提亲的"媒人"简直踏破了她家的门槛。最后，她选择了籍籍无名卖保险的幺叔。姻缘有时候就是这么神奇。在他们谈婚论嫁的年代，婚姻早已自由，而关于物质方面的追求，那时的人确实也没有太多的奢求。至于男女之间的恋爱确立，双方的感觉显得尤为重要。

话说回来。幺叔的头一份保险单，还是结婚回门的第二天，他的老丈人和丈母娘购买的，而且一买，就是好几份。之后，幺叔的保单才渐渐有了起色。

尽管幺婶此次回娘家并没有说些什么，似乎跟从前也没有两样。但从时间的节点上，幺叔大概已经猜到了八八九九。幺婶自嫁入家门以后，为了这个家任劳任怨，什么活儿都干，家里头的一切家务，田间地头的播种、插秧、晒谷、打禾……反正家里重活轻活她都抢着干，跟公公婆婆、妯娌关系也处得相当融洽。

二十年前，乡村的交通远没有如今的平畅通顺，城镇的交通主要依靠自行车和两条腿。婚后，二人一年到头都忙忙碌碌的，她更是全身心投入家庭中。上天也似乎非常眷顾这对夫妻，竟让他们得了个儿女双全。女儿比儿子年长两岁，刚好组成一个"好"字。这对于农村人来说，是天大的好兆头。尽管那时候的生活过得并不宽裕，可紧巴巴的日子也是过得有滋有味。

眼下建房，让他真的犯了愁。半生心血，少穿省吃节俭下来的二十多万元，一心想着把三间破旧的砖瓦房拆掉，重新改建成二层半的框架结构小楼房。夫妻二人很早前就计划好了：占地七十多平方米的地块大概可建成建筑面积二百平方米的小楼房，按每平方米包工包料1000元的价格，总共大概需要二十多万元。可人算不如天算，房子拆建后，偏偏遇上河段管制，河沙不能过度采挖。河沙一下子变成"金子"，一日一个价钱，一个月下来就足足翻了一番。俗语说，"屋漏偏逢连夜雨"。那个冬夏之交，房地产市场又畅销两旺，商品房价格一路高歌猛进。市面的商品房价格从每平方米两千多元一路飙升至四五千元，还供不应求，大有继续攀升的势头。恰恰在这个节骨眼上，油气价格亦一路疯涨，运输成本自然水涨船高。其间，一直维持在每吨四千元上下的钢材，曾一度攀升至六千元才掉头回落，水泥从二百多元涨至三百多元每吨，人工费由原来每平方米二百多元飙升至四百多元。如此折腾，幺叔真是猝不及防，又怎能不让他揪心呢？

工程一旦开工，就好比拉满弦的弓——开弓没有回头箭。一天不把房子建好，一家人就没法搬回去，"暂居"的日子就变得遥遥无期。农民没有家就好比失去赖以生存的土地，乡村连租个房子都不容易。即便是寄居在亲戚朋友家，日子一长自然招人笑柄。幺叔重新核算了一下，按照现在的材料和人工价格要把房子盖起来，要足足比最初的预算超出一倍。换言之，至少还有近20

万元的缺口。这可是一笔不小的数目。

尽管建房的资金缺口至今仍没法落实，可他依旧像上班一样每天过来走一趟，接驳水管，把建设中的房子浇几遍，每回都重复着这些工作。

按照往常的习惯，楼面捣制完成之后，大概有半个月的凝固期。凝固期一过，就要给建筑工人结付进度款。除此以外，前期在附近建材购销部赊下的材料钱，也得结账。这是乡村的老规矩。否则，今后就不会再有人给你赊账。想到这，幺叔的心又不由得热一阵凉一阵。方圆数里都是沾亲带故的乡亲，讲究的是信用。"幺叔"这个名号是靠日积月累的良好信誉建立起来的。话说回来，这里的人似乎已经把他真实的姓名——李瑞华，给忘记了。

一九九二年，幺叔十九岁，高中毕业后留在县城打工。一次偶然的机会，某保险公司开始向乡镇拓展业务，需要在他所在的镇聘用几名"有文化"的业务员。幺叔是当年为数不多的高中毕业生，脑子又灵，在县城算是见过世面，相比于一直留在乡里务农的其他年轻人，他有一定的优势。推销保险，说白了，是门口技活——凭嘴吃饭。那时为了让人家记住他李瑞华，他可没少花心思。幺叔在家中排行最小，左邻右里从小就喊他"幺仔"。农村有"幺仔幺心肝"之说。意思即是，家里父母对小儿子特别疼爱。思前想后，幺叔索性在名片上直接印上"幺叔"二字。这样一个独特而另类的自我介绍方式，就成了他日后的"活招牌"。"幺叔"的称呼简单易记，朗朗上口，很容易将人与人之间的距离一下子拉近，迅速消除彼此间的隔膜感；叔字辈，怎么算来也不会自损身价。当年，由于保险"出险"后的索赔往往须要填报大量的纸质资料，手续烦琐，理赔的程序十分繁复。农民天生面向黄土背朝天，一辈子奔波劳碌、出力气的活儿丁点儿不会哼半句，但一旦要他们拿起笔杆，还得不停地去跑部门、走程序，且又少不了签名转账等工夫，其间还得出示保单、合同以及发票等相关材料，甚至可能还得张罗那些杂七杂八的各种手续证明，如此好比把他们折腾得死去活来。幺叔是个心思缜密的人，他把工作做得细，碰到这种事情，他会马上主动联系"出险人"。必要时幺叔会亲自驾驶摩托车载着投保人忙前忙后，直至协助投保人完成理赔手续为止。一来二去，他不仅熟知保险的销售渠道，而且对整个理赔的程序轻车熟路，很快就能把事情办得妥妥帖帖。

天道酬勤。尽管幺叔开始只是一名最普通不过的保险从业人员，但由于他工作刻苦，肯钻研业务，而且在整个办理理赔的过程中他都能全程参与和跟进，这让他建立了广阔的人际关系。毋庸置疑，这段经历对他日后的思维产生了深远的影响。

他自幼在乡村长大，深切地体会到了生活的不易。每当遇到小额理赔，尽管他的"手头"也并不宽松，但很多时候他都能急人所急，往往在理赔手续还未完成之前，就自个儿掏腰包为客户先行垫付。很快，"幺叔"二字便在不大的小镇里闻名。

镇里有数万人口之巨，是粤西山区一个集农业与工业于一身的"大镇"。数年间，幺叔便赢得了极佳的口碑。这为他日后当选村委会干部奠定了一种无形的群众基础。

四

"早晨，幺叔！又来给房子浇水啦！"

幺叔刚把房子从头到尾浇了一遍，手上夹着的卷烟还没来得及点燃，就听到身后传来一串带沙哑的女声在喊他。

幺叔转过身去："哟，是阿斤嫂。"他扬了扬手，咧开嘴笑道，"是噢！反正闲着也是闲着，就趁天气没那么热过来浇把水。"

阿斤嫂蹬在人力三轮车上，一脚踩着刹车，一脚蹬在脚把上。她望了望幺叔身后建设中的房子，冲幺叔一笑："幺叔啊！你真有本事，整条罗锅老街没几个人能像你这样把房子盖起来。"她顿了顿，再探身看了看房子，羡慕道，"如果我家阿斤有你一半的能耐就好了。哎呀！幺婶真是前世修来的好福气咯！有眼力，没拣错人呀！"她脸上掠过一丝羡慕。

幺叔笑着摆手，没有回答阿斤嫂的话茬。他低头弓腰擦燃起火柴，吸了一口卷烟，然后迎着清新的凉风，目光眺向微微发亮的远山，红彤彤的朝阳从远山的山脊后呼之欲出，新的一天就要来临了。

"阿斤嫂！时间不早了，今天是墟日，还是赶快到市集里占个好摊位吧。再晚了，就找不到好位置了。"幺叔边说边朝着远山上渐渐升起的红阳昂了昂头。这会儿他没心思跟阿斤嫂闲聊这些无聊话。他现在一心想的是房子该如何继续建下去的问题。

"哎呀呀！幺叔你不提醒，我还真差点儿忘了今天是墟日哩！"阿斤嫂说着一阵风似的把车子蹬得飞快，一下子就蹬出了老远，地上留下她且行且远的长长影子。

幺叔望着阿斤嫂渐行渐远的背影，眼前浮现出阿斤嫂平日操劳的影子。半响，他才摇了摇头长长地叹了口气，把烧至两指的卷烟一丢，叹息道："难呀！"

阿斤嫂年纪不算大，三十七八岁，可乍眼一看，却像个五十来岁的女人。话分二头。她家中的那个男人阿斤，近些年却油光粉亮，长年一身花衣，在附近的几条村庄里溜达，很久也没做过半点正儿八经的事情了。家里自然穷得叮当响。日常家里大大小小的开支全仗阿斤嫂一个人苦苦支撑。若果真哪天阿斤能弄来几个钱，那可就不得了，附近几个村庄里你休想寻得见他的踪影，整天神龙见首不见尾，像个"冇尾飞砣"。好几次，阿斤因聚众赌博和寻衅滋事，被公安机关留置处理。每一回，派出所通知家属交罚金领人，电话都是打进村委会的，好几次都撞着幺叔接电话。阿斤嫂一家三口人的家庭开支就全仗阿斤嫂一双手，生活本来就过得马马虎虎，女儿来娣今年刚满十六周岁，在县城念中学，若不是得益于国家的扶贫政策，孩子读书都成问题。自从2017年阿斤嫂被纳入建档立卡贫困户以后，除了学杂费全免外，每年还有三千元的助学补贴。尽管如此，阿斤嫂的日子过得依然恓惶。男人一年到头游手好闲，更不要说有一分一毛钱补贴家庭开支了。阿斤嫂平日收入主要依靠贩菜到市场上摆卖，每月有两三千元钱的收入。照计，按粤西山区人均收入水平来计算，阿斤嫂的收入还不算太低，但除去三个人伙食——阿斤的伙食基本可以忽略不计,再交纳杂七杂八的家庭开支,可以说,是个"月光家庭"。若不慎女儿来娣有个头痛感冒,那还得阿斤嫂挨家挨户去想法子,欠下的债,大都要等到年底把家里散养的几只老鸡老鸭卖掉,才能把钱给人家还上。若然还是不够,阿斤嫂最后才打开那个陪嫁的香樟木箱,摸索好半天,才从箱底下摸出一个花红布包。花红布包用红头绳子捆扎得严实,非常好看。打开层层叠叠的花布后,取出"农商行"的存折,然后又蹬着她的人力三轮车,在外面折腾大半天,才挨家挨户地把年前欠下的债务一一还清。这个时候,通常离春节也就不远了。

当阿斤嫂把债务完全还清以后,她就会趁赶集摆摊的时候,顺道买些春联回来,图个吉利,憧憬来年风调雨顺,家宅平安。至于阿斤,她已经不再指望些什么了。她唯一抱以希望的,就是女儿来娣。阿斤嫂寄望来娣用功读书,不论生活如何清苦也得让女儿攻读大学。只要一想到女儿,她就感到人生依然还有希望,将来的日子还算有个指望。

因此,几千元的罚金,无疑是阿斤嫂吃不消的一个天文数字。

不久前,幺叔告诉阿斤嫂,派出所又要罚阿斤的款,阿斤嫂听后呆呆地坐在自家的门槛上,一把眼泪一把鼻涕,一边数落自家男人的不是,一边又咒骂着到底她前世做了什么缺德事,生活为何会如此折磨她。身边的来娣抱着寻死寻活的阿斤嫂哇哇地哭个不停,四邻实在看不下去,便找来村干部阿雄想法子。

阿雄是个见过世道的人,听说后趿拉着一双胶鞋直摇头。折腾好一阵子之后说:"阿斤嫂,哭也没有用,倒不如到村委会找奇鉴支书或者幺叔,让他们帮你想个法子还好哩。"

真是一语惊醒梦中人。幺叔2000年当选村委会副主任，当年三十出头，风华正茂，跟村支书周奇鉴都是七十年代生的人，奇鉴支书算是当地响当当的人物。二人年轻时，都在外面闯荡过，见过世面，社会阅历丰富，各自都有一定的人缘。更重要的是，他们脑子灵活，处事得人心。因此，尽管二人都是普普通通的乡村干部，可近些年在他们二人的带领下，借助罗锅村得天独厚的地理优势，以及丰富的竹海林海资源，村集体经济发展势头迅猛，算是镇内发展较快的几个"明星村"。

阿斤嫂母女俩当即便在众乡亲的簇拥下来到村委会，来娣低垂着头搀扶着不断哽咽抽泣的母亲。倒是村干部阿雄和一众热心的四邻你一言我一语地乞求在场的村委会干部为她们母女俩抓个主意。听明来意之后，奇鉴支书不由得瞥了一眼人群中抽泣的阿斤嫂，情不自禁地抡起拳头砸在石板案台上，粗声骂道："阿斤这个不务正业的乌龟王八蛋，净会给人捅娄子。也好，也好，这样也好！让他蹲在牢里好好改造，尝尝滋味，正好为家里省点米粮，哼！"

众人先是一怔，各自都点头低语，然后偷偷地重新把同情的目光聚焦在阿斤嫂身上。阿斤嫂坐在靠墙角的一张木制沙发上，双臂抱住膝盖，深深地埋下了头。闻得支书一阵臭骂之后，她停止了哭泣，隔了大半天才抬起头，红着眼讷讷地说："支书骂的是，俺家男人的确是不争气，但无论咋样他都是孩子的爸，千错万错都是我的错，是我的肚子不争气……没有管好自家的男人……"她啜泣着，"支书，幺叔，看在同宗同族的情分上，看在我家来娣年幼的分上，就……就再帮我们一次吧……"说完，她又哇哇地哭了起来。

"好了，好了。"一旁的幺叔劝道，"阿斤嫂你也别焦急，哭也是无补于事，解决不了问题。"说着，他扶了扶眼镜边框，又转过身去对周奇鉴说，"支书，前些日子，县公安局不是来咱罗锅村调研治安综合联防工作吗？我看阿斤嫂的这个事，能不能跟李局挂个电话，干脆作个典型，关他个三五七日，罚款能免则免、能减则减。一则好让阿斤这个乌龟王八蛋受点教训；二则往后让他多少也掂量掂量，长点记性，看他还敢不敢像匹脱了缰绳的野马。"

奇鉴支书环视众人，又斜瞪幺叔一眼，最后回过头去望望可怜巴巴的阿斤嫂。阿斤嫂搓着一双长满老茧的手，一双泪眼正焦躁不安地盯着他，目光中带着乞求。

支书心一软，缓缓地坐了下来，长长地叹了口气。

奇鉴支书何尝不知道，眼前这个一年到头任劳任怨，却还食不好，穿不暖，过着一贫如洗的女人值得同情呢？眼下，各个自然村真不缺阿斤这种手脚健全但又好食懒做的人。近年来承接国家对乡村的扶持力度，县委县政府想方设法招商引资，完善村容村貌，改善投资环境。按说，只要安分守己，谋个职业，生活绝对不成问题，甚至也不一定比城里的人生活差。单说居住，农村就不一定比城里差，而且居住的成本还比城市低，压力没城市大。可偏偏这些人却时不时人为地捅出娄子来。方才，他一时气上心头，骂的都是气话，稍稍平静下来之后，奇鉴支书也在盘算着该如何把这些人扶到正道上来。幺叔刚才的话恰恰说到了他的心坎上。奇鉴支书回心一想：罢了，罢了！阿斤这种人，本来就不愚蠢。幺叔说得对，让他受个教训，长点记性，将来再设法把他拉回正道上来，还不是没可能的。这样，总算跟自家的宗族兄弟有个交代，这个顺水人情还是必须要做的。况且，阿斤这种人若真能回到正道上来，想必能力肯定也比一般群众强得多。

奇鉴支书心意已决，便悠悠抿了口茶，说："好吧！那就照你的意思去办。你先给李局挂个电话，说明一下情况，再烦你亲自去跑一趟，看看后续情况如何再说。"

说罢，奇鉴支书朝幺叔的办公桌丢去一根香烟："那就辛苦你了。"

我驻村以后，从来没见过奇鉴支书抽过一根香烟，但他总是像变戏法一般，在适当的时候会有香烟招呼客人朋友。

"好哩！我这就给李局挂电话。"幺叔说。

阿斤嫂抹了一把泪，终于长长地吁了口气，身上绷紧的每一根神经一下子松弛下来。她鼻子一酸，心里的委屈无处发泄，竟忽然抱着头伏在大腿上又失声痛哭起来。当着在场的所有乡亲的面，她似乎在以这种特殊的方式倾诉着她的不幸。是呀！她是母亲，也是一个普普通通的农村妇女，她同样渴望男人坚实的肩膀，她也需要关怀和呵护。她只有三十多岁，但她的肩膀却承受着远远超过一个女人所能承受的压力。

她心里明白，这样的处理方式对于她的家庭来说，无疑是一种最好的处理方式。男人经常夜不归宿。按照奇鉴支书的说法，关他三五七日，不见得是件坏事。关键是原本就捉襟见肘的家庭哪里凑得够罚金。能免去罚金又能给家里的男人买个教训，在她心里纵然还是有点不舍，可回心一想，这样也未必不是一件好事，倘若阿斤真的能痛改前非的话……

五

不论你满意还是不满意,生活总是在继续,日升月落依然按照其既定的轨迹重复着……

雄鸡鸣过三遍。旭日像个红着小脸的孩童终于从远山背后徐徐地露出半张脸来,温暖和煦的阳光旋即倾泻在这片广袤大地上,混沌的天地间渐渐清晰明媚起来,绥江江面之上像覆盖了一层金色的鳞片……幺叔目光穿过金色的光晕,呆呆地望着阿斤嫂远去的背影。幺叔看了看手腕上的那块上海牌手表。突然他记起今天早上还有一个重要的会议。几天前,支书周奇鉴在镇会议结束以后,就给他来了个电话,叮嘱今天早上有一个"特殊"的短会,同时要求参会的党员必须佩戴党徽,倘若无特殊理由,不得无故缺席。在挂电话前,奇鉴支书还不忘补充了一句:今天的会议很有可能是镇分管扶贫工作的副镇长陈健同志过来,介绍一位从市里调派来罗锅村的驻村扶贫干部。

罗锅村,地处粤西江禄线(X422线)路旁的绥江边上,辖区面积约5.89平方公里,辖下21个村民小组,总户数1002户,人口4000多人,目前配备干部4名。村子距离县城有10.5公里,离二广高速出口3公里,水陆交通都十分便利,而且有丰富的竹海林海资源和旅游资源。近十多年,罗锅村在支书周奇鉴等新一届领导班子的带领下,发展势头迅猛。大概受地方经济等诸多因素制约,多年来村委会的干部配置一直都没有改变。周奇鉴上任后,村委会的日常工作实际上比以前已经翻了好几番。由于领导班子大多是"七零后",随着计算机的办公应用普及化,这方面的操作与应用对他们来说是个"短板"。因此,在镇委镇政府的大力支持下,村委会另外聘用了一名电脑操作员小红。随着政府工作日渐繁忙,作为政府最基层的单位——村民委员会也不例外。村委会各人的工作更多时候是分工不分家,相互配合,相互兼顾。除小红之外,村委会各人都是经常进进出出往外跑,平日很难凑在一起办公。因此,每回发会议通知,支书周奇鉴总不忘叮嘱大家尽量参加。

事实上,镇内所有村委(社区)的干部配置,都存在罗锅村的这种情况。

幺叔离开在建的新房,沿着罗锅老街向东行。他须要穿过一片形如隧道的小竹林,先行至罗锅的仁寿村,再从仁寿村与下沙村的交界处辗转至X422线乡道,循着X422乡道朝西步行大概10分钟就可以来到罗锅村民委员会。

沿路多是连片的青竹林。人走在路上,很容易在不知不觉中暂时放下心中的烦忧。幺叔加快了脚步,脚下干枯的竹叶发出"沙沙沙"细碎的声音。幺叔紧皱的眉头渐渐舒展开来,建房给他带来的烦恼暂且被搁置脑后……

幺叔走出村道转入X422线乡道,视线触及前方白坎村那条分岔路。眼前再熟悉不过的情景一下子跃入他的眼帘。分岔路旁的坳口地人来人往,十分热闹,不断有人离开也不断有人加进来。这是挨着村委会自发形成的一个小肉菜市场。"来,来,来。有买赶快,卖完即止!"高亢嘹亮的招徕声此起彼伏。小肉菜市场这个时候正是最繁忙的时间段,各类肉菜贩子趁这个时候吃力地叫卖着。来往的人越来越多,多到快把一桥之隔的罗锅村委会的进出通道给堵死了。

幺叔尽量走在路的最边沿。早上八点一过,途经X422线乡道的大型农用车就开始逐渐增多。车在还没完全硬底化的泥路上奔驰,不时卷带起浓重的尘土。到了下雨天,那些"庞然巨物"又带出坑坑洼洼的泥路,几乎使整条县道成了一片泽国。

很快,幺叔便跨上了横跨乡道与村委会之间的那座石拱桥。石拱桥下方是全村的泄洪沟。三月的季节,沟内的水哗哗地流个不停。

幺叔把双手别在后腰上。他习惯在回村委会之前在拱桥上待上那么几分钟,就那么短短的几分钟,几乎每一个途经的人都会跟他打招呼。

"幺叔,早晨!"

"早晨!早晨!"

幺叔习惯了,无论心情是好是坏,他总是把笑容挂在脸上,熟悉他的人几乎没有发现过他的忧愁。

幺叔转身准备返回村委会,却冷不防一眼瞥见村委会妇女主任冰姐,她正在村委会大门前,手里拎着一把油菜朝他笑眯眯地张望过来。显然,她早早就看见了他。她在这里等他。

他加快了两步,笑着说:"冰姐,早晨呀!"

"早晨!幺叔。"她微笑回道。

"人员到齐了吗?"幺叔边行边问。

"除了支书,其他人员一早就到齐了。"冰姐在前方稍作停留,待幺叔走至跟前,便随即迈开脚步与他并肩跨进村委会。

"今早支书先到镇政府办点事,待处理完事情之后再赶回村委会。等会儿镇领导来了，我们像往常一样按部就班就可以了。"幺叔把工作重新交代了一遍。

冰姐扭过头来，问："对了，镇领导大概什么时候到？"

"这个要问支书才知道，不过估计他也不知道具体时间。现在政府工作任务重，很多时候都是无法预判……"

冰姐耸耸肩膀，摊摊手，做了个爱莫能助的姿态。

罗锅村委会是一座两层半的混合结构小楼，外墙统一贴红白相间马赛克，简朴而整洁，乍一看，朴实大方但绝不奢华。楼顶正中央挂着一面五星红旗，格外醒目。室内布局和镇内所有辖下的村委会大致一样：大堂正中央设置一排长条形的办公桌，桌腿是用木质材料做支架，桌面则是用"中国红"的石料镶嵌而成，整体给人简洁明快的感觉。长条形桌子后面刚好可容纳五张电脑椅，椅子后面是办事厅的最后一道墙体，墙体上贴着镇内统一印制的红底黑体"党员社区服务中心"的牌子。平日村委会包括电脑操作员小红在内的五位村干部就在这里办公。从整体办公布局上可以看出，这样的布局都是经过用心的安排，做到切切实实跟群众"零"距离接触。这种布局是周奇鉴支书上任后做的第一件实事。村委会二楼有党员活动室和阅览室。党员活动室面积不大，并且兼顾了会议的功能，一次可以容纳三十来个人。真正是"麻雀虽小，五脏俱全"。里面音响、投影、空调等一应俱全。几年来，镇里的不少基层会议都在这里召开。

今天，似乎注定要让幺叔失望。当幺叔风风火火赶回到村委会时，等到的却是镇农办打来的电话：会议临时取消。等到上午差不多下班时，支书奇鉴才火急火燎地载着我赶了过来，简单交代了几句，又说下午县里有会议，便再次匆忙离开。

幺叔等四人，在支书奇鉴的简短介绍中得知，我是一位市里被安排至罗锅村的扶贫干部。

当时我从幺叔挂在脸上牵强的笑容里可以直接判断出，他快快有点不快，大概是有种被骗的感觉吧。所幸的是，我头一天已经做好了驻村前的安顿准备。我所在的单位提前在罗锅老街为我安排了"落脚点"，我的生活必备物品在联络员棠的帮助下，也添置得七七八八。因此我无须担心，也无须劳烦他们为我的住宿操心。

在大家相互简单的自我介绍之后，大概我的随和性格让幺叔有了好感。他很快改口称呼我为"黎主任"，大概这才是他平日应有的热情。我租住的"驻点"恰恰又在他在建的房子东面，就100来米。我们一下子就算是邻居了。基于此，我们的关系似乎迅速拉近了许多。

幺叔看了看墙上的挂钟。时间来到了上午的11点45分。在简明扼要地向我介绍了目前罗锅村的基本情况和扶贫对象之后，他接着说："时间都不早了。黎主任，今天你也舟车劳顿，下午先回驻点收拾收拾，安排好生活，明天再过来也不迟。"

多年基层的迎来送往，锻炼出了成熟稳重的幺叔。后来我细心观察过，对于平日接触到的一些不明"底细"的市县干部，不论男女，幺叔都一律称呼对方"主任"。主任的定义非常广泛，可以是厅级的主任，可以是处级的主任，同样也可以是科级的主任，甚至小到股级的主任。

"哦！那好，那好。非常感谢幺叔。"我扬起脸，始终保持着微笑。我个人觉得，一个扶贫干部应该时时保持阳光的一面。

"我叫黎晓阳。初晓的晓,太阳的阳。以后大家喊我小黎,或者小阳都可以。"我不忘回过身去,向在座各人行了个夸张而恭敬的鞠躬礼,俨然一个远道而来的"日本友人"。

"晓阳?小阳?"幺叔搔着头一连念了几遍,"都,都差不多吧!"他读起来显得十分拗口。

身后的冰姐和电脑操作员小红,被幺叔的举止逗得捂着半边脸失声笑了起来。

"嗯!好了。怎么称呼都是一句话而已。"幺叔回头白了二人一眼,接着道,"小阳。噢!应该叫晓阳才对。"他反应过来后马上纠正,"你看还有什么需要帮忙的,可以跟我说。"

"嘻嘻……"幺叔身后又传来二人夸张的笑声。

我极力忍住笑,说:"好的,谢谢幺叔。我驻点就在罗锅老街的民宅内,所有的生活用品也基本齐备,暂时没什么需要帮忙,有的话,我到时候再跟您说。"说完,我又补充了一句,"驻点是靠近罗锅广场入口的'清风路'。"

"那好,那里是个好地方。对了,今天是周末,下午我还得到镇政府跑一趟。下周二我要到市里参加一个扶贫专项学习班。学习时间为期一周。明后两天是双休日,你先自行调剂一下时间,关键把生活安顿下来。若下周你有什么事情可以先问问奇鉴支书或者请教冰姐。冰姐来村委会工作之前,是附近几个行政村的接生员,各村有许多人都是她接生的。可以说,她是这里的'天地通'。"幺叔叮嘱说。

"嗯,知道了。谢谢幺叔提点。"我边说边伸出手。

"那好,还有什么事就等我学习回来再说。这周你先跟着冰姐多熟悉一下村里的情况。"幺叔握住我的手晃了晃,"有时间的话跟冰姐到贫困户家走走,多了解一下贫困户的基本情况。"他向我微笑着点了点头。

"好的!"我爽快地答应着。

六

晚上7点过后,喧嚣忙碌了一天的罗锅村一下子安静下来:绥江两岸笼罩在一片朦胧之中,远处黑魆魆的山脊蜿蜒伸向神秘的远方;村庄内鳞次栉比的房屋化作一幅快速素描的炭画,粗犷的轮廓勾勒出深深浅浅的棱线;柔暖的灯光从农户的一个个窗户里隐约透出。

这天晚上,幺叔幺婶像往常一样忙碌完餐馆的活儿后便早早上床歇息。

"你怎么啦?还是睡不着,是不是有心事了?"躺在床上的幺婶,眯缝着惺忪的睡眼压低嗓音轻声问道。

幺叔一怔,索性坐了起来:"你先睡,不用理我。"他头枕手掌半靠在床上,仰面呆呆地凝视着黑漆漆的房梁。

"有什么事等明天再想,时候不早了。"她转过身去,似乎很快又进入了梦乡。

幺叔低下头,用手轻轻拍了两下身边那熟悉的身体,"没什么,睡吧!"身边那副早已变形发福的躯体带着轻轻的鼾声一动不动。幺婶已经熟睡。

"唉!"幺叔低叹一声,越加心事重重。

幺叔后来告诉我:我的到来,着实让他有一种重重的失落感。自从当选村委会副主任以来,他主要分管扶贫和乡村国土规划,同时协助维护社会治安综合治理与发展集体经济工作。随着国家扶贫政策不断深入加强,他把心思落在发展集体经济的同时,也重点规划如何糅合政策对贫困户实施有针对性的帮扶。两年前,上面选派了一位年轻的大学生进驻罗锅村,俗称"大学生村官"。那阵子,支书周奇鉴和幺叔激动得天天嚷着、盼着,都希望"大学生村官"能早一天上任,他俩原指望通过大学生村官为他们带来更多、更好的经济"良方"。罗锅村虽位于粤西山区,但近年来已被纳入珠三角一小时生活圈,是粤西境内离珠三角核心区域最近的一个小乡村,且罗锅村倚靠绥江,风景秀美,离县城又只有区区10多公里,距二广高速出口也只不过短短的3公里。随着近年国道省道的不断升级改造,水陆交通都已经十分便捷,可谓得天独厚,独一无二。自从周奇鉴当选罗锅村委会支书之后,新一届领导班子甄别罗锅村自身的情况,果断地终止了以往"杀鸡取卵"式的发展模式,取而代之的是行之有效可持续发展的生产模式,无奈罗锅村始终经济底子薄弱,起步较晚,发展势头依然十分缓慢。两位村干部得知上级选派大学生村官进驻罗锅村,自然喜出望外。他俩早年都曾涉足商海,人生经验和阅历都毋庸置疑。但是,也有不足之处,比如二人都未曾受过高等教育。因此,当听到"大学生村官"这个崭新的名词之后,二人都寄予了很高的期望。就像拽着最后的一根救命稻草——下一秒就是见证奇迹的时刻了!不曾想,经过半年的"观察",二人不免有些失望。或许应了那句老话:期望越高,失望越大。由于选派的村官多是刚涉足社会的大学毕业生,不要说缺乏农业专业知识了,就连基本的社会实践经验也相当缺乏,说到发展经济的"灵丹妙药",那就更不用提了。当然,这位大学生村官也并非一无是处。在他的影响下,各地村委会的人员综合素质迅速提高。特别在电脑操作、规范公文等方面确实有长足进步。因此，整体办事效率也是有不同程度的提升。近几年，各村都在没有增员的情况下工作量大幅增加，却依然能按时完成上级交办的任务，这在很大程度上应该归功于这位大学生村官的科学管理。但作为城乡最基层的一线村委（社区），眼下最迫在眉睫的工作依然离不开搞活经济，增加集体收入，带领农民脱贫致富。正因如此，前几天幺叔接到支书周奇鉴打回来的电话，心里就有过短暂的盘算：扶贫干部是市直单位派过来的驻村干部，在社会上应该有一定的人脉圈子，加之驻村干部是代表单位落实国家各项扶贫政策的，虽在本质上与"大学生村官"没有区别，但前者更有可能强有力地推动地方乡村发展。因此，接到支书周奇鉴的电话后，幺叔心里有过短暂的憧憬。但当他见到我之后，却不免大失所望。用幺叔当时的话说：白白净净的你，像个不谙世道的书生……

幺叔慢慢让挨在床沿的身体缓缓滑下，极力避免再次惊动熟睡中的幺婶。躺下后，他轻手轻脚翻到一侧。尽管疲惫不堪，但当他一闭上眼睛，烦忧的事就如同不竭的溪流源源不断地从脑中袭来。一直以来，村委会开的工资并不高。几年前，他盘计了一下，罗锅村怎么说也算依山傍水，前有"竹海大观"景区，后有"罗锅渡口"景点，但始终没有一间像样的餐馆，俗语说，靠山吃山，靠水吃水。因此，幺叔就在X422江禄线罗锅段的乡道旁开了这间不大不小的九里香餐馆，一来增加家庭收入，二来解决幺婶就业。拆掉罗锅老街三间平房重新改建，一家子就不得不腾出餐馆后院的两间杂物房暂时居住。女儿在县城一所技工学校上学，两间杂物房正好夫妻俩和儿子各住一间……

"吁——"他背向着幺婶低声吁了口气。

前些天,幺婶收拾好简单的行装,跟他说要回娘家稍住两天,他就知道她的心里的盘算了。很多时候,幺婶回娘家多是有求于娘家。幺婶贤惠,知道他自尊心强,因此就轻描淡写地对他说回娘家走走,好让自己的面子好过些。刚结婚那几年,妻子每趟回去几乎是或多或少有事相求于娘家。尽管她没有挑明回娘家的目的,但实际上……妻子肯定为建房的事情回娘家求助了。幺叔的思绪到此有了短暂的停留,不过,很快他又想:那又有什么法子呢?房子建到一半,进退两难!况且,一家四口,不可能长期蜗居在餐馆后院逼仄的两间杂物房里。

幺叔开始感到头胀欲裂。他摸了摸额头:"哎呀!"他吓了一跳,额头像火烧一般的烫。他第一次感到前所未有的烦恼。但此时的他感觉脑子像一个高速转动的发动机,无法让他的思绪停顿。是的,随着改革开放的浪潮不断向前推进,无论社会和个人必然会遇到前所未有的挑战和困难。历史的巨轮只会滚滚向前。改革开放四十多年,已经在不知不觉中步入了发展的深水区。随着近年国家不断加大乡村的扶贫力度,挖掘乡村文化、打造乡村旅游、刺激乡村消费、激活乡村经济活力,所有的一切,志在打破中国整体不均衡的发展态势,从根本上消除贫富差距。现在从国家到地方,从地方到乡村,都在寻找一条更适合自己的发展之路。在这个过程中,必然需要一批敢打、敢拼、敢干的领头人,遇到困难挫折不轻言放弃的人。这里,是自己土生土长的地方,他爱这里的一切,爱这里的一草一木,于他而言,这里的一切都令人梦魂萦绕。不!绝不能知难而退。无论是生活还是集体,"办法总比困难多",这是他生活的座右铭。也正因此,他当初才放弃了刚刚打拼出来、有着优厚待遇的保险行业,放弃了好不容易当上的部门经理,选择回乡当村干部。一直以来,他都没有后悔他曾经做出的抉择。他觉得,能带领村民摆脱贫困走向新的生活,是一件更加有意义的事情……

想着想着,幺叔在迷迷糊糊中睡去。

将近拂晓,大概心有所思的缘故,幺叔早早醒了过来。挨着床沿听着头顶上方细碎的雨点声,幺叔的思绪反而平静了下来。外边忽然下起了淅淅沥沥的小雨。雨点"滴滴答答"打在重新铺盖过的星铁瓦板上。他用指关节揉揉太阳穴,无声地打了个长长的哈欠,不一会儿,他便在模模糊糊的意识中沉睡过去。

春夏交接的南方,经常会出现一种奇怪的自然现象:隔着一条田埂,一条马路,肉眼都可以看见那边雷声阵阵,瓢泼大雨。而另一边,却风和日丽,阳光灿烂。

而此时仅与"九里香"餐馆一路之隔的罗锅村,已经被大片大片的乌云黑压压地笼罩在绥江边陲。

忽然,绥江上空出现一道长龙似的闪电,紧接着一声清脆的霹雳,不一会儿,便下起了倾盆大雨。

我站在窗边,透过朦胧水汽的玻璃窗往外眺望。绥江两岸的竹林在风雨中飘摇,万亩绿波像大海卷起的巨浪,伴着强烈而低沉的"沙沙"声,绥江顺流而下的水流湍急异常,飓风乱窜,掀起急促的浪涛,不时制造出一个个大大小小的漩涡。

其实,这一晚的我跟那边难眠的幺叔并没两样,也睡得不好。早在一个月前,接到单位的扶贫"考察"通知后,我既高兴又担心。上级的考察，当然是一种信任和肯定，但一直生活在城市的我，又不免从心底里有所顾虑。我早有所闻，自从农村实施直选以后，从表面上看，农村依然像是老样子，似乎跟从前没有太大的变化。但事实上，随着滚滚的经济大潮向前推进，农村工作反而变得"错综复杂"。当前，很多地方存在依赖土地财政的现象，房地产市场近十年来一路高歌猛进，发展迅猛。因此，在城市急剧扩容的形势下，尤其是沿海改革开放的前沿阵地广东，开发商更是必然会通过各种渠道从农民手中获得大量的土地作长远发展的后备储备。于是，城郊的一些村庄，甚至出现贿选的现象。而那些偏远贫困的村庄，则变得无人问津，甚至最后还得依靠抽签决定谁轮流"坐庄"。所以说，农村工作已远非从前想象得那么简单。

话又说回来，我此次长驻罗锅村的主要任务是助力建档立卡贫困户早日摆脱贫困，至于发展集体经济我并不直接参与。基于此，我的担忧才稍稍平复些许。

外面风声渐渐停息。一夜未眠，此刻我并无睡意。我打开窗前桌上的手提电脑，屏幕上的蓝光映照在我的脸上。我开始从网上搜索当地的一些经济数据，查阅横山镇以及罗锅村的一些情况和地方特色，最后我选择进入"广东精准扶贫信息网"，这是我接下来工作的第一步。

迄今为止，扶贫工作于我而言仍是一块"真空地"。我思考是否应先从外围着手，对罗锅村基本情况先有个大概的了解。首先需要从数据上对罗锅村有一个初步的认识，然后通过实地走访，再根据实际情况制定有针对性的扶贫措施。或许，如此做才会事半功倍。虽然我是城市人，但我从小就养成了独立思考的习惯。几年前从基层调回严谨的机关工作，已经锻炼出一个做事务实、作风硬朗的我。我绝不打无准备之仗。早在局务会议通过我驻村扶贫之前，我就已经从网上搜索了一些关于粤西山区的资料。这里素有"竹乡"之称。竹乡又称竹海，而罗锅村地处绥江边陲，隔江而望就是竹海景区，整个村子几乎被满眼绿意所包围。

尽管我来罗锅村之前已做好了一切准备，当然也包括心理准备。但到了这里我内心深处还是有一种说不出的担忧。或许这种担忧来自工作的压力，又或许来自这个陌生的异地他乡，这一点，我暂时还没有答案。

七

　　我相信多跑跑，多走走，会令工作更顺利，心里更踏实。这天，恰逢周末，我没有返回端州。我得好好利用这两天时间，在罗锅村和各乡之间好好转一下，顺便了解乡情民俗。从网上搜索到的资料显示：罗锅村有21个自然村，其中有一半以上分布在绥江畔，与附近白坎和厚溪两个行政村形成掎角之势，十分紧凑。这里乡村与乡村之间小路纵横，四通八达。走乡村小路，摩托车自然是最好的交通工具，行走起来既省时又省力，不用两天时间应该就可以轻松地走访一遍。

　　得益于棠哥此前留下的那辆老款的五羊牌"本田"摩托车，我毫不费劲地利用两天时间，把罗锅各村以及附近两个行政村的部分村落，走马观花地跑了个遍。其间，各村的宗族祠堂、田野山间，甚至是幽深老宅，反正摩托车能到达的，我都去了。车不能到达的，我就徒步前往。开始，由于人地生疏，我又一直生活在秩序井然的城市，对于深巷老宅，还真的有点儿害怕，特别是独自行走在那些光线幽暗的深居老宅，脚下踏着一条条麻石铺砌的步阶。那一瞬间，脚下清脆的脚步声似乎变成了自己紧张的心跳声，有那么一刻，自己的呼吸几乎都要停顿，潜意识里有过暂且离去的念头。我试图用我的意志力去抗衡这种近乎魔力的诱惑或控制，但均告失败。当我潜意识想抗争这种来自我们祖先的古老建筑的魅力的同时，我越发感觉到自己像步入了一个时光的回廊。这个时候，我已经忘记了此前产生的恐慌，完全沉醉于古老建筑赐予人类的无限想象当中。

对于一直生活在小城的我来说，最担心的莫过于农家人随意放养的家犬。小时候，村口有户养犬的人家，每次独自经过那儿，我都只能怯怯地绕开一段很长的路，舍近求远。母亲知道后，教了我一个土方法：每逢遇到恶犬时，千万别慌张，也千万别跑，因为无论你的双腿有多厉害，都不可能跑得过四条腿的动物。不但不能跑，而且还要迅速蹲下来，佯装捡起石块。嗯嗯，果真如母亲所说，再遇到这种情形，恶狗还真的被吓跑了。

没想到，从前万试万灵的方法，现在用在走访罗锅村上，却差点儿把我推向危险的边缘，酿成无法想象的后果。

进入桂坑村之后，我发现村头巷尾散放的犬明显增多，从品相体形来看，犬也显然种类繁多。当时我的想法很简单：桂坑村单独一个村依山倚林，犬只不过起到看家护院的作用而已，却浑然不知自己的轻视差点让自己陷入一个相当危险的境地。

"看来，生产力解放，经济发展起来，犬的繁衍也会受外界因素的影响而有不同的发展……"那天之后，我在心里还暗暗嘲笑自己。

那天我循着盘曲的田埂一直朝北走，走到田埂的尽头，发现没有再往前的路了。不过，我很快嗅到杂糅在空气中的阵阵清冽的水汽，听到前方不远处有清溪潺潺的流水声。就在我踌躇之时，不经意间发现前方有一个单家独户的小院落。我立时被这个独立的院落吸引住了，于是饶有兴趣地打量起来。小院落紧挨着山边，院前被一条宽约两米的小溪涧分隔开，像古城前的一道运河。小溪涧下方有山上流下的清澈溪水。涧上方驮着一道石板桥。桥边有一棵老柳树,千丝万缕,将院子衬托得分外清幽雅致。我心生好奇,不觉行前细看。院墙用简单的竹篱笆围拢起来,青色的藤蔓攀满篱笆已成掩映。几根貌似小胡萝卜的丝瓜带着小花像个惊叹号般稀稀疏疏地垂吊在藤蔓之中。阳光循着山风透过柳缝照在绿意盈盈的篱笆上,照在小院前的空地上。我的视线循着光线穿过篱笆的缝隙,院子里一层薄薄的素色水泥地面马上跃入我的眼帘。庭院干净整洁,两层的主屋外墙抹了一层"石米",正好矗立在院子中央。屋子东侧有一棵硕大的龙眼树,枝繁叶茂的树冠上满是白色的花蕾。我发现树下背阴处有两只萌萌的小土狗,它们在相互追逐戏耍,不时发出"呜呜"几声低吟。

我从主屋的外形、建筑材料上可以判断,眼前这座房子应该建于20世纪80年代初期。我心中犯了嘀咕,虽说房子十分简洁,但今天看起来却依然十分雅致,并不过时。别说当年能在这个偏远的小村庄建个房子不容易,即便换了如今,靠在山边拥有一所这样的房子,确实是如今人们梦寐以求的理想家园。

看来房子的主人并不简单,而且极有可能还有一段故事哩!我心中不禁暗自思忖。

就在犹犹豫豫、徘徊不前之际,我犯下了一个严重且差点儿无法挽回的错误。

"汪汪!"两声稚嫩的犬吠冷不防穿过篱笆传到我的耳边。

我一边循着小狗的叫声,一边跨步走过了石板桥。此时我全然被眼前的清雅小院吸引住了,丝毫洞察不到周围发出的警告。

当我听到一阵"呜呜"低沉的咆哮之后,篱笆上的两只小鸟"吱"的一声,受惊似的拍打着翅膀倏地飞离,我的感应神经马上告诉我那是一种警告的讯号。可惜早就为时已晚。原来一条一直趴在柴垛旁晒太阳的黄色母狗我压根儿就没有留意到。它极有可能在我步过石板桥时,就一直注视着我的行踪,只是我全然不知而已。此时大黄狗两只前爪猛地一缩,"汪"的一声飞扑而来,并蓦地站落在我的正前方。它全身黄毛耸起,尾巴直撅撅地竖起,像一根笔直的烟囱。它正好把我挡在丈余开外的地方。那时的我马上意识到惹上了天大的麻烦——眼前的大黄狗极有可能在潜意识里认定我侵犯了它的领地,或者我会对它的"儿女"不怀善意。

只见大黄狗前肢弯曲,后肢高高耸起,整个健硕的身姿成倾斜状态,松开的黄毛像一根根刺针竖立起来,一双冒着青光的绿眼死死地盯着我。在发出几声"汪汪"叫声之后,喉咙里发出"呜呜"低沉的咆哮,那种声音像从它的腹部吞吐而出,带着一股戾气。

我心中一怔,全身不觉毛骨悚然,不禁"噔噔噔"连连往后倒退,眼看就要倒退到水涧边,已无路可逃。大黄狗却得势不饶人,虎视着步步逼近,始终把我锁定在最佳的攻击范围。我顿时心中气恼,可一时又无计可施。正在僵持之际,我的脑海里忽然掠过儿时蹲下来佯装吓退恶狗的情景。我本能地蹲了下来,视线死死盯着大黄狗不敢移开半步,然后慢慢地腾出手来做了一个明显的捡拾姿态。当时我的意图非常明确——意在吓退黄狗,以解眼前燃眉之困。可我的一念之差,似乎撩起了大黄狗的怒火。只见它扭了扭头,回看了一眼庭院中的那双"天真无邪"的小狗,然后眼珠子"嚯"地迅速回抽到我的身上。就在我佯装捡拾的那一刹那,大黄狗竟然"汪"的一声,纵身扑向我……我只觉得眼前黑影一晃,大黄狗已扑至面门,我来不及半分迟疑,本能地往旁边一滚，刚好避开了黄狗的纠缠，却不料"扑通"一声滚落到身后的水涧里。我重重地摔到水涧的溪流当中，厚厚的水花四处飞溅。幸好几场大雨之后，水涧下全是松散的浮土，人倒没有什么大碍，却十分狼狈。大黄狗绕着涧边仍在我头顶上方不停地狂吠。看情形，它试图纵入小涧，继续穷追不舍。

"完了，完了……这回我真的很难平安脱身了！"我在心里暗自叫苦。

我顾不上身上的伤痛，连滚带爬地弓着腰身躲避着头顶上方巨大的危机，大黄狗绕着小涧不断地左跳右跃，似乎在寻找突破口。我一时狼狈不堪，苦不堪言。

就在这千钧一发的危急关头，主屋的二楼露台忽然传来一串清脆的吆喝声。吆喝之声犹如黄莺一般悦耳。但慌乱之中我听不到当时那吆喝声是喊些什么，反正是一串清亮的女声，非常悦耳。喊声过后，黄狗立时变得温顺起来，"汪汪"地在涧边叫了两声之后，便三步两回头地撤回院落里，重新趴在先前的柴垛旁，下巴贴在一双前爪上，刚才还竖起的双耳完全低垂下来，眼珠子不时转动，装出一副可怜巴巴的样子，正偷窥楼内的动静，就像一个犯了错的少年在等待着家中的长辈如何发落。

总算暂时摆脱了危机。还好，只是胳膊肘和手掌有点轻微的擦伤，大黄狗并没有在我身上留下任何的"记号"，否则，我是无论如何也逃不过注射"防犬疫苗"的命运。我狼狈地整理身上半湿的衣物。几天前新买的牛仔裤多处被刮破，看来缝补也是无济于事的了。惊魂未定的我在片刻之间把黄狗臭骂了N遍。

"喂——你是干吗的？来我这里干吗？"

我循声望去，涧边已经站着一位稚气未脱的少女。她背对着阳光居高临下，拉长而变形的身影刚刚覆盖住涧下的我。我定了定神。逆向阳光使我无法看清她的样子，但从瘦削修长的身段来判断，她在十五六岁。

对于少女刚才的一连串提问，我一时真不知该如何回答。无奈之下，我唯有耸了耸肩，摊摊手，做了个无奈的姿态。

"喂！我在问你话呢。"少女显然对于我的问而不答生气了。语气进一步显得生硬而刻薄，但同时她显出满口的方言。

当时我也憋了满肚子的怨气。虽说身体并无大碍，但全身疼痛难忍，换作别人，性子再好，心中亦难免生气。

我没好气地回道："小妹，你就没看到人家都落魄成啥样子了？有什么问题，就不能让我上来之后慢慢说吗？"

少女见我终于开口，也不回答，只是原本盘于胸前的一双手换了个姿态。她一个手指轻轻地搭在下巴上，眼睛直勾勾地盯着我，一副萌萌的思考相，也有点儿老成持重的样子，甚是可爱。

我心中一荡，火气便减了七八分。我挑了处低矮的地方，忍着身上的灼痛，勉强把双手搭在涧边的石墙上，双腿微曲，身子借助双手按压之力借势上跃，片刻之间我便重新回到地面。我重重地吁了口气。此时的我真是有点儿逃出生天的感觉。心有余悸。

出了地面，糟糕的心情很快平复。我抬起头，定了定神，开始重新打量眼前的这个少女。少女身上的衣衫略显陈旧，却十分新潮，牛仔裤上还打着几个"补丁"，一头齐肩的长发松松散散地披至肩膀，额前的刘海下是一张清瘦阳光的脸颊，细长的脖颈下一件休闲宽松的圆领T恤衫。

眼前这个女孩看起来简单朴素，但脸上一层薄薄的色彩，像涂了一层光洁的油脂,好看的脸蛋上两道眉毛如同弯月,眉宇间透出清新之气。

我拍了拍身上的污垢,正想开口,少女却抢先说道:"你还没有回答我刚才的问题呢!"

我挤出一丝苦笑,心想,年纪轻轻的,咋这么猴急。

"喂!你还没有回答我呢。"少女继续追问。

"我姓黎,是来这里驻村的扶贫干部。"我说。

"来扶贫的……"少女双眉一展,眨巴着一双水灵灵的大眼睛,脸上透出几分调皮的神色。

"嗯嗯!对了,对了。"我连连点头。

"怎么我从来就没见过你?"女孩把眼睛瞪得斗大,满脸狐疑。

我嘿嘿一笑,说:"你又怎么可能见过我,我刚来这里才两天。"

她皱了一下眉,忽然笑着说:"哦——原来是扶贫的。"眉头一蹙一舒之间,展现出乡村少女那种独有的天真无邪。

正说着,忽然,小石桥边传来了一串粗声粗气的声音:"来娣,来娣,你在跟谁说话?你这个死丫头又在偷懒。"

我循声回过头去,见一个中年男人走了过来。那人见到我,先是一愣,问道:"你,你是谁?"然后侧脸瞟一眼身旁的少女,又回头瞅瞅我,"你来这儿搞什么鬼?"

隔着数步之遥我闻到他身上一股强烈的酒气。他皱着眉头继续上上下下地打量我,之后又回过头去剜了少女一眼。

"爸,你回来啦?"少女低下头去,怯怯地站在他身后,与此前判若两人。她的迅速转变,让我想起了刚才那条可恶的大黄狗。

我赶忙上前自我介绍："您好，我姓黎，是刚来这里的驻村干部。"

"你，你是扶贫干部？"他绕着我转了两圈，眼睛从上到下，又从下而上，反复地看了我两三遍，嘴里低声嘀咕着。

我随他诧异的目光低下头："噢！"身上的装束倏地把自己吓了一大跳。

我这才发现自己一身破破烂烂，衣衫半干半湿，裤管一高一低，简直就是一个捡破烂的流浪者。我只好无奈地摊了摊手，指向小涧边几个湿漉漉的脚印说："很不幸，我刚才掉进涧里去了。"

"噢！"他带着疑问长长地应了一声，然后一脸愕然地循着我手指的方向望向小溪涧。突然他像变了一个人，脸上肌肉突然跳了几下，两只皮光肉滑的手相互搓摩。看样子，眼前这人根本不像下地的农民。我满腹疑团地打量起他来。他则咧开嘴，牵强地挤出一点笑容，然后带着疑问迫切地问："那你，那你今天带了什么东西过来？"

"什么？"我问，"我带什么过来？"我有点儿丈二金刚——摸不着头脑。

"切！就是油米咯。"

"油？米？"我一脸的愕然。

他见我一脸茫然，立时也就没了好气，将脸一板，转过身去："死丫头，站着干吗？我都快饿死了，还不快去烧饭。"他白了一眼少女后，高声吼道。我感觉他这故意的提高声调是明显冲我而来。

来娣明显不敢答话，红着眼圈急脚而去，两只哼哼唧唧的小狗尾随着她。

中年男人见状再没言语，两手一撒悻悻地进了小院，把我晾到一边。

我呆呆地望着这父女俩的背影相继而去，心中尽是疑问。我隐隐地察觉到这户人家背后一定有一段故事。至少从刚才的情况来看，这个家庭并不和谐。我叹了口气，才感觉到身上一阵阵剧痛袭来。我过了石板桥往回走，带着疑团去寻找我的摩托车……

八

"授人以鱼不如授人以渔。"扶贫要注重扶志扶智。这是党的十九大报告中明确提出的扶贫目标和任务。事实上,早在动身之前我就一直在思考这个问题。来到驻点,我利用两天的休息时间,跑遍了罗锅村14户有劳动力的贫困户。这是我近期的工作重点。我计划通过跑一跑,问一问,多了解贫困户的实际情况。但两天的"望""闻""问""切"确实令人揪心,我发现还有极个别的贫困户,尤其是最早期的那部分人,似乎被扶的时间越长,他们"等""拿""伸""要"的思想就越严重。惰性就像个魔鬼,你越是懒惰它越会纠缠你。在短时间内改变这种状况,无疑是目前工作的重中之重。

来罗锅村后的第一个周末傍晚,我懒得生火烧饭。以前说这里的馄饨十分好吃,皮薄馅多,尤其以罗锅老街的出品最为闻名——用最原生态的竹火烧煮最质朴的纯手工食品。也不知是否因为两天的奔波劳碌,令我胃口大开。反正我倚在罗锅渡口前的小摊上一连吃了三大碗。

果腹之后,结了账,看看时间尚早,我决定再到村里走一走,顺便跟村民拉拉家常。渡口码头前有几个年轻的男女正围坐在那里,旁边篮球场内有几个男孩在打篮球。我百般无聊地望着暮色四合的村景发呆。

心中有事,即便再美的自然风光我也无心细赏。

到村里走了一圈,与相熟的村民聊了一会,我回到驻点。回到卧室,我照例泡了壶云南的两年生普。本来,两年的生普还没有经过充分的发酵,叶质再好也是一种浪费,我却偏偏喜欢这股未完全退掉的青涩味。我总觉得,这股青涩味隐隐有点儿人生的不确定的味道,具体怎么样来形容它才准确,我一时半会也想不出恰当的词儿来。当然,这茶叶能多存放两三年,自然会更好一些。但现在我实在太困了,这茶刚好能缓冲我的睡意。

很快,我伏在案桌上打起了哈欠。前天掉到涧沟里擦伤的部位虽没伤筋动骨,但多处软组织及伤口仍在隐隐作痛。除身上的痛楚带来全身的乏力外,更重要的是,此前我本想通过向贫困户发放种猪种牛实现他们增收,但这个项目根本实现不了。因为了解到,罗锅村素有竹海之称,近年来利用本地特色资源大力发展乡村旅游,加之正在创建生态文明村,大规模的养猪养牛污染大,又如何行得通呢?早两天我咨询过冰姐,冰姐介绍说,早在年前,当地已明令禁止在村内豢养大型牲畜,生猪和肉牛都在禁养之列。计划与现实的巨大落差使人感到困顿和迷惘,我索性早早就上床就寝。

4月1日愚人节,是我正式入驻罗锅村的第一天。这一天我起得特别早。简单吃过早点之后,我在八点十五分之前赶到罗锅村委会。当我跨入村委会,冰姐已经在那里忙碌了好一阵子了。扫地、抹台、烧水、泡茶,忙得像个陀螺。我赶忙上前跟冰姐打招呼:"冰姐,早!"说着我便收拾起茶水台上的杂物来。

"早呀!阳哥。"冰姐朝我点点头,然后继续手里的活儿。她一边抹台一边头也不回地调侃说:"阳哥呀!你是城里人,又是市里来的驻村扶贫干部,这些粗活怕是你在城里做不着,你还是歇歇吧!"

"冰姐,你也别见外。我虽说是城里人,但既然我来了罗锅村参加驻村工作,我便是罗锅村中的一员。而且泡个茶,我还是行的。其他业务,还请冰姐以后多多指教。"我笑着说。

说着说着,村委会的人员陆续回来了。我偷偷地瞅了瞅墙上的挂钟,时间正好是上午的八点二十五分。我暗里称赞,果然是县里乡村发展的排头兵。

除了村委会四位干部和电脑操作员小红之外,今天一大早,还来了一位陌生的"客人"。

"来,来……小阳。"支书周奇鉴面带笑容地朝我招手。

我马上迎了上去。

"小阳呀!这是我们镇的人大主席程世金。"他和颜悦色地介绍说。

"哎呀!程主席好。"我微笑着连忙伸出手去。

"程主席,这是我们新来的驻村干部,姓黎,是市自然资源局派驻我们罗锅村的扶贫干部。"周奇鉴热情洋溢地介绍说。

"欢迎,欢迎!欢迎我们的市领导来帮扶我们的罗锅村!"程主席满脸笑容地伸出手握住我的手在空中晃动。

"世界是你们的,也是我们的,但归根结底是你们的。年轻人,总比我们这些老家伙脑子灵活呀!下一步,希望你能带领我们罗锅村一年上一个台阶。"他引用了一句我们伟大领袖毛主席的话,立时令现场原本拘谨严肃的气氛欢快起来。

"小阳,程主席是我们镇政府驻罗锅村的'对点'扶贫干部,是长期在罗锅村蹲点的,你们算是'同气连枝',战斗在同一条堑壕上了。"周支书忙不迭地回过头来向我继续介绍说:

"程主席得知你今天正式来罗锅村开展工作,他说无论如何也要过来跟你这个市直驻村干部会会面!"

"哎呀!程主席实在是太客气了,"我说,"这是晓阳的荣幸!往后还得向程主席这位扶贫前辈多多请教。"我客气地向程主席微微欠了欠身。

"哈哈!都是自家人了,不必说请教二字,往后碰到什么事情我们多商量便是了。俗语说,一人计短,二人计长嘛!"程主席谦虚地说。

大家都一起笑了起来。

"来来来,都坐下来说话,反正往后我们都是天天见面的了。"站在一旁的幺叔赶紧招呼大家坐了下来。

当大家忙着自我介绍的时候。村委会的冰姐为各人端来泡好的茶水。

程主席端起茶几上的杯子抿了一口:"嗯嗯,纯香!奇鉴你可换了口味?"他望着刚坐在便民台前的奇鉴支书问。

支书一愣,一脸茫然地没反应过来。

坐在便民台最靠墙根的是电脑操作员小红,她半开玩笑地说:"哎呀!这是我们冰姐自掏腰包买的红茶。"她顿了顿,接着又解释说,"冰姐怕初来乍到的晓阳哥水土不服,上周末特意买回来的。她听说红茶暖胃,现在的城里人都喜欢喝这个茶。"

"哈哈,看来还是我们市里来的扶贫干部吃香呀!"程主席忙不迭地打趣道。

"哎……你们真是太客气了。"我说,"多谢冰姐,多谢冰姐!"我感觉脸上一阵灼热。我把目光移向冰姐,真诚地对她点了点头,但一时之间又不知该再说些什么好。

是呀！人与人之间总有一种说不清道不明的缘分。或许，这就是"人缘"中的一种。

"对了，小阳，你生活安排得怎么样？"村委委员陈兴友关切地问。

"都安排好了。感谢陈委员关心！"我微笑着回答。

"哎呀！往后我们都一起共事了，叫我兴友或者友哥吧！"他说。

"好的！"我拱了拱手，"对了，友哥，我，我……不知我坐哪儿合适？"我边说，边用目光在室内扫视了一遍。

"这个，这个……"他一时之间露出一丝窘迫。

"小阳呀！是这样的，我们这里就这么多地方，当初为方便群众前来办事，把办事大厅都改成了一排的服务前台，刚好容纳村委会五个人。平日程主席也是天天过来，就坐在茶几一旁。遇到群众有问题反映，可以到会议室那边处理。"奇鉴支书向我解释说。很明显，我没有固定的座位。

"哦，是这样的……"我点了点头。

"对了，小阳，趁早上刚好有空，我带你到村子里转一圈，跟你介绍一些情况。"幺叔说。

"好呀！"我连忙端起桌面上的一次性纸杯，"咕咚咕咚"一连喝了两口，立马站了起来。

幺叔看着我一副猴急的样子，笑吟吟地冲着支书周奇鉴说："支书！你瞧，年轻人就是有股冲劲。一扯就上火了。"

"哈哈哈……"众人又是一阵哄笑。

"好哩！好哩！年轻人，尤其是扶贫干部就应该有股这样'冲'的劲头。"奇鉴支书在胸前竖起了大拇指。

我跟幺叔并肩出了村委会。幺叔随手递给我一根香烟。我没有推辞，接过香烟，正想为幺叔擦火，却发现幺叔从另一侧裤兜里拿出一盒无滤嘴的卷烟。

我顿时明白，刚抬起的手，在幺叔面门略略迟缓了一下。

"不用。我自己来。我有喜欢擦火柴的习惯。"幺叔微微侧身用胳膊肘轻轻挡开我伸出去的手。

"我就喜欢抽这个。"幺叔一面弓着腰身，用他瘦削的身体挡住带着温热的季候风，然后点燃叼在嘴里的卷烟。

"看来暴雨就快到了。"幺叔望着西北方集结的乌云，重重地猛抽一口烟。他的烟真够呛人，我嗅着他的烟味一连打了几个喷嚏。

"哈哈！"他先是一笑，"走。我们先到仁寿村去。"幺叔边说边迈开脚步。

我赶忙跟了上去。

我们沿着X422江禄线乡道向厚溪方向走去，不一会，便来到了仁寿村。村中的主干道在几年前就已经全部硬底化了。循着蜿蜒迂回的村道一直往前走，眼前鳞次栉比的一排排房舍扑面而来。因为有幺叔引路，这一次我再也不用惊惧村中的恶狗。说来神奇，那些远远就竖直尾巴朝我们"汪汪"直吠的狗，只要幺叔吆喝几声，便都夹着尾巴"哼哼"地闷声闷气地走开。我不禁心中奇怪，把两天前在桂坑村发生的那一幕窘迫事告诉了幺叔。

幺叔听后，哈哈大笑，说："小阳哥啊！你这种驱犬方式早就过时了，是行不通的！"他望了望我，神秘地一笑，说："人类在进化，其实动物也在进化。"

我一脸疑惑地问:"这个跟进化还有关系?"

"有,当然有。"幺叔边走边偏过头来,一脸神秘。

"那你得跟我说个明白嘛,我还是头一回听到这样的说法哩!"我张大嘴,两眼直勾勾地瞪着幺叔。

"好好好。"他答应道,"从前的家犬又称中华田园犬,本性和善,一般用作看门护宅,不大攻击人。可近几年,外来犬种太多,市面的犬只多是杂交,天性已渐渐发生改变,'俯身拾石'的方法根本就吓不了它们。它们会认为你要攻击它,反而会招致更凶猛的攻击。"

"哦,原来如此……"我低头若有所悟。

"那?"我抬头正想追问个究竟。他却淡然一笑,说:"往后你肯定还会遇到这样的情况,不必惊慌,大可大大方方、从容地往前走,眼睛千万不要盯着它。吆喝的时候不要朝向那畜生,反正大吼几下,表明并不是入侵其'领地'。那畜生便会自然而然地放弃敌意。以后出入多了,那畜生只要嗅到你的气息是熟悉的,就更不会理睬你了。"

"噢!原来如此……"

"快走吧,就要下雨了。"幺叔催促道。

"嗯!"我应声道。

穿过一片小竹林之后,我看到路边有块蓝底白字十分醒目的标示牌,上面写着"仁寿"二字。我隐约感觉到,两天前我应该来过此处,但不敢肯定。尽管那两天我每到一处,都刻意地去记住每一个村庄,但这里满是绿意盈盈的竹林,除了竹林还是竹林,因此我还是很难清晰地把各村区分开来。

幺叔在村口靠篮球场边的流动肉摊上挑了块半肥腩肉。看来他是这里的常客，没有经过任何的讨价还价，一切轻车熟路。付了款，幺叔再从肉摊旁的蔬菜摊挑了两个丝瓜，依旧是在沉默中完成交易。交易完毕后他便领着我继续朝村中走去。巷道陡然间变得狭窄起来，大概只能容纳两个成年人并肩而行。我紧跟其后。拐了个弯，一条纵深约百米的老巷呈现在眼前。我眼力也不赖，一眼就看到在巷子的尽头，有几位老人各自坐在屋前悠悠然地削竹篾。当我们出现的时候，不知谁家的园子里又传出几声零落的犬吠，前方一个老太太循声远远地看到了我们。老太太缓缓地站起身，手里还捏着竹篾和刀具，朝我们这边凝望。似乎在最后确定什么，又似乎在确定之后，便很快放下手中的竹篾和刀具，一边拍打着身上的竹尘，一边低头跟身边的其他几位老人说着什么，神色就像一位焦急盼子归来的老母亲。

"二女婶，又在削竹篾啊？"幺叔在离老太太几米时开口说话了，"不是喊你出来坐坐，聊聊天就行了吗？还做什么鬼？"虽然他语气有点儿嗔怪味道，但听起来却让人十分暖心。

"老骨头闲着没事干，不就是能做多少是多少。"老太太驼着背扶着青砖老墙往巷子的尽头蹒跚而去。

"这样也好，活络一下身子，你身子近来好吗？"幺叔扶着老太太的胳膊肘，十足电视里的小太监扶着"老佛爷"。

"还不是老样子，每逢在刮风下雨前，这副老骨头就痛得要命。"她皱着眉头望了望黑沉沉的天空说，"又要下雨了。唉……"她长长地叹了口气。我从她抬头的一刹那，发现老太太眼珠混浊，两个混浊的眼珠就像涂了一层薄薄的白胶膜。不知老太太是否真的能够看清东西？我在心里犯了嘀咕。

我们随老太太一前一后进了老屋。老屋内方正整齐，十分宽敞。门前是个小天井，靠左边是个小灶房，右边是个农家人堆放柴草的杂物房。地面全是清一色的青砖地板。我穿过天井来到正厅，正厅净空很高。我目测了一下，至少有五米。堂内光线略暗，两边墙根堆满一摞摞截得长短一致的竹段。迎面是一张八仙桌，上面摆放着一台平板电视，其余都是杂七杂八的瓶瓶罐罐，还有一些叫不出名字的药酒。此外，还有几个罩着厚厚粉尘的小木凳，再没有什么值钱或者大件的物品了，看上去显得颇为寒酸。

"细幺呀！我都跟你说过多少遍了，来看看我这个老人家不就行了么，犯不着每趟都买东西来，我也吃不了多少。"老太太边说边磨磨蹭蹭地拖过两把小竹椅。幺叔赶紧接过小竹椅，吹了吹凳子上的粉尘。幺叔示意我坐下来。"二女婶，明天我要到城里学习，大概要一个礼拜的时间才能回来。对了，这是新来我们罗锅村扶贫的干部小阳。东西是他买的。"幺叔朝我使了个眼色。他在老太太面前把我的晓字又喊成了小字（客家话"晓""小"不同音），当时真不知他是有意还是无意的。

"细幺，工作在外，再忙也要注意身体，少吸烟少喝酒，要有些汤水滋养身体。"她说。

我留意到，二女婶混浊的眼睛里泛起了红云。

"嗯，你放心，我会照顾好自己。你有什么事就叫隔壁的明义嫂打个电话给我。"幺叔拉着她干枯的像老柴的手叮嘱说。

"哪会有什么事？只是近来每每刮风下雨全身骨头疼痛得厉害，大小便蹲下都十分困难……唉！"她最后叹了口气，没有继续往下说，一双无助的眼睛带着某种祈盼，就像一个孤苦伶仃的小孩，明知是奢望却偏偏内心又带着祈盼。

幺叔脸上的肌肉轻微地颤动了一下,眉头紧皱起来。

"细幺,没什么。你不要想多了,挨过这阵子,我这副老骨头也就没事了。"老太太那张沟壑纵横的老脸旋即挤出一抹牵强的笑。

我的心颤动了一下。我留意到老太太那双混浊的眼珠在凝视幺叔的那一刻,多像一位牵肠挂肚的慈母。在那短暂的瞬间我想起了家中年过八旬的老母亲,在我向母亲辞行驻村的时候,母亲又何尝不是如此呢?!

幺叔站起来默不作声地踱步至天井外的厨房。他探头察看了一遍卫生间,然后一步一步绕行至屋外,又从屋外一步步踱进厨房,似乎在计算着距离。我一直从事建筑管理的执法工作,当然清楚幺叔此时在用他的"土办法"计算工程的规模以及造价。我粗略地在心里打了个预算,这样看似规模很小的工程,实际操作起来的价格却不会太低。单单这左拐右接的管道就需要十余米,关键新农村建设,再不能"直排",需要挖沟藏管,重新修建三级的化粪池,做到"雨污分流"。若再把村中内巷的"二道"运输成本算进去,那将是一笔不小的费用。

正在我踌躇思量之际,幺叔捋着下巴边盘算边低头说:"二女婶,等我学习回来,我尽快找人帮你处理,你就先安心好了。"

"哎呀!细幺,你就不要为我的事操心啦,我知道你烦心的事情还真不少,你帮我的事还少吗?老爷子在天有灵,知道有你这样的学生,就知足了。"

"老爷子?噢!大概是二女婶的先生吧。"我在心里猜,"原来眼前的二女婶是幺叔的师母。"

二女婶摩挲着椅子的扶手,忧心地嘱咐说:"细幺,你就不用再为我的事费心了。"

"嗯嗯,你不用为我担心。关键是你要保重好身体。"

…………

九

　　四月是个节气交替的季节,天气说变就变。刚刚还是瓢泼大雨,转眼又是朗日当空。厚重的云层慢慢挪开,露出一碧如洗的天,洒下一片橘红色的射线。雨顺着瓦檐"滴滴答答"地落在青石板上,村里的巷道越发显得古朴凝重。跟随幺叔出了仁寿村的老巷,似乎来时的狗们熟悉了我们的气味,都低着头,哧哧地迈开大步,急急忙忙从我俩身边走过。

　　村子低洼的地方大都成了一个个小水塘。许多农家的孩子跣着双脚,撩起裤筒,正涉在水里追逐嬉戏。

　　"时间也差不多了,你中午就来我的九里香农庄吃个饭吧,就当幺叔为你接风洗尘。"

　　"这可不行,这可不行……"我连连摆手。

　　"又怎么了?我的市扶办干部!"

　　"我们单位有明确的规定,不能随便接受村干部和群众的任何宴请。"我无可奈何地摊摊手说。

　　幺叔一摆手,一脸不悦:"嘿!什么宴请不宴请,说得文绉绉,不要在幺叔面前掉书袋,不就是我们二人吃个工作餐吗?你不说,我不说,鬼才会知道!"

　　"使不得,使不得,除非……"我焦急地说,"除非,除非我请你就可以。"

　　"那就随便你吧!你是市里来的领导,我们乡下人就没有你们城市人的套路深……"幺叔嘟哝一声,就背着手往前走。

我们俩一前一后走出了仁寿村,并肩沿着绥江向东往罗锅老街方向而去。幺叔重新拆建的房子就在罗锅老街上。幺叔绕了个圈,估计还想看看在建的房子。毕竟明天他就要外出学习一周,看看心里确实会踏实很多。

太阳升至半天高。雨后的罗锅老街空气特别清新,新绿透亮的竹叶子衬着小摊开炉的阵阵白气,烧出来的柴香,格外新鲜。三三两两的游客正左一堆、右一拨地围在竹林下的小桌上尽情地享受着地道小吃。

罗锅老街连接着新拓展的街道一路往仁寿村方向延伸,清淤的绥江水静静地流淌着。古街连接蜿蜒的新砌的街道像一条扭曲的缎带,沿着绥江流向远方。

我们从罗锅老街东南角进去,顺道在贫困户欧姨的摊点上喝了碗竹心茶,又买了两包香烟,然后我们才慢悠悠地一边走一边欣赏沿途的风景。这儿算是罗锅乃至整个横山镇最热闹的景点了,每逢"双休"和法定的节假日,这里人头攒动,熙熙攘攘,非常热闹。除地方特色小吃外,卖竹器的,卖酒的,卖绿玉的,数都数不过来。

既然已经出来了,便在老街四处逛逛。我一个铺子一个铺子地细细品看。幺叔大概不大好意思催促我,也就只好跟着我走走停停。他一边抽烟一边耐着性子等,不时跟熟人打个招呼。没办法,就算他性子再不好,在这个时候我相信他也不好催促我,事关所有商铺的人都是他的叔伯子侄,明知我的到来很可能会为他们招徕生意,他又怎么可能毁人的买卖呢?

不知不觉,我们在罗锅老街盘桓了大半个小时,眼见日已中天，绥江两岸的雾气早已散去，江水泛着锦鲤鳞片一般的缓缓地向东流去，兴致盎然的游人陆续散去。

"走吧。过两天来会更热闹哩。"幺叔催促我。

"什么，"我转过头来，"过两天为什么会更热闹？"我问。

"走吧，边走边聊。"他说。

"好哩！"我跟着他朝公路方向走。

"过几天就是农历三月初三，即是开耕节。每年开耕节，我们都会在这里举行大型的庆祝活动，当然有我们当地最传统的龙狮表演。"幺叔边走边说，言语之间颇有几分得意。

"哦！开耕节……"我猛然想起，当地是个传统的武术之乡。我赶紧催步上前，问，"幺叔，今年的农历三月初三是什么时候？"

幺叔不紧不慢地往前走："如果我没记错，今年应该是4月7日、星期日。不过，开耕节的前两天会更加热闹。"

"为什么节前反而会更加热闹呢？"我不解地问。

他收住脚步，转过头来微微笑着对我说："问得好，因为如今的罗锅村正大力打造旅游产业，为了达到宣传效果……"

"所以你们连办三日，以求达到最佳的宣传效果？"我没待幺叔说完便打断了他的话。

"全对又不全对！"他偏过头来，卖了个关子，然后才慢悠悠地说，"今年4月5日是清明节，因此连着两个'节气'一起办。对了，那几天我应该还在肇庆学习，你有时间不妨抽空过去看一看，反正离你的驻点也不远，挺热闹的。"幺叔说。

"好哩！"我满心欢喜。

到了九里香，幺叔唤人炒了一份腩肉炒竹笋，一份凉瓜炒牛肉,再任凭我怎么言说,也不肯继续多点一个小菜了。幺叔是土生土长的罗锅村人,农家人最注重的是人情礼数,毕竟他年龄比我长,算是个长辈,而且我初来乍到,他大概不好意思让我这个远道而来的客人请客破费吧!只不过,刚才我早已挑明,单位有明确规定,他才不好再继续坚持。早知如此,我想他大概就不会喊我来吃饭了。

  农庄的午市生意比较淡。午饭时间过后,除我这一桌,只有挨着东面的墙角还有一桌。两桌加起来也不过是七八个客人,饭店里所有的员工加起来比客人还多。因此,幺叔也犯不着忙前忙后去做帮工。我在幺叔眼里,也许不过是哪家的高干子弟,此次来驻村无非是前来"镀镀金",捞点政治资本,然后就打道回府。尽管如此,他还是出于礼数,邀我来吃个便饭。

  俗语说:酒逢知己千杯少,话不投机半句多。一场宴席,人越少越容易掉进冷坑。要把这冷坑填热,那就需要酒,也需要话。微妙的是,今天没有酒,也没有特别的话题!自从幺叔当选村干部以来中午极少吃酒,他一直恪守这个原则。尽管饭局都是自个儿买单,但午间喝酒,留下一张"关公脸",极容易让不知情况的村民引起误会。既无酒,又无话题,还碰上个"憨笨"的我,幺叔自然自顾儿一支接一支地抽起他的"无滤嘴"卷烟来。席间,我问他一些问题,他也总是了无兴致地问一句答一句。

  "幺叔?"

  "嗯!"

  "刚才二女婶的村子叫仁寿村吗?"

  "系哩!"

  "仁寿村现在有多少人?"

"600余人。"

"有多少贫困户？"我耐着性子接着问。

幺叔不温不火地回答："八户。"

幺叔自顾自抽烟，对于我的问题都只是应付式地回答着，可我却不依不饶，没话找话。

"二女婶是五保户？"

"不是。"

"低保户？"

"也不是。"

"不是八十有六了吗？"我一脸诧异。

幺叔瞅了我一眼，才慢慢吞吞地呷了口茶，没好气地说："那也得符合国家政策呀。五保户一般是指无儿无女的高龄老人；低保户则指无经济来源、无劳动能力、无法定赡养人的人呀。二女婶有两个女儿，都嫁到外地了，儿孙成群。听说两个女儿平日生活过得马马虎虎，很少回来。即便是大女儿偶尔回来一趟，也是屁股还没坐暖就屁颠颠地走了，大概怕村中的父老叔伯指责吧……"

听幺叔这样一说，我马上为我的无知涨红了脸，不好意思地笑了笑。

…………

"宪法规定，男女平等。"我说，"现在子女都有赡养老人的义务，而非权利，哪能说回避就回避了呢？"我挺挺胸膛说。

"哟！伶牙俐齿，你倒说得轻巧。"幺叔搁下手上的茶杯，不屑一顾地瞥了我一眼，叹息道，"她们真教人心寒哩！我们村委会早些年没少做二女婶两个女儿的思想工作，开始大女儿同意每月支付350元的赡养费，但二女儿却只同意支付200元的生活费。"幺叔停了停，皱眉叹气道："唉！再后来，二人都不肯承担赡养义务了，就再不肯支付生活费了。我们村委会又没有强制手段，调解了几次，她们都赖着，我们真的拿她们没办法……"

"这个有多难！"我气咻咻地说完却卖了一个小小的"关子"，没有接着说下去。

幺叔望了我一眼，长长地叹了一口气，脸上是一阵无声的苦笑，但没有吱声。

幺叔脸上的细微变化我装作不见，接着说："我在局里执法科的时候，就遇到过不少这样赖皮的人，对于一般性的行政处罚，这些人总是耍赖，他们认为他们并没有触犯到法律，没有多大的事情，觉得只要不配合我们执法取证，我们那就拿他们没办法。"我顿了顿，抿了口茶，有意无意地瞟了他一眼。

幺叔边喝茶边微微笑着颔了颔首，似乎认同我的这个观点。

"嗯，我们现在对于这些'老赖'一般都通过法律程序诉诸法院。"

"上法院？"幺叔黑溜溜的眼珠一转，瞪得铜铃般大，"哎呀！太麻烦了，不行，不行……"幺叔连连摆手。

刚刚提起的劲儿立马又像瘪了气的皮球缩了回去。

"幺叔，你先让我把话说完，好吗？"我耐着性子说。

"我正听着哩。"幺叔没好气地答道。

"很多时候，只要我们通过律师发函至当事人，到了那时他们才会焦急才会重视起来，接着大部分人便会主动上门跟我们联系，最后大多数案件都不用诉诸法院就解决了。我看二女婶的情况比我们日常案件还要简单得多！"

"简单得多？"幺叔把杯子往桌面一搁，刚才还眯缝的眼睛瞪得亮堂堂，满腹疑惑地盯着我。

"简单得多……"我把话有意拖得又高又长，似故弄玄虚，又似卖弄关子，却胸有成竹。

有些时候，人的话匣子一旦打开了，就滔滔不绝，谈兴甚浓。现在幺叔就是这样。

他往我杯子里续上茶，迫不及待地问："什么简单的好办法？"

"别急。"我抿了口茶，"对了，刚才说到律师，幺叔你想想，二女婶的两个女儿都儿孙满堂，再困难，支付个三五百元的赡养费不是问题吧！现在问题的关键是'一个和尚有水吃，两个和尚没水吃'，谁都怕吃亏的是自己，既然这样，那就给她们姐妹二人发个律师函。依我看，不出三日她们便会主动找上门来协商，她们犯不着为那区区三几百元冒险。"

"冒险？"幺叔又瞪大眼睛，一脸狐疑。

"是，是冒险。"我点头说，"搞不好，会影响她们的信誉度，包括坐车、出行，甚至供楼供车都会受到影响。"

"噢，这样……"幺叔长长地吁了口气，"有道理，有道理。"幺叔一连喝了两口茶，眼睛斜睨着身边的我，他似乎开始重新打量我。他带着称赞的口吻说："一直困扰我们好几年的棘手问题，你这小子居然不耗半分精神就可以搞定。看来，我幺叔看走眼了。知识就是力量！多读两年书，就是不一样！"

"来哩！"服务员吆喝着又端来一个菜。

两道新鲜冒着腾腾热气的地道小菜端放在桌面上。幺叔似乎心里特别痛快，眼见一直困扰在心头的难题有了解决的头绪，不禁眉飞色舞。他站起来高声喊服务员快送两瓶"天地一号"过来。尽管今天的账单不用他管,中午他也不能吃酒,但他作为"九里香"的老板,他总可以使唤他的服务员"送"饮料过来吧!当然,这一次我没有拒绝他。

"兄弟,来,咱们今天以醋当酒,干一杯,预祝我们今后的工作顺利,合作愉快!"说着幺叔便举起杯。

我一边嘴里应答着一边举杯说:"合作愉快,合作愉快!"

他居然改口称呼我为兄弟了,我心中一喜。

"坐下,坐下。"幺叔一边说,一边示意我坐下来,"我们犯不着打那些别扭的官腔,幺叔没有什么好处,就喜欢有能力、实实在在干事情的人。那二女婶的事情你这周就先重点跟进一下,有什么待我学习回来之后再商量。"

"放心好了,幺叔!我马上联系市里的律师,倘若顺利的话,你学习回来,事情大概已经搞定了。"

"好好好!"他哈哈一笑,连声称是,声音格外雄浑清亮。

"来来来,我们边吃边谈,菜都快凉透了……"幺叔一高兴,便往我的饭碗里夹了几片油光闪亮的笋片。

我咧嘴一笑,看了看他……

我们边吃边聊,却忘记了时间过得飞快。

出了九里香饭馆,我们依然沿着X422江禄乡道往回走,到了通往白坎的三岔路口,我看了看手腕上的表,差不多到上班的时间了,于是朝幺叔挥了挥手,就径直向罗锅村委会走去。

幺叔因为二女婶的事情有了眉目,心情顿然轻松,趁着出差前的最后空当,他再次返回罗锅老街他那幢停建多时的房子去察看。他计划下周回来,马上通知建筑工人复工。早两天幺婶回了趟娘家，两个小舅子各借了四万块钱给他们，总归解了燃眉之急。现在他什么也不想，一心只想先把房子盖起来，再图其他打算。他穿过万岗坪村，站在防洪子堤的坡顶上，一边眺望着那片广阔无垠的"绿洲"，一边吹起口哨来。

　　堤下忽然传来一阵拉锯声，声音往上飘荡。幺叔循声望去，子堤像一条蜿蜒曲折的护城墙横亘在村庄与广阔的土地上，坡前的小径如一条小绳索。雨后的小径上，板车车辙、脚印稀稀拉拉地躺在上面。板车所过之处，空气中弥漫着满是南方青竹的香气。这种香气，幺叔何其熟悉。他眯缝着眼，贪婪地扇动着鼻翼，享受着这如春似花般的气息。幺叔深深地呼吸几下，迈开大步……

　　五月前的扶贫工作还不算太忙碌，主要是精准扶贫信息平台此时仍未开放。从顶层的工作设计来说，这一点，当初还颇算人性化。文件要求扶贫驻村干部驻村时间每周不得少于五天，要做到"三进三同"，通过进农村、进农户、进田间，与群众同吃、同住、同劳动，做到与群众距离上接近、情感上贴近，真正与群众打成一片，进一步密切党群干群关系。而要做到上述这些，一周五天的工作时间其实已经填得满满当当，几乎白天没有丁点儿的时间空隙。若扶贫信息系统开放，那么更多时间的整理资料、数据录入、提交工作计划、填写当月收入情况等，就只能晚上加班加点来处理完成。但通常在这个时间段又是平台"大塞车"的时候，人人都挤到这个"黄金"时段去赶工作。据此前棠的介绍，运气不佳时，往往可能加班至凌晨三四点。因此，每年的四五月是平台的关闭期，就好比每年的"休渔期"一样，终于可以让我们这些扶贫干部稍稍放下平日高度紧张的工作，安安心心地走进贫困户家中去聊天、拉家常，去嘘寒问暖。因此，每年的这个时候，又是各单位选派新一轮扶贫干部进行交流和相互学习的最佳时间。因此，趁着"信息平台"仍未开放之机，我愿意腾出更多的宝贵时间来走访群众。现在可好，我赶上"信息平台"关闭的"黄金时间"就来到这里。这样一来，我几乎有两个月的充足时间去熟悉贫困户和村中的各种情况，这有利于我腾出手来先处理其他一些杂七杂八的事情。我通过从前的工作关系，找到市里的一所律师事务所的张律师。当我把二女婶的情况跟张律师详详细细说了一遍之后，张律师马上表示可以免费为我的贫困户——二女婶追讨两位女儿的赡养费。当我通过村委会把相关材料以传真的方式发给张律师后，果真，事情出奇的顺利。三天后，二女婶的两个女儿便主动联系上张律师和村委会，同意每人每月给二女婶支付400元的赡养费。周五上午，双方赡养责任人来到村委会，在村委会干部和我的见证下，签下《赡养和解协议书》。姐妹二人同时缴纳了上半年的所有赡养费用，共计4800元钱。事情得到圆满的解决，悬在我心头上的一块石头也终于落了地。村委会除了外出学习的幺叔外，每一个人都笑逐颜开。通过此事，罗锅村委会的干部开始意识到法律的重要性，也知道法律是神圣不可侵犯的，在法律面前，人人平等。他们都说，以后有什么事，都应该用法律这个"武器"来为村民维权。

翌日清晨，一阵阵隆隆的锣鼓声把我从睡梦中吵醒。我微微睁开眼睛，窗外明亮的日光顺着窗户的缝隙像一条条射线倾洒而下，落到床头的桌面变成了一个个小圆点。

"哎呀！今天是农历三月初一，公历4月5日、星期五。"我一拍额头，猛然想起幺叔临别时说过的话：罗锅渡口前今天有大型的龙狮庆祝活动。

当地是全国闻名遐迩的武术之乡，我自然不会错过眼前的大好机会。我马上翻身下床……

当我火急火燎地赶到罗锅古街的渡口码头时，那里早已人山人海，鼓乐喧天，古街两旁以及沿江码头到处都插满了彩旗。临江广场中央矗立起一根五六米高的旗杆，旗杆顶端悬挂着"头彩"，依我判断，至少得搭四道"人梯"才能把头彩顺利地采下来。

随着广场上一阵震耳欲聋的鞭炮声，观众马上像潮水一般纷纷往后倒退至安全距离。有的捂着耳朵、有的护着眼睛、有的干脆把外套向头上一裹，充当临时的防护罩……我踮起脚尖，手搭"凉棚"，只见身穿白短袖、黑裤的鼓手不失时机地擂响大鼓，鼓声、喧嚷声、鞭炮声旋即震耳欲聋。紧接着两个体态威武的红黑双狮穿过带着浓烈火药味的烟雾，双双完成三桩礼拜。广场一侧的一面七星大旗上醒目地印着"罗锅醒狮武术队"七个大字。紧接着，便见双狮抖擞精神，跟随着抑扬顿挫的鼓声小碎步绕场一圈。历来南狮重形神，北狮仗轻灵，眼前这个南北结合而又别开生面的开场赢得了现场观众的阵阵掌声。这时候，红黑双狮迎面点了点头，似乎达成了某种"默契"，倏地，从双狮内同时传出大声吆喝："起！"只听"嚯"的一声，红黑双狮应声腾地而起，并同时亮出两个少年，两个少年高高举起狮头的同时双腿在空中连环翻动，场内马上响起一阵热烈的喝彩声。

两位少年"得势不饶人"，只见二人双脚刚一着地便又相继大呼一声："起！"二人同时再一次往空中腾起，双腿继续在空中分别向外翻动，场内再次响起热烈的掌声。如此连跃三次，看得我这个外地人浑身血液在体内翻滚，血管完全张开。此时，充满阳刚之气的"七星大鼓"雷鸣般地擂得更起劲了。热情的观众掌声阵阵，整个表演场地的气氛被完全激活起来。这是一个盛况空前的醒狮表演，观众跟表演者都进入了一种亢奋的状态，鼓手跟随着双狮节奏擂动七星大鼓。地面上不时拉出长短不一，忽高忽低的双狮影子，红黑双狮把南狮的形神韵和喜怒哀乐，演绎得惟妙惟肖栩栩如生。我不禁暗自称赞，怪不得当地有"武术之乡"之称，果真名不虚传！

很快，到了压轴的重头戏——采青。此时黑狮已经退出场外，红狮在少年手中亦变得小心谨慎起来，一扫之前的亢奋。我留意红狮内的狮尾不知什么时候已经换作那个黑狮少年了，他们二人不时在狮内打着手语。看来，接下来的表演确实不简单。我一边为他们二人担心，一边近距离目测他们头顶上的"头彩"到底离地面的实际高度，心中不免为他们二人捏了把汗。

时间在一分一秒地流逝，狮队各位成员已经各就各位，一眼便知都进入了高度紧张的状态，似即将离弦的箭，一触即发。只见红狮少年先在旗杆前摆出前弓后箭的架势，片刻，"嗖"的一声，他利落地高高举起狮头，和着激昂的鼓点，同时有节拍地扭腰、转肘、拧腕，一气呵成，真是把动物世界里狮子发现猎物时的那种兴高采烈的天性表露无遗。借着四周骤然响起的掌声，他轻点在已经弓着腰的狮尾背上，借力一跃，轻轻地站在首层五人架起的台板之上。台板上第二层的三位精壮队员早已候着他和他的狮尾。他从狮口内向助手们使了个眼色，似乎一切准备就绪。

台上红狮少年深深地吸了口气，然后环顾四周骚动的人群。此时，除能听到有点零乱的鼓声之外，几乎没有听到任何的杂音，紧张的气氛令锣、钹手不知在什么时候分了神。所有人的注意力都集中在这高台之上了。

　　红狮少年一提气，抖动手中的狮头，同时抬脚轻踏在"狮尾"的肩膀之上，着力后，他轻微弓腰、收腹、提气，一下子令一只脚倏地踏在狮尾的另一边肩膀之上，狮尾迅速伸出钢爪般的铁手分别抓着他的小腿外侧，红狮少年摇晃的身躯得以迅速平稳下来，他抓紧时间同时轻微抖动手腕并大叫一声："起！"只见人梯闻声而起，就像一台慢慢离地的观光电梯往上升腾，看得人的心脏都"突突"跳起，令人呼吸骤然困难。我直勾勾地盯着红狮少年，大气都不敢出。

　　随着人梯徐徐往上攀升，人梯不可避免地出现轻微摇摆，以至于红狮少年抖动狮头的手腕数度停顿下来，四周不时传来刺耳的尖叫声。他似乎正竭力排除杂念，极力去平衡失重之后带给身体上的抖动……升腾终于戛然而止。红狮少年终于已经站在人梯的"巅峰"，时间紧迫，他扭动身体，让身子连同巨大的狮头轻微有限度的前倾，同时从张开的狮口中探出手去。"啊——"我的心一沉，同时听到围观的人群不约而同地惊呼起来。显然，他们的心在不知不觉间也被这场不经意的惊险场面所牵动，采青的少年仿佛只是他们中的一个影子。刚刚试探去的手分明离目标还有两尺多的距离，少年大惊，黄豆般的汗珠大滴大滴地从脸庞往下滑落。情急之下，他高声疾呼："往前再靠一步！"他同时抽紧全身肌腱，双腿紧挟下方的头颅，并旋转脚掌同时向内侧紧扣。狮尾内那个原本舞黑狮的少年非常聪明，他显然在这么细微的一个动作上领悟到红狮少年传递出来的信息。红狮少年明显感觉到黑狮少年做出了快速反应。黑狮少年迅速绷紧全身，并利用绷紧的下颌扣在红狮少年内扣的双脚尖上，他们以此增加一个平衡着力点。不知什么时候狮队的鼓声像哑巴一般完全"哑火"了，整个现场鸦雀无声，仿佛是在场的观众正在观赏一场高难度的哑剧式杂技表演。红狮少年在极力保持平衡的情况下，回过狮头向鼓手们快速拉动狮内的"机关"，狮子连连眨动着眼睛向鼓手发出"秋波"般的提示，鼓手恍然醒悟，接着擂响大鼓。这个短暂的停顿，外行人还误以为是刻意的编排，居然还报以更热烈的掌声。那一刻，红狮少年的斗志似瞬间再一次被激发起来，他精神大振，乘着这股锐气，再次探出已经颤抖的右手，轻微侧身，倾力向外扩张。但还是有一尺间的距离，他踌躇了……人梯最下面开始不断向上催促："怎么样？快撑不住了。"黑狮少年显然也筋疲力尽了，他喘着粗气断断续续焦急地说："快，快……我也快不行了。"此时上方的他已经感到下方的他像离开水里的鱼儿一般——胸口急剧扩缩，身体开始大幅度的晃动，最底层那面台板更像地震前的征兆——不断地颤抖起来。红狮少年的心焦急万分，正在绝望之时，数道闪光灯发出强烈的光弧无意触发到红狮少年的思绪，他猛然想到，悬挂"头彩"的长长包装绳子有伸缩韧性，只要他抓紧最接近"头彩"的绳子部位用力往下扯，必能把"头彩"拉近到他身边，况且墙纸刀亦有伸缩功能，只要把墙纸刀同时推至极限，手执末端，或许就能成功。他琢磨到这里，毫不犹豫地吆喝一声："吙——！"在这个鸦雀无声的会场上犹如平地响起了惊雷，全场观众的眼球都被他的举动吸引住。他在无数双眼睛的注视下，丝毫没有半分怯惧，他猛一发力,迅速收腹、提气,身子像猿猴一般纵身向上伸探,同时伸出左手抓紧最接近头彩部位的绳子,猛力往下拉扯,同时协调着身体的平衡,利用颈椎做支点,同时把前臂紧贴在狮头内壁以防脱落。他腾出右手在腰间抽出墙纸刀,并同时把刀刃推至极限。时间分秒必争,他果断地朝"头彩"的上方切去,企图在"头彩"的前方部位把它迅速割断。一下、两下,他连割两刀,可老天似是有意捉弄他一般,两刀下去还差一指宽的距离。每割一下,下方的人群就发出不约而同的尖叫,触目惊心的场面真不亚于生死搏斗的最后一刻。

围观的人越来越多,里里外外密密麻麻尽是仰头的人,有的甚至站在远处踮着脚尖伸长脖子一动不动地注视着空中的焦点。在他几乎绝望的同时,他脑海中忽然闪过一个大胆的念头。只能最后一搏,他再一次提气、收腹、侧身,同时把全身力气集中在脚尖之上。狮尾的黑狮少年似乎感觉到他的意图,这样一个动作怎能瞒得过他一起从艺多年的师兄弟呢?那是兵行险着的最后一搏。黑狮少年瞬间挺起身子,钢爪一般的手死死抓在他的膝盖骨上,而他,则两眼全神贯注地死死盯在"头彩"上方,心中默默祈祷着最后一击。就这么一次机会,别无选择。在这千钧一发的一刹那,他把所有力量都集中在脚尖之上,倾尽全力一蹬脚,旋即伸出手去,闪电般朝绳子一刀送去……他同时闭起双眼,那一刻,他已不敢正视结果。只听到轻轻的"咔嚓"一声,左手执着的绳子顿时轻飘,他心里十分清楚,他成功了。那一刻,他唯一能做的就是失重后本能地顺势蹲在狮尾的头上。狮头连着长长的狮裙绕过黑狮少年弯曲的背部在他的前方急速坠落,幸好,狮尾一把扯住裙末,狮头在离地面数寸的空中停顿。真险!他瞬间反应过来,咬着牙,双手捉紧狮裙两边的裙袂,疾劲往上回抽,狮头似长着眼睛一般又疾速飞回,他稳稳当当接在掌心,顺势抄起这"家伙",在高空中巧妙地配合着突然响起的鼓声,同时依仗着得胜般的心情,在空中来了个黄飞鸿式的"金鸡独立"。瞬间全场响起雷鸣般的掌声和喝彩声,经久不息,中间还夹着一些刺耳的哨子声。

我终于见识了武术之乡的真功夫,果然名不虚传!这里温暖舒适的自然气候,浓郁的人文地方风情,真能孕育出当地沿袭千年的传统技艺。

此后我留意到,罗锅村的祠堂内常常有年轻的人不时在演练武术和练习狮艺,而每逢罗锅村有重大喜庆节日都会安排醒狮武术表演助兴。

十

又到了周末,屈指算来,在不知不觉中我来到这里已经有大半个月了。每当忙碌过后,尤其村子告别了一日的喧嚣,恢复了它独有的宁静之后,听着远远近近的蛙鸣虫啾,我心里便油然升起思念家人的思绪。两天前刚念初中的儿子给我打来电话,叮嘱周六记得回家,因下周一是他奶奶的生日,为了迁就我的时间,姑姑、伯父拟定在周六为母亲提前庆祝。

从粤西山区的罗锅村到市区,有足足100多公里的路程。我得先从罗锅广场(罗锅老街前)乘坐公交车到县城中心城区——县公共汽车总站,再搭乘去往市区的班车回家。在离开驻点前,我把近两周的所有公事梳理了一遍,然后,用U盘拷贝了一份贫困户的基本信息和罗锅村的基本情况概括。趁周末空余的时间,我还要翻阅一些贫困户以及村的情况,这将有利于我熟稔于心。我总觉得,时不时拿出来浏览一下,总会比刻意去记牢这些资料更容易一些。

周六上午,我搭乘8点30分发往县城的公交车。在乡道上颠簸了20分钟之后,然后转上了平坦宽阔的柏油道。几十分钟后,车子缓缓驶入县公共汽车总站,我没有马上转乘前往市区端州的班车。既然来到了县内最繁华的中心区域,无论如何也应该逛一下商场,为亲爱的老母亲挑件合适的生日礼物。

到了正午,我已经把坐落在城区中心的几个大型商场都走了一遍，但还是找不到一件称心的礼物送给母亲。

县汽车总站离这片最繁华的中心城区并不远，步行不过是十来分钟。尽管找不到合适的礼物送给母亲，但我还是怀着愉快而兴奋的心情很快走出商场。再过两个多小时，就可以见到我亲爱的母亲和可爱的儿子以及我的家人了。

车子从县客运站准时出发，一路沿着绥江在蜿蜒曲折的国道上奔驰，一路绿荫。透过车窗，原本困顿倦怠的精神已全无踪影。阳光下，辽阔的大地像倏地呈现出一幅绿色立体浮雕的地球仪：青山绿水像两条墨绿色的纽带向远方延伸；一条条纵横交错的乡间小道不时地在无边无际的翠绿中辗转穿行。竖横有序的稻田，如同镶嵌在地球仪上的一个个独立的个体。我坐在车内，感觉自己好像坐着一辆特殊的交通工具正绕着这个奇特的地球仪环绕穿梭。

两个多小时后，我顺利抵达市区端州。下了车，我就直往母亲的家里奔。当我跨进屋后，甚是意外。半月未见的妻子跟儿子一直交头接耳，显得一脸的神秘。除了堂兄堂姐以及自家的兄弟姐妹为母亲祝寿之外，今年母亲生日宴还添了两位新客人：母亲旧日的老工友张阿姨和张阿姨没出五服的堂妹的女儿小沈。我踏进家门的那一刻，心里就明显感觉跟往常不太一样，但一时又想不出有什么不同。碍于今天是母亲"牛一"，便不好意思立刻问些什么。两位姐姐拉着小沈的手你一言我一语地热聊起来，似乎像多年重逢的老朋友，彼此十分熟络；两位老太太（母亲和张姨）则一边唠家常，一边不时往我和小沈身上瞅；儿子和妻子则小声说大声笑。种种奇怪的现象让人感到他们莫名其妙，不可理喻。

转眼到了晚饭时间。饭店离家并不远，徒步前往也就十来分钟。除了母亲和张姨由大姐夫开车接送外，其余人均徒步前往，省得半天也寻不到停车的地方。

出了小区，拐了个弯，就来到端州的城市中心——端州四路。不一会儿，众人已经远远地把我们一家连同小沈抛在身后。妻子陪着小沈并肩而行，有说有笑。我和儿子跟在后面，不时听到妻子请教小沈关于辅导英文的一些方式方法。

"嗯，妻子在为儿子找补习老师。"我心里想。儿子低头陪着我走。听到补习的话题，儿子有点儿怏怏不快。才两周没见，念初一的儿子比我已经高出了一小截。

"听说你先生今年派往扶贫工作队？"我听到小沈问妻子。

"是呢，才去没几天。"妻子回答说，并回过头来看看我。

"我们学校今年也派人参加扶贫工作。"她稍放缓了脚步，回头向我点了点头，"听说现在进入扶贫攻坚阶段，工作十分忙碌？"她补充了一句。

我点点头："嗯，我是今年轮换过去，才十多天。"

"对了，听说这次下乡扶贫至少得两年？好像要直至扶贫结束才能回来？"她边走边回头问。

"这个我倒不是太清楚，但至少需要两年。"我回答说。

"哎呀！"她话锋突然一转，"听说你还有两层身份，"她说，"你还是我们市里的新晋作家？"她柔暖的嗓音带着兴奋。

我真不知小沈怎么会突然问起这个问题，一时也不知如何回应。妻子见状，马上笑着补充说："沈老师特别热衷于文学创作，平日喜欢写诗和散文，有不少的作品在报刊上发表。"

小沈很有礼貌地向我点头，说："老师平日工作都这么忙，不知你是如何平衡创作跟工作之间的关系？"

我脸上一阵绯红。天啊！人家是公立中学的老师，却把我称作老师，真让人惭愧！此前，我确实不知道扶贫驻点工作何时结束——在考察谈话之初，领导曾经说过，扶贫工作是未来工作的重中之重，也是当前的首要任务，脱贫攻坚不获全胜，绝不收兵。在此之前或者之后，我真的没有刻意去平衡两者之间的关系。我的想法一直都十分简单，把日常工作做好，避免不必要的应酬或聚会，腾出更多的时间来阅读和创作，我想工作和阅读两者之间并没有冲突，甚至是一种很好的互补方式，反而有利于工作和创作。

"其实，到基层锻炼锻炼也是好事。这有利于你今后的创作，为你将来积累丰富的创作题材。对了，听说你的驻点就在竹海大观的隔壁？"小沈继续问道。

"嗯，我的驻点在罗锅村，确实是竹海大观旁边的一个行政村。"

"哦……"小沈惊喜地应道，"暑假马上就要到了，到时我带几个文友去竹海采风，也顺道向你这个新晋作家学习学习，不知欢迎不欢迎？"她调侃道。

"你来罗锅村？"我惊讶地问。

"你不担心燕姐吃醋，我肯定去。"她咯咯直笑。

在我回端州的短短两天中，罗锅村就发生了一件轰动的事件。母亲生日宴的第二天，我刚起床，还来不及漱口，一阵熟悉的手机铃声急促地响起来。显示屏显示是幺叔拨打过来的，那一瞬间,我突然有一种不祥的预兆。

"喂,小阳吗?我是幺叔呀!"电话接通,话筒那边马上传来幺叔焦躁而急促的声音。"扑通"一声,我心里下意识地叫了一声不好,知道肯定出了什么大事情。

"幺叔,有什么事,你说……"我回答道。

"昨,昨夜桂坑村建档立卡的贫困户阿斤嫂,喝,喝了农药被送进,被送进了县人民医院抢救,情况,情况还不知道咋的……"一向处事沉着的幺叔显示出少有的急躁,一句不长的话断断续续停顿了好几次。

"啊!什么?"像上升的电梯突然失控,我瞬间觉得身体急剧坠落,脑子倏地一片空白。

"我也是刚接到的电话,我还在端州学习。镇里安排了车,等会儿就过来接我提前赶回去。你没其他事,就跟我一块赶回去吧?"幺叔毫不客气,说起话来像机关枪一般向我"扫射"而来。

"好的,我马上给你发个定位,你来接我。"

"那好。"幺叔挂了电话。

镇里的车辆45分钟之后把我接上。车子很快便出了端州城区,转上高速,一路向西飞驰而去。一开始,我跟幺叔都没有说话,各怀心事地望向车窗外飞速掠过的景物。我心里有一种说不出的滋味。尽管商务车内只有我、幺叔和司机三个人,但气氛显得非常沉重压抑。除了车子在高速行驶中产生摩擦的噪声,以及司机操控方向盘轻微的操作声外,便只剩下局促的鼻息声。

当车子过了黄田地域,拐了个长长弧线弯道,从高速行驶中缓缓转入低速前进,并且很快变得走走停停,像蜗牛一般。幺叔和我相互看了一眼，都不约而同地把目光转移到车头的正前方。"唉！"望着前方如甲虫般爬行的车龙，幺叔摇摇头，无奈地叹了口气。

从司机打开的手机导航看，前方拥堵的路程将近有十公里，预计通行时间还需要一个小时十分钟。

塞车本来就是一件令人烦心的事，可偏偏堵在这节骨眼上。幺叔终于爆发了，他猛地拉开车窗，狠狠地骂了一句："阿斤，你这个害人害己的龟孙王八蛋，看我回去如何收拾你……"他自顾自地点燃了一根无滤嘴卷烟，重重地吸了一口，朝车窗外喷去。

看来一时半刻交通是无法恢复正常的了，蜿蜒的高速公路上挤满了密密麻麻的大小车辆，一动不动。车龙越积越长，像长蛇一般盘踞在重重的大山之间。路面的车辆有人干脆打开车门，三三两两地挨着路边走动起来。

司机无奈地摁下车窗，把前排左右车窗摁出一条缝隙，把空调的出风调至最强。我一看，便知这是一个很有经验的老司机。冷气与热气相交，冷气往下涌，然后随着温度慢慢升高，逐渐向上抬，把热气通过窗缝逼出车外，也不会因窗户敞开得过大而受外面的热气反扑进车内。如此，坐在后排的幺叔吐出的烟味也会很快随气体流出车外。

幺叔见状，倒是有点儿过意不去。他连忙拉开车门，正要下车，裤兜里的手机响起了一串音乐铃声。

"喂！是，是我。我是幺叔……"幺叔探出车外的半边身子又立即缩回到靠近车门的座位上，同时随手拉上车门。

我心里咯噔了一下。

"嗯，我们还在高速路上，车子被堵在黄田高速出入口前行

5公里处。"幺叔说,"哦,哦,哦……那就好,那就好,我们尽快赶过去……"幺叔原本紧皱的眉头开始渐渐松开。摁下电话,他长长吁了口气,"来,小阳。我们下车抽根烟去。"

"哦!"我隐隐意识到阿斤嫂的事情正朝着好的方向发展。

他递给我一根无滤嘴的卷烟:"阿斤嫂已经脱离了生命危险。"

果然,我的判断无误。"啊!那实在是太好了。"我松了一口气说。

"只要人没事,我就放心了,"幺叔说,"阿斤嫂要有个三长两短,你叫她念中学的女儿咋办……唉!"说完他摇摇头,嘟囔着,"怎么会变成这样?"又长长地叹了口气,刚刚松弛下来的愁绪又一次绷紧。

"到底是怎么回事?"我问。

"说来一匹布长,我一时半会也解释不清楚,以后有机会你再慢慢了解。"幺叔闪烁其词地说。从他脸上的表情可以断定,内里肯定有玄机。

"那好,以后再说,关键阿斤嫂人没有大碍就好。"我没有再追问下去。

十一

　　一个小时后，长长的车龙终于开始松动……

　　车子穿过热闹繁华的街道，驶入县人民医院。我们赶快下了车，穿过熙熙攘攘神色倦怠的人群。进入重症监护区后，我们毫不费力地便在医院的咨询前台查询到阿斤嫂在几个小时前已经转入了ICU重症监护室的消息，现在还暂时不允许进内探视。在重症监护室门前的长长通道上我看见站着一些焦灼的人。尽管人群里的每个人都相貌不同，年龄迥异，但他们神色都是焦虑不安。此时，每张脸上的表情都写着同一个符号："祈求上天保佑！"

　　人群全是幺叔的熟人。我随幺叔催步上前，幺叔迫不及待地询问起情况。刚刚还散乱的人群马上围拢过来，连珠炮一般你一言我一语地回答幺叔的问话。我在人堆旁边的长条凳上发现了一男一女两个熟悉的身影，但当时我一时又想不起来在哪儿见过二人。男的双手抱头，面朝地面，闷声不响；女的是个少女，正背靠着那个男人低头默默流泪。大概，这两人是一对父女。这时，幺叔发现他们，便丢下唠叨的人群，一双眼睛喷火似的死死瞅着那个男人，厉声质问："阿斤！你到底搞什么鬼，到底怎么回事？"

　　那男人慢慢抬起头，面容十分憔悴，头发蓬松，胡子拉碴，像霜打的茄子。当目光触碰到幺叔时，又迅速逃离。

　　"到底发生了什么事？"幺叔喝道。

那男人不敢犟嘴，只是低垂着头，又不时摇头。

别看平日这个身材并不高大的乡村干部，火起来倒真像个猛张飞。

男人听到幺叔的厉声喝问，把头垂得更低。他弓腰低头两肘抵住膝盖，只顾盯着脚尖，像是没有听到幺叔的吆喝声。背靠着他的少女终于发出了"呜呜"的低泣声。人群中的两位中年妇女忙不迭地过来安抚那个少女。

"阿斤，你这个没用的混账东西。"幺叔瞪目且用鄙夷的目光怒视着阿斤。

我还是头一回在公共场合见到一个人如此毫不留情地骂另一个人。

人群中有两个长者先后过来拽开幺叔，在他耳边低声细语地劝说："幺叔，还是等阿斤嫂醒过来再骂不迟。"

"你，你，你……"幺叔鼻翼偾张，指着阿斤的手在发抖，"你真不是个东西……"

"喂！喂！喂！你们在这里吵什么？还知不知道这里是医院？你们这样会影响到其他病人的……"一位身穿白色长褂头戴护士帽的年轻女护士从监护室的两扇半打开的门缝中探出半边身子说道。

长长的过道立即安静下来。幺叔哼了一声，黑着脸背着手径直朝外边走，我只好紧紧跟在他身后。

幺叔气得一抖一抖的。他大踏步走出医院，一边走一边向镇办拨了个电话。接着又拨通了支书周奇鉴的电话。他提议动员一下各村干部，为阿斤嫂募集些医疗费用。支书奇鉴接纳了幺叔的建议并叮嘱必须采取自愿形式。

....

阿斤嫂呆呆地盯着病房里的天花板。她在医院里躺了三天，人是活过来了，但依然头重脚轻。她的目光空洞而无神，如同剩下一个枯朽的躯体。她不时地感到心堵气闷，全身动弹不得。稍稍一动，便觉得全身经络痉挛，揪心地疼痛。可她的意识却依然活跃。此时此刻，她心里焦虑不安。她心里比谁都更清楚，自己在这里多待一天，就预示着给原本困难的家多增添一笔开支。她心痛！她焦急！她厌倦了贫穷的生活，厌倦了一年四季到处借债还债周而复始的日子，厌倦了一个女人无依无靠独立撑起这个家的时日。早在两天前，尽管仍在抢救的手术台上，但在她潜意识中唯一放不下的只有刚念满初中的女儿来娣。那一刻，在模糊的意识边缘里她能感受到自己躺在一张手术台上，强烈的灯光聚焦在她的身体之上，有那么几秒钟，她看到自己的灵魂离开了自己枯槁的肉体，像缥缈的晨雾循着圆柱状的那束强光往上升腾，缥缥缈缈。就在那一刹那，她恍惚瞥见了她留在世上唯一孤苦伶仃的女儿来娣。那一抹奇异的光柱，最终让她的灵魂徐徐地降落下来……好了，现在被抢救过来了，可阿斤嫂的脑海中第一时间蹦出的却是"不幸"两个字。生存就预示着还要面对生活，高额的医疗费就会像大山一样压在她胸口，她将无法逃避生活带给她的痛苦。躺在床上的这两天，也是她真正能安静下来思考的日子。能动能走的时候，每天都忙忙碌碌，没有一天的空闲时光。现在倒好，可以安安静静地思考接下来的生活。现在她唯一放不下心的是她家里那个孤苦伶仃的女儿。指望她那个自她出生以来连抱一抱，甚至多看一眼也觉得厌烦的父亲？那是大大的不可能，也不太现实。

精神略略好点的时候，她眼里总是浮现出褟褓中女儿可爱的面容，那时女儿来娣胖嘟嘟的，十分可爱。此情此景，她心中不免又绝望地想到：我庆幸能看着你一天天长大，可……可遗憾不能看到你长大成人……

………

第二天，罗锅村委会下辖21个自然村，除了周塘和小坳两个自然村的村主任临时委托村监委参加外，其余的19个自然村村主任都准时出席会议。一直以来，奇鉴支书在狠抓党风廉政建设的同时，对各村干部都有严格的纪律要求。为此，多年来罗锅村干部整体精神面貌焕然一新。作为驻村干部，我自然亦列席会议。

这是我第一次以驻村干部的身份正式参加罗锅村的"村两委"会议，心里不免有些许紧张。不过，这里的气氛还是相对轻松的，并没有局里的会议那样严肃。从进入会议室到会议开始，大家都始终保持着一种宽松而严谨的精神状态。因此，多多少少减轻了我的心理压力。而且，奇鉴支书是个见过不少大场面的前辈，把控会场的能力也相当老练。从进入会场到向众人介绍驻村干部，再到我自我介绍，但凡有我窘迫的地方，奇鉴支书都采取了恰到好处的"救场"，使我表达得更为流畅。很快，我就进入了状态。会议头两个议题开展得非常顺利。

当会议进行到第三个议程，原本热热闹闹的会场，一下子就安静下来。奇鉴支书把目光转到幺叔身上："第三个议题，请瑞华同志跟大家通报一下阿斤嫂的最新情况。"话音刚落，整个会场便鸦雀无声。大概阿斤嫂的事情早已传遍整个罗锅村了。俄顷，在场所有人把目光聚焦在幺叔身上，不大的空间瞬间似被凝固了起来。

"相信大家对阿斤嫂的事情都已有听闻,在此我也不啰唆重复介绍了,"幺叔神色凝重地环视一遍会场,"大家都知道阿斤嫂的家庭情况,虽然镇统筹为她办了农村合作医疗,但自费药和自付部分的医疗费用,相信也是一笔不小的数目。"幺叔说到这似乎刻意地停顿下来,让大家领悟他想说而没说的意图。在场的所有人,或多或少都明白幺叔接下来将要说的是什么。我留意到,当时大家几乎是同一时间低下了头,大概是以此回避幺叔扫视过来的目光。随后众人交头接耳,轻声地议论起来。幺叔心中一颤,不禁暗自骂道:"我还没有把话挑明,你们就装糊涂了,真是岂有此理……"尽管幺叔明白各人的心思,但也不好表示出什么来。他把拳头伸向嘴唇边,干咳了几声,随手挪了挪桌上的麦克风,把声音提高:"请大家安静安静,今天叫大家来,不是要向大家摊派什么任务,只是希望大家各自回去动员一下,有钱出钱有力出力。每个人总会有难过的坎,能帮则帮。确实不愿意,帮不了的,我们不勉强。阿斤这个人确实也是不争气,但既然他是我们的子侄,又是我们建档立卡的帮扶对象,看在我们同宗同族的分上,不为阿斤想,也要为阿斤嫂想想,这个女人自嫁入我们村以后,大家都是有目共睹的,一天到晚勤勤力力,任劳任怨。从人道主义上,我们能袖手旁观吗?还记得每家每户门前的祖训吗?大家合力拉一把,难关就过去了。"

台下"啧啧"地又是一片议论声,接着有的点头,有的摇头,有的左看看,右望望,持观望态度。

"好了,好了,希望各村回去动员一下,记住,都是自愿形式,不落任务。"他望了望身边的奇鉴支书,说:"周书记还有什么补充?"

"没了。"奇鉴支书摇摇头。

"大家还有什么意见?"

台下众人都各自摇头。

"那就散会。"

眨眼工夫众人都各自散去。奇鉴支书跟幺叔各自下楼后都若有所思。幺叔坐在办公桌边默默地抽起闷烟。自从阿斤嫂出了事,他们二人就没有闲过一天,打心底里,他们二人对阿斤确实成见很大,但这又有什么法子呢。毕竟一人归一人。阿斤嫂是不幸的,而且她家还有一个刚初中毕业的女儿来娣,搞不好,阿斤嫂有个什么三长两短的,那麻烦的同样是村委会的人,指望那个扶不起的阿斗——阿斤,真是门都没有。这两天,奇鉴支书和幺叔忙得像个上足发条的陀螺。最先,县、镇两级政府派出调查小组,紧接着派出所、农办、维稳办、综治办、司法所等多部门轮番上门调查。总之,二人送走一茬人,又迎来一茬人,忙得他们几乎都喘不过气来。无法,他们唯有在心里反反复复把那个阿斤骂上一千遍一万遍。

骂归骂,但工作终归仍须继续。这些年,紧张繁忙的工作已经迅速锻炼出两位德才兼备的优秀村干部。即便遇到什么样的困难,二人依旧在各自的岗位上尽心尽责,任劳任怨。

沉默了好一会,奇鉴支书揉揉眼,伸了个懒腰,自言自语地说:"人过四十,连续熬夜,眼睛都不大好使了,看东西会出现重影。"

"唉!"幺叔微微一笑,嘴角扬起,"还不是一个样,我已经有'老花眼'的迹象了。"

"唉!"奇鉴支书叹了口气。

电脑操作员小红有条不紊地在电脑前接收文件，冰姐还在二楼忙前忙后收拾会议室里的茶杯烟缸。

村委会委员兴友仍在嘻嘻笑："今天有酒今天醉，车到山前自有路，想不了这么多。"他像是自言自语，又似乎在安慰支书和幺叔。

奇鉴支书和幺叔扫了他一眼，都没有吭声。

见我坐在便民长台外面的木制沙发上，奇鉴支书便提声问我："小阳，你是市里的扶贫干部，阿斤嫂又是你建档立卡的帮扶对象，我想听听你的意见？"他偏过头把目光落在我的身上。

"支书。我刚来不久，我想先多了解一下阿斤嫂的情况再说。至于解决办法，我想，合众人之力，办法总是比困难多。"我用真诚的目光回望着他。

"嗯嗯！年轻人就是够自信。这样吧，你先熟悉一下情况，有什么好提议可直接给我打电话，或者找幺叔谈谈你的看法。"

"好哩。"我点头应允。

十二

眼看五月将至,我来到罗锅村驻点一个多月了。俗语说,饭后百步走,活到九十九;饭后三百步,不用进药铺。我当然不会白白浪费罗锅村如诗如画的大好风光。其间,我养成每晚饭后沿绥江逆流方向散步的习惯。

罗锅村的夜晚出奇的安静。夜幕降临,劳累了一天的农民将饭碗一丢,就多半进入了梦乡,唯有罗锅老街前的绥江仍旧发出汩汩的流水声。月亮在繁星闪烁的夜空下慢慢游走。大地沉寂下来,罗锅老街矗立的街灯此时显得格外明亮。

在还不算忙碌的日子里,我特别喜欢慢慢悠悠地走在这条干净而宁静的村道上。当上游发电站放水泄洪的时候。我会站在广场入口与老街交界处的"忘忧岛"前,听着那湍急的流水声,似乎整个人在一天的忙碌之后能迅速安静下来。

今晚有点儿例外。下午收工前,幺叔相约,吃过晚饭会带点绿茶到我的驻点拜访。他打算和我喝茶顺道聊聊工作上的一些问题。现在我可以感应到,幺叔已经除下他的"有色眼镜"看我这个来自城市的驻村干部。房子复工以后,他又恢复了两个多月前每天都为在建的房子早晚浇水的习惯。他在建的房子正好也在罗锅老街,在我的驻点附近。严格来讲,就在同一条街上的两头,距离也不过是短短的几百米而已。现在幺叔可以下工后先忙完"九里香"的活儿,然后又可以像从前一般优哉游哉地来到建设中的房子前，驳上水管，把整座房子浇得湿湿漉漉。每每这个时候，是他内心最为酣畅淋漓的时光。

晚上，送走"九里香"最后一批客人后，时间正好来到晚上的七时整。一般情况下，乡村的饭局比较简单。客人来得快，走得也快。天一擦黑，过不了多久，就开始有客人离去。这么多年，幺叔都心中有数。

趁着时间尚早，幺叔先赶往建设中的房子处看了看。他现在反而十分乐意跟我这个驻村干部待在一起，聊聊天，说说话。用他的话说，他总觉得，我除了务实、勤劳、肯思考外，我身上还有一股旁人缺少的、与众不同的傲气和韧劲。但这股傲气绝非骄傲霸道之气。他说他一时也无法准确地把心里的那份感觉描绘出来。用他大概的说法是：我身上有一股特别的灵气和傲骨之气。

幺叔关掉抽水泵，收拾好工地上的工具，然后点燃一支无滤嘴卷烟。他背着手，低着头，一边抽着卷烟，一边慢慢信步朝我的驻点走来。刚经过广场转入老街的分岔口，不想，迎面而来的一个身影差点儿把幺叔撞个满怀。

"幺叔。"那人满脸菜色，朝他弱弱地叫了一声。

幺叔一愣，定睛一看，不是别人，原来是阿斤嫂的女儿来娣。

"咦！是来娣，你来找我？"幺叔止步问道。

"嗯。"来娣点了点头。

"斤嫂有事？"幺叔心里突然往下一坠，急急问道。

"妈妈在家没什么大碍。"来娣低头摩擦着双手说。

"那就好。那就好！"幺叔连声说好，"是不是遇到什么困难了？"幺叔悬吊起的心总算落了下来。

"幺叔……"来娣抬起头,欲言又止。

"来娣,都是自家人,你有话就直说好了,不用吞吞吐吐。"

"幺叔,是这样的,此前爸爸在亲戚朋友那里东凑西拼的,已经结清了妈妈的医疗费用……"

"嗯!我知道了,那还有什么事吗?"

"你,你们可不可以不告我爸爸……"来娣用恳求的目光带着哭腔哀求道。街灯下,她一双明眸宛若琉璃。

"谁说告你父亲了?"幺叔冷冷说道。现在不论是谁在他面前提起阿斤这个人,他都满肚子的火气。

"爸爸说……"来娣刚把话说到一半,又噎住了,像在喉咙骨上插了刺。她不觉眼圈渐红,双腮带赤,低头不语。

"好了,好了,我们一起到扶贫干部住处坐下来再慢慢说吧。"幺叔听了这话,心软了,忙安慰起来娣来。

二人一前一后朝我的驻点走来。明知幺叔今天晚上到访,我早早在院子里等候着他。把客人迎进客厅后,我奉上早已泡好的茶水。看见来娣,我差点惊叫起来:"怎么会是她!"

幺叔见我一脸疑问,便介绍说:"这是斤嫂的女儿来娣,有事来找我,刚好在来你这里的路上碰上,就一起来了。"

"嗯,她是斤嫂的女儿来娣?"我瞪大眼问。

"是啊,你们之前见过?"幺叔疑惑地打量我。

"我们又见面了。"她怯懦地瞅了瞅我。

"对,我们是见过的。"我搔搔头,一脸尴尬。

"他还被我们家'富贵',不,是我们家的大黄狗逼落到了水涧呢!"说着,她的脸更是红得像个熟透了的小苹果。

"哦……原来如此！"幺叔马上醒悟过来，哈哈大笑起来。

来娣满怀心事地低下头，根本就笑不起来。

"现在，阿斤这个衰仔，总算有点良心，东凑西拼的，为阿斤嫂支付了医疗费。但不知咋的，大概是担心我们会继续追究其他责任吧，所以来娣就为这事过来了……"

幺叔的手在我眼前上下左右晃了几下："干吗啦，有没有听到我说话。"

"哦，哦，哦——！这个不是问题。"我梦游一般回过神来。

"幺叔，爸爸付了医疗费，可不可以不告我爸爸？"她终究抬起头，一双慌乱的眼睛带着哀求。

"谁说告你爸爸了？"我瞧瞧幺叔，幺叔也瞅瞅我。我们二人同时哈哈地笑了起来。

"顶多……顶多我不再坚持读书好了，爸爸就不用为我生气了。"她可怜兮兮地哀求说，晦涩的眼中藏着几分无奈。

我和幺叔迟疑了一下，"这到底是怎么回事？"我们二人异口同声地问。

来娣面露难色，嗫嚅着说……原来，事情是这样的，来娣十五岁，今年初中毕业，成绩还算不错，中考成绩达到了高中分数线。阿斤嫂自然高兴得欢天喜地，再难再苦她也希望来娣多念几年书，毕竟高中之后起点会再高一些，将来最好能在城里找个男人安个家，总比她这个做母亲的强多了。可是，阿斤就有不同的想法。阿斤想法很简单，女儿读再多的书迟早也得嫁人，嫁出去的人就如泼出去的水。反正都是"赔本"的"买卖"。如果来娣再多念几年书，那就亏得更大。白白养了十几年，最后还是个赔本货。在这件事情上阿斤嫂少有地寸步不让,一改往日的懦弱。她觉得这是唯一能改变女儿命运的途径。"知识改变命运""书中自有黄金屋"这些古老而浅显的道理她还是知道的。为这事她和阿斤不知闹了多少回。可那个冥顽不化的阿斤始终不为所动。一气之下,阿斤嫂彻底绝望了,只是谁都没有想到,她竟然采取服农药的方式来抗争。

"岂有此理!"我重重地一拍桌子,"迂腐!简直迂腐到了极点!空有一副好皮囊。"我愤愤不平地站了起来。

来娣一双恐慌的眼睛巴巴地看着我,像个等待审讯的犯人。我被幺叔扯了把衣角,方知刚才的言行把眼前的来娣惊吓了。我喝了口茶,马上调整自己愤愤不平的情绪,尽量使自己的情绪更平缓些。我压低嗓音:"嗯!没事,你不要担心,我们会处理好这事。书要念,一定要念。"我最后安慰来娣。

"不,我不念了。"她低垂下头。

我看得出,来娣有点儿闹别扭。

"来娣,放心吧。"幺叔看了看表,"时候都不早了,九点多了,你先回去吧。"

她忧郁的眼光一眨不眨地看着幺叔,身子依然没有动。

幺叔心里明白。"相信我,你先回去吧。"他挥挥手,示意她先回去。

来娣很不情愿地又望了两眼幺叔,然后委屈地说:"哦!"才慢慢离开座位,转身出了门去。

我和幺叔沉默了好一阵子。"到外面走走,边走边谈。外边的风景好着哩。"幺叔说,心情似乎平服了些许。

"嗯嗯!"我爽快地答应道,随手拿起钥匙包。

我们俩一前一后出了门,沿着罗锅老街往上游的方向走去。

我问:"去哪里?"

幺叔边行边答:"你有好提议?"

我摇了摇头。

"前面有个'忘忧岛',你到过没有?"

"我知道,但没有去过。"我说。

"想必你还没有上过岛。"他得意地说。

"是呢,没有。白天经过我看到还要十元的门票。"我耸耸肩,做了个无奈的表情。

幺叔笑笑,说:"江水涨了,那岛矗立在江中,岛内长满茂盛的竹林,如今绥江水渐渐碧绿,坐在岛上的亭子里,心要多宽就有多宽,烦忧的事情自然好转。走,到岛上去。"

听他这么一说,我饶有兴致地说:"好哇,那到岛上走走去。"

说着,我们二人便朝"忘忧岛"方向信步而去。"忘忧岛"矗立在绥江中央,四面被江水包围。江的南面是著名的"竹海大观",另一面便是我们身后的这条老街。"忘忧岛"在正对着民居屋前的沿江边修出一条浮桥栈道。我走近一看,才发现栈桥并非像大多数的木桥一样采用固定的形式,为了避免上游水坝泄洪,栈桥采用的是移动的浮桥形式,必要时可暂时收起栈桥。我一踏上竹制的小栈桥,栈桥便马上发出咯吱咯吱的摇曳声,桥面摇摇晃晃,像儿时走过的拉索桥一般。幺叔忙回头说:"小心小心,城里人行不惯,只管抓着护绳往前走,不要害怕。"

我淡淡一笑,说:"嘿!幺叔你就放心好了,我们七星岩景区里的铁索桥比你这个小浮桥晃多了。"

"呵呵……"幺叔放声大笑,似乎果真暂且放下了先前的烦忧。

晚上的罗锅村渐觉清爽,浮桥下的江面变得澄清安静,如静止的湖水,今晚皎洁的月光分明像藏于水下。那一刻,我心里暗自叹道:怪不得聪明的猴子也会受骗,水中捞月了。

过了晃动的小栈桥,岛内果然别有一番景致。借着月色,我看见岛上的竹子特别青绿茂盛,唯独一丛靠近江边的青皮竹,孤孤单单地冒出不少的黄枝老叶,不时一两片枯黄的叶片从竹子上翻落而下,或滑落在一地的叶片上,或飘落水中。此情此景,我甚是奇怪,心里陡然升起一阵莫名的感叹。幺叔似乎看透了我的心思,忙指指青皮竹前的一座小竹亭:"就在这坐坐吧,再进去,夜里恐怕有蛇。"他一面说,一面朝小竹亭走去,"自从把竹亭修好之后,不知咋回事,保留下来的这丛青皮竹便是如此了。"

"独木不成林。"我脑海里倏地想起来娣,感觉她的命运跟这丛竹子是何其的相似。

小竹亭前一层厚厚的落叶,踩在上面咯吱咯吱响。

江风从打着旋儿的江面吹过,发出呼号一般的声音。

"坐在这里,绥江两岸夜色尽收眼底,怪不得叫'忘忧岛'啦!"我抬头赞叹道。

幺叔不待我说完,笑着说:"风景不好,哪还敢收十元门票?"

说话之间,我们已在小竹亭里坐下。小竹亭四周黑漆漆一片,几点渔火在远处的江边明明灭灭,身后的罗锅老街少有行人,江畔沿线的氙气街灯在雾气萦绕中显得分外夺眼。在雾气的氤氲之下，一切都变得朦胧起来，原本鳞次栉比的房屋在氩气灯影的作用下化作一幅水彩画，深深浅浅，朦朦胧胧。我感觉自己如隐没于江南的烟雨亭中，渐渐地，心中的郁闷已去八九。看着看着，我才发觉大概江水流经此处忽然被"忘忧岛"从江中分割的缘故，因此江水在宽阔的江面上显得十分平静，但安静的夜色中还是能够听到湍急的流水声。怪不得，白天途经此处，会有"潺潺"的急流声。

"小阳，想家了？"幺叔问道。

"哎呀！来到这哪会想家？"我打趣道。

幺叔一脸疑惑，问道："来到这，就不想家？"

我嘻嘻一笑，说："来到了'忘忧岛'，还能想什么？！"他猛然醒悟，哈哈一笑。

"站在这，我不由得想起'人杰地灵'这四个字。"我说。

"人杰地灵？"幺叔不解地问。

"社会发展到今天，怎么还会有像阿斤这种人呢？怪不得……"我顿了顿，偏过头来瞧了一眼幺叔，又道，"'扶贫工作需要扶贫先扶志、扶贫必扶智'，这句话说得太对了，确实，一日不除他们的惰性、懒根，一日不改变他们的观念，脱贫致富就难啊！"

"你说阿斤？"幺叔问。

"或者是，或者又不是。"我说，"我指的不单单是阿斤一个人，而是怀有这种因循守旧思想的所有人……"我叹了口气说。

"唉！你说得对。阿斤本来家庭环境就不错，他家在二十世纪七八十年代算得上这里数一数二的大户人家。"幺叔边说边摇头叹息。

"哦?"我给幺叔递过一根香烟,同时自己悠然地点了一根,抽了一口。

幺叔摸索出他的火柴,擦上。刚刚燃亮的火柴瞬间被江风吹灭了。他又抽出一根火柴,弓身再擦,虽然双手把刚刚燃亮的火头拢起,但料峭的夜风带着丝丝凉意还是再次把火头吹灭。他无奈地摇了摇头。我把手中的香烟递到他跟前,他接过来慢慢把火头触在嘴边叼着的香烟上,深吸了一口,香烟便被点燃起来。那火在夜色中像极了一只细小的萤火虫,一明一暗。

幺叔喃喃自语地叹息道:"看来我这个坏习惯都要改了。"他看了我一眼,"眼下一日千里,因循守旧的思想和行为再也行不通啰!"他似是有感而发。

我点点头,说:"就是这个道理。"

"哈哈……"我俩同时咧嘴一笑。

幺叔接着说:"阿斤是个独苗,早年父母是生意人,乘着改革开放的春风,攒到第一桶金,家里一早就盖了房,依山傍水,算是这里数一数二的大户人家。"

"原来如此……"我长长地应了一声,猛然想起那天在那间大屋前被大黄狗狂追的情景。

"你接着说,接着说,我想知道阿斤后来是怎么变成今天这个样子的。"我催促幺叔道。

十三

"1995年,阿斤高中毕业。因为家里环境不错,当年就买了辆农用车跑运输。那时,全镇几乎没有几辆大型的运输工具,加之他父亲是第一批下海经商的人,镇内外都有很好的人脉关系。因此,那几年阿斤生意做得红红火火,一度又增加了两台农用运输车,还雇了两个帮工。他脑子灵,是块做生意的料子。"幺叔露出惋惜之情。

"那……为何?"我低声问道。

"后来……"幺叔吸了口烟,抖抖烧了半截的烟灰。见我没有吭声,他接着说:"后来阿斤在跑运输的过程中认识了在城里打工的阿斤嫂,婚后生意更是越做越大,一度又买了两台大型的农用运输车,再雇用了几个帮工。那时罗锅村人戏称他们是'最佳拍档'。"

我一听急问:"后来呢?"

"后来他们的女儿来娣出生了,就是刚刚来找我们的那个女孩。从那时起……他们的生活开始急转直下……"幺叔把烧至烟蒂的香烟猛然吸了最后一口,轻轻丢在脚尖下,抬脚重重拧熄了烟头。

"何解呢?"我忍不住急声追问。

幺叔望向远处那明明灭灭的几盏渔火,沉默不语。

见幺叔脸色凝重,我便静静地坐在一旁,不敢再追问。

"说到底都是封建思想作祟。"少顷,幺叔冷不防冒了一句。

我一时无语。幺叔的话,让我陷入了沉思。

"自从来娣出生之后,阿斤父母就整天唉声叹气,因为阿斤嫂是城镇户口,按当年的政策,只允许生一个。斤嫂又不同意'偷生',时间一长,潜移默化,连阿斤这个小子的思想也发生了逆转,认为更多的财富也是后继无人,便无心经营。"说到这儿幺叔停了下来,窥我一眼,"其实,'来娣'这个名是她爷爷取的。"

"我知道,就是希望来娣之后再来个弟弟。是不?"我忙接过幺叔的话。

"嗯嗯!你小子,真聪明,来了几个月就懂了些乡土人情!"幺叔露出一丝惋惜,似乎有无尽的感叹。

"然后呢?"我依旧不依不饶。

"前几年,阿斤的营运车出了重大责任事故,刚巧那年斤嫂让阿斤去买保险的钱被阿斤偷偷挥霍一空,保险没买,那自然只得变卖车辆赔偿人家,还欠下一屁股的债。可屋漏偏逢连夜雨,当年阿斤父亲一气之下,说走就走,撒手人寰。母亲终日忧郁成疾,之后随外嫁的女儿住城里去了。阿斤就更是一蹶不振了,终日借酒消愁,结交了一些好吃懒做的人终日无所事事。他总觉得是来娣给他带来了晦气。唉……这孩子怪可怜的。"

"哦,原来如此……"我一时无语。

夜色渐浓,凉意来得特别强烈和随意,阵阵江风似乎在黑沉沉的天幕下任意切换。把茂密而干燥的竹林吹得响一阵,静一阵,时如惊涛骇浪,时又噤若寒蝉。我一连打了几个喷嚏。

"走，回驻点去。"我搓着手站了起来，随手把衣领反起来包裹着脖子。

"看来又是一场暴雨。"幺叔话音未完，长长的闪电在远处的竹林划过天际，闷雷从宽阔的江面上滚滚而来。我们急急忙忙过了浮桥，豆大的雨点便开始在大滴大滴地洒落。刚刚回到驻点，瓢泼大雨便倾泻而下。

"哈哈，幺叔你真是贵人呀！"我一面拍打身上的雨水，一面对幺叔说。

"此话怎讲？"幺叔拍打着衣服问。

"嘿！不是自古就有'贵人出门招风雨'之说吗？"我调侃道。

"城里人的话，我顶多能听懂一半。"

"哈哈……"

笑声起落，挂在墙壁上的日光灯居然明明灭灭，连续眨了几下。

"不好！"幺叔收起笑声惊叫起来，随即四周一片漆黑。

"这里经常停电吗？"我问。

"已经有很长一段时间不曾停电了。"

"既然如此，今晚我们二人就效仿古人，来个'秉烛夜谈'吧！"我朗声道。

"那，那我就恭敬不如从命，只能舍命陪君子啰。"

…………

我找来两根蜡烛，在茶几上点燃一根，东面的窗台上也点燃一根。虽然窗户紧闭，但烛芯的火焰还是飘飘忽忽，两个身影时而拉长，时而缩短，在烛火的作用下，就像投影机把图像传送到雪白的天花板上。

我很快把话题再度切回到阿斤身上。在听完幺叔介绍的情况后，我心里萌生了一个大胆的念头，这是一个非常难得的突破口。这个突破口既是挑战，当然也是机遇。俗语说得好，挑战与机遇并存。当前脱贫攻坚战到了最关键的时刻，其实极需要一个"成功的范例"。从刚才幺叔的叙述当中我已经了解到，阿斤完全具备这样的先决条件，这个人正值中年，有旁人所没有的商业经验和头脑。更加难得的是，他还有一个勤劳的贤内助阿斤嫂，眼下只需把这个人的积极性调动起来，就好办了。我想，只要解开了这个人的"死穴"，把这个钻"牛角尖"的人从思想上完全解放出来，莫说是脱贫，致富都是个绝佳的好手。试想，若能帮这样一个让所有人看扁的人重新站立起来，实现"弯道超车"，那么，必然会激起更多农民兄弟脱贫致富的决心。有了决心，又不缺好的政策，那何愁不能发家致富、出人头地呢？一切便是水到渠成之事。

我把我的想法跟幺叔详详细细、原原本本地说了一遍。说得幺叔皱着眉头一戚一戚，连连嚷道："好好好！"不过，他的眉头又很快慢慢地皱起来，说："好是好，道理谁都明白，问题是三言两语又怎么可能说服这个顽固不化的阿斤呢？"

我嘿嘿一笑，说："他不是想来娣有个弟弟吗？"说完我神秘地一笑。

"切，难道你能为他生个二胎不成？"幺叔咧嘴一笑。

"我哪有这个能耐。"我白了幺叔一眼。

"切，那说的都是白搭。"幺叔没好气地说。

"话又不能这么说哦！"我一本正经地说。我给幺叔递过一瓶矿泉水，"幺叔你先喝口水。容我慢慢说，容我慢慢说。"

"哎呀，你们城里人总是喜欢卖关子，真使人着急，快说，快说……"幺叔猴急地催促说。

"好好好！我说，我说……"我收起笑脸。

"这都是什么年头了，国家放开二胎早就实施了，只要符合国家政策，阿斤随时还可以生二孩的嘛。"

"唉，这个……还不知阿斤的想法哩。"幺叔听我这么一说，茫茫然地直摇头。

"幺叔，你听我说，既然政策鼓励生二孩，阿斤嫂年纪也不算太大，眼下医学先进，高龄产妇多，比阿斤嫂大得多的大有人在。试想想，他们是完全可以生二胎的。"

"话虽这么说，但我们农民讲究的是实实在在，你的猜想就算成立，但阿斤能听得进去吗？"幺叔说到最后，竟然像个泄了气的皮球，挺拔的身子渐渐弯曲了下来，喃喃自语。

看着幺叔的表情落差，我心中也不免凉了几分。是啊！对于农民来说，尤其是那个求子心切的阿斤来说，对他晓知情理，会有用吗？尽管我心里是这样想，但嘴里还是安慰起幺叔来："幺叔，你不用犯愁，让我先想想办法，办法总是会有的。"

"唉！但愿如此……"他说，"时间也不早了，我就不打扰你休息了。"

我看时间确实不早了，雨也已经停了，自然没有再挽留幺叔。我一直把他送出老远，才相互道别。

眼下，时令正是春末夏初，本来是个农忙的季节。但现在的罗锅村是农忙不忙,皆因种田的农户越来越少,有劳力的年轻人都选择外出务工了。近几年四处都是用工荒,特别是珠三角地区发展迅猛。即便是眼下离罗锅村十多公里的县城,只要你有力气又愿意挨苦,即使是没有多少劳动技能的,也不愁在县城里找不到工作。现在村里留下的多是无劳动力人口或者四十多岁既要照顾老人,又要照看幼小的中老年人。从前竹子能卖个好价钱,大家也就闲不下来,但近些年竹子的销售渠道严重萎缩,需求量大大减少。加之从前需求最大的建筑工地现在基本采用金属脚手架代替过去的"排栅式"作业,而罗锅村出产的竹子多是薄竹,在建筑工地中多是作捆扎功能的竹篾,相当于我们平日用来固定物件的绳子,在建筑工地大量使用搭排栅的时代,竹篾的需求量自然是不少,但眼下用竹子搭架的方式早已一去不返,只不过仍会在一些小维修或者私房建筑中还可零星看到使用。因此,在整整十多年房地产市场如火如荼的发展背景下,盛产竹子的罗锅村真正得不了多少实惠。目前竹子的主要市场多是做低端的香骨。香骨就是平日人们烧香拜神时使用的香芯梗。香价钱本来就属于低端消费品,香骨的价钱自然是"水降船低"。用竹制作的其他商品,诸如茶具、工艺装饰品等销路又十分有限,因此,近年来生活稍好的农户都不愿意再从事与竹有关的买卖了。到了2018年前后,一担百斤重的竹子市场收购价格大概是25元钱,还要"随行就市",一般都会有二三元钱的价格波动。这个价,实际上已经包含了农户砍竹、截节、担工等全部费用。

由于竹子价格长期低廉,农户的积极性无法调动起来。时间一长,"恶性"循环便日渐显现。往往前来收购的竹贩子兜了一圈之后,最后还是无法完成收购任务,本来五天跑一趟,不得已只好调整为半月跑一趟，甚至后来个把月来跑一趟。砍竹卖竹的农户也变得越来越少。

近些日子，我脑海里时常会出现阿斤这个名字，又会莫名其妙地想起那个亭亭玉立的小女孩——来娣。我打心底里反复思量：怎么样才能解开这个人的死穴？又可以用什么样的方法来说服这个人呢？除幺叔之外，还有没有其他人能说服得了这个人呢？

我想，我应该大胆试一试，我应该用足够的真诚去打动这个人！不是说精诚所至、金石为开吗？

两天后的一个早上，天气特别清爽，云层像橘红色的轻纱，缥缥缈缈，阳光仿佛像个躲在母亲身后的孩子，娇滴滴地把几朵红晕洒在屋前的院子里，像垂下一面细细的薄纱。罗锅老街又开始了一天的繁忙。由远及近，再由近至远，"嘟嘟嘟"的摩托车声不绝于耳。我来了有一段日子了，我掌握了一个规律：若摩托车夹裹着"沙沙"的叫卖声，那多半是开着三轮摩托车叫卖的"跛腿锋"。跛腿锋叫卖的声音拉得特别尖，特别长，叫卖起来有点儿像京剧的味儿。我开始总是无法听清楚他叫卖些什么。时间长了，才知道他是卖猪肉的贩子。从相貌外表而论，其实他长得也挺秀气的，只可惜无端端跛了一条右腿。跛腿锋走起路来一高一低，大概是一只脚长一只脚短的缘故。这个人我接触过好几回，脑子还蛮灵活，但总觉得他有点儿鬼气。刚开始，我初来乍到，对周围环境也不太熟悉，跟他买了几回猪肉。大的问题倒是没有，小的问题可真的还不少。每回，跛腿锋总是嬉皮笑脸地在我挑好肉之后，再搭一些杂肉进去。虽说我赶忙制止，但跛腿锋也总是厚着脸皮满脸堆笑着说："大哥，大哥，就便宜点给你，帮个忙，我腿脚不利落，让我早点卖完早点回去……"说着说着就上秤，拨秤砣，"好了，好了，刚好一斤多一点，就算你一斤吧！"每回看到他这副令人既恼又怜的模样，我的心总是硬不起来。

这串又尖又带点娘儿腔的声音刚从门前飘过，我就知道时间应该刚好7点30分。叫卖的跛腿锋把时间和地点把控得非常精准。或许这跟职业有关，这样的人一般都掌握了邻近大部分人的生活习惯和需求。他知道大概在哪个时间哪些人会买他的肉，这些他似乎心中都一目了然。

我今天并没有急于出门。我心里仍在思考前两天跟幺叔谈论到的问题。扶贫工作已经进入攻坚阶段，任何事情都刻不容缓。全国各地脱贫工作都取得了可喜的成绩，捷报频传。但目前扶贫工作可以说又到了"最关键的时刻"，前期通过帮扶成功"摘帽"的，仍须密切关注，防止有返贫现象；对于那些一直徘徊在脱贫边缘线的贫困人口，我想应甄别具体情况来对待。在某种程度上讲，这些人本身脱贫主观意愿不强，在很大程度上阻碍了脱贫攻坚的成效，也为帮扶干部带来了难以想象的困难。要想为这些人顺利摘去扣在头顶上的那顶贫困帽子，确实须要花点心思，从根本上改变这些人的思想和陈旧的观念。想想就头大，还有一年多的时间，剩下的全是难"啃"的硬骨头。

可是话又说回来，如果没有困难，那国家还用花那么大人力物力？哪还需要像我这样的人到农村驻扎？我越来越意识到，这是一项光荣而神圣的任务。

我决定以阿斤为"突破口"，但又我一时想不出具体的办法来。但我始终坚信，阿斤有着旁人无法比拟的优越条件。从目前初步掌握的情况来看，他只不过没有正确的人生价值观。更重要的一点，是他在大家眼中无疑是一堆扶不上壁的"烂泥"，并且到了无药可救的地步。试想将这样的一个人拉回到正道上来，并且做出成效，那必定会引来不小的轰动，至少在整个罗锅村能起到不可想象的示范效应，这样的结果无疑会是一声惊雷，将彻底改变不少农民兄弟一直根深蒂固的陈旧观念，甚至还极有可能激发更多人的致富决心，这是扶贫的初衷，也是终极目标。

十四

洗漱之后,我泡了杯"高山清"茶。茶是我高中一位特别要好的同学通过快递寄过来的。片刻,馥郁芬香的茶气萦绕屋内,我似乎一下子精神了许多。我站在屋外南面的阳台上,向绥江眺望。江水缓缓在眼前流过,竹子林边叽叽喳喳的鸟声不绝于耳。似乎鸟儿也动情了。

我脑子一下子清亮起来。虽然激励的法子依然没有头绪,但我的心情此刻却豁然开朗。我放下手中的杯子,两手按在阳台水泥板上,长时间地眺望着流淌的江水,整个人一动不动,完全陷入思考当中……

其实,自从跟幺叔谈话之后,我活跃的思维曾经做过很多来来回回的可行性设想,同时也做了很多大胆的假设和推理。眼下很多帮扶工作组都在想尽办法开展卓有成效的帮扶项目,项目自然也是五花八门,层出不穷。但我心里却有另一种看法:改革开放已经四十年了,从摸着石头过河,到现在深化改革,事实上社会各行各业已日趋完善,商业竞争亦越演越烈,自然界优胜劣汰的生存法则在商界中更是展现无遗。这是人类社会的一大进步,也是人类不断探索和创造的动力。工作组要想通过扶贫开发的新项目,向自由化的市场分杯羹,又谈何容易。工作组的营商条件在某种程度上受政策支持和约束,两者是相互依存,但同时又是相互制衡的;而私企、民企的经营手法则相对灵活多变。另外,企业作为生产经营的主体面向社会，其所从事职业的从业人员必然比长期居住在乡村的农民更有优势。迟迟未开展开发新的项目，我确实有我的顾虑，当然我的顾虑还远远不止这些。我曾做过一个大胆的推理：即使在我扶贫期间推行的新项目能够发展顺利，最后能实现营收，但工作组将来期满返城，发展起来的项目就必须完全依靠农民自主经营。到了那时，他们将面对一个完全自由化的经济市场，他们将在失去一定的人脉关系的情况下，有能力跟社会上那些成熟的企业同台竞争吗？

事实上，很多地方已经出现了工作组刚刚撤走，原本发展如火如荼的产业便黯然"哑火"的情况。

我出神地望着广阔的天际。是的，我毫无商业营运的经验，没有十足的把握我是不会把国家的钱朝大海里扔的。我要走一条绝不盲目跟风的路，这是属于自己的路，也是属于罗锅村人的路，虽然这条路又很可能把我推至风口浪尖之上。

我想，大数据时代，科技发展，社会进步，创造出了更多元化更广阔的就业空间和机会。当然，在这个过程中必然会细分出智力型和劳力密集型工种，像过去一大群人的密集型劳动力岗位将会越来越少。新的就业机会肯定会酝酿出新的技术，掌握新技术自然就"皇帝女不愁嫁"；而技术含量低、从事单一的工作岗位未来几年依然供过于求。现在最棘手的问题是，人是否愿意去干这类型单一的苦差事？综合上述情形，我反而趋于更积极推动有劳动力的贫困人口参与到劳动技能培训当中，只要成功助力贫困人口找到合适的工作，那么脱贫绝对不是个问题。眼下的各种工作，无论是智力型、技术型，还是单一的劳力型岗位，工资都不会太低。以一户四口之家的贫困户为例，如果有两个劳动力，这两个人又愿意工作的话，即使在当地工资偏低的情况下，至少每人每月能挣个2000来块钱，二人粗略算来就是每月4000多块钱，一年下来大概是5万多块钱的收入。而且通过劳动，技术也将会长在人的身上永远也跑不掉。当扶贫组返城时，贫困户经过几年的潜移默化，形成一定的自觉性，惰性已除，那么他们以后的日子肯定是有滋有味的。

因此，在我听到幺叔介绍阿斤的具体情况后，这段日子我在心里反反复复地思量，最后决定把阿斤"锁定"为我的突破口。我决心彻底改造阿斤，让他从心底里心悦诚服，我要用他的一个"华丽转身"来打一场漂亮的扶贫翻身仗，倒逼那些一向对工作意愿不强、借故挑三拣四的贫困户。

但具体工作该如何开展，我还在犹豫不决之中。我知道，一时半会自己很难想出好的办法来。百思未获"良方"之际，我索性下楼，到外面随意走一走。我一直认为，无法通过安静的思考想出更好的处理方法的时候，就应该到外面透透气，走走看看，一来可以减压，二来有助于开拓人的思维，暂时忘记心中的烦忧。

"好，就这么办。"拿定主意以后，我立刻便付诸行动。我在心里想道：是呀，来了这么久，除了正常走村到户遍访外，我还真不曾认认真真、轻轻松松地在外面走上一回，细细观赏当地的美好风光哩！其他不说，除了散心，还可以领略当地的风土人情，这有助于我的思考和记录当地的民风习俗。做农村工作应该有别于其他工作，除需要勤劳和开动脑筋之外，还须掌握当地人的民风习俗，这叫"入乡随俗"。

我换上一套休闲服，顺手把刚泡好的"高山清"灌满，手提保温瓶，就出了门。

待了这么长时间,我对罗锅村以及周遭的几个村庄早已熟稔于心,因此不会像刚来的那段时间常常走"冤枉"路。我选择从罗锅老街穿过万岗坪村,中途走过一段两旁长满茂密青竹的小路,那段路两旁竹林相互交错,仿佛林下方是一条蜿蜒别致的小隧道。

过了万岗坪村,X422江禄线乡道便再次出现在我的眼前。这足足比绕行罗锅渡口经绥江广场那段路省下一半的时间。路上的大型货运车开始多了起来,时不时在石粉路上卷带起长长一段路的尘土。望着尘土飞扬的路面,我一时也不知该前往何处瞎逛了。

踌躇中,我倏地想到离罗锅村不远的厚溪村。循着眼前的乡道一直往西前行就可以到达厚溪村。厚溪村有一个比罗锅村更大一些的集贸市场,我曾几次坐公交车途经那里,每次都发现那市场人头涌动。虽然规模不及镇上的市场热闹,模式也类似于罗锅村委会前那个自发的小市集——依靠在路边自发形成的市集。可是,厚溪村的这个市集至少要比罗锅村的更加热闹一些,规模也比罗锅村的那个小市集大。

据史料记载,厚溪村在十几年前一直是镇建制,对于厚溪村后来为什么撤镇设村,我没有太多的了解。但这一点足以说明,过去的厚溪村是有足够多的资源的,否则当初它就不可能是一个镇的建制。即便如今它只是一个行政村的建制,但它却神奇地保留了镇遗留下来的诸多功能:邮局、银行、影院、交警队、工厂等机关事业团体,镇以上建制才有的这里还都保留着。历史的巨轮滚滚向前,它昔日的辉煌我无法见证,但上述许多镇建制遗留下来的工矿企业和部门今天我依然可以看到。而在别的行政村,通常是很难健全上述功能的。

既然这里有很多值得我去探究的地方，那么，我当然在我毫无头绪之际到那走走，对当地的过去有更深的了解，或许会有助于我的扶贫工作思路调整。

罗锅村至厚溪村，沿线几乎都是柏油路，中间有一段是坑坑洼洼的泥路，大概是重型货车长期辗轧的缘故。乡道两侧多是一些规模较小的竹器制品加工场，不时有农人会或推或拉，用手推车运载一捆一捆的青竹送进加工场里卖钱。

离厚溪村市场的不远处，挨着乡道东边方向有一间较为大型的藤编作坊。说是藤编，其实是采用精制过的竹篾加工而成的家具。那里同时是镇为贫困户设立的培训劳动技能定点车间。我刚来之时，就按照镇的统一部署，组织过罗锅村建档立卡有劳动力人员来这里参加过技能培训。当时，因为贫困户学习热情始终不高，因此把厚溪、白坎、罗锅三个行政村有学习意向的贫困户组织起来到这里学习。镇政府把学习地点设在这里，大概考虑到可以同时兼顾几个行政村的就业人员出行便捷。

藤编作坊内成品和半成品堆积如山。与此形成极大反差的，是工场内只有寥寥无几的几个上了年纪的工人正在埋头忙个不停。尽管我来这里的时间还不算太长，但我心里却十分清楚，目前四处缺工，藤编作坊自然也不例外。早在技能培训的时候，我便趁机跟作坊的陈老板互留了联系方式。在之前的会面中，陈老板曾推心置腹地跟我道出他目前的困境：他这家藤编作坊，主要工艺还是依靠人力来完成，并且在今后很长一段时间内，依靠机械来完成上述工艺制作的可能性不会很大。近几年，用工难一直困扰着企业。他的藤编作坊原本设在县城内，但经营越来越困难,他想尽办法,采取"化整为零"的方式,将原来的工厂一分为三,将原本设在县城的藤编作坊有目的地下沉至周遭人口密集的几个乡镇,希望能吸收当地富余的劳动力。随着进出口贸易增多,藤编家具普遍受到外国人的青睐,国外需求量逐年增加。但眼下,却出现了有订单不敢接的怪现象。进出口贸易讲究信誉和合同,合同要求非常严格,甚至达到苛刻的程度,若不能如期交货,往往面临着数倍于合同价格的处罚。因此,尽管货单接踵而来,也只能根据眼下的人力资源,尽可能保留一些长期的老客户,这其实是没有办法的办法。本来,从前为了求得一张长期稳定的订单,往往要东奔西跑,如今的订单却像长着眼睛一般,不时都会有一些新客户通过互联网或各种渠道找上门来。但受限于人力资源,却常常是有单不敢接的怪现象。陈老板无奈地表示,即便不能招收全日制工人,也希望尽量多吸收一些钟点工,反正实行按件计薪。但即便如此,招募工人的事还是不尽如人意,这使得中小型企业雇主感到十分无奈。

边走边想,不觉就来到了作坊门前。两辆大货车驶入作坊门前的停泊区,四五个搬运工人马上忙碌地把一件件成品货件往车上装,陈老板正在车旁有条不紊地指挥工人把货品装运上车。隔着乡道老远陈老板看到我,忙不迭地高声笑道:"哟!什么风把我们的市扶贫干部吹过来啦?"

我隔着乡道向陈老板挥挥手,说:"陈老板你真风趣,我只不过是个普普通通的扶贫干部而已,你才是真正的人物哩。"我眼珠一转,接着调侃道:"眼下我们的陈老板连雇用工人的'银两'也省了,哈哈……"

"唉!真是有苦自己知啊!"陈老板摊了摊手挤出一丝无奈

的苦笑。

我横过乡道，来到陈老板跟前，笑着说："做大事者，总会遇到不是那样就是这样的问题，但问题总能化解。"

"唉！"陈老板摇摇头叹了口气，接着说，"择日不如撞日，刚泡了壶上好的单丛，还来不及喝，车子就来了。"他一边说，一边拽着我的手往里走，"来，我们快到里面喝茶去。"

"哎呀！陈老板，我刚巧路过此处而已，也没有什么特别的事情。就，就不打扰你赶货了。"我不好意思地推辞着。

"俗语说，相请不如偶遇。"陈老板笑呵呵地拽着我的手。我只好随他前往作坊东南角的办公室。办公室十分简陋，一台老式、噪声奇大喷着白雾的窗式空调，还有清一色的藤制茶几和小凳，茶几上摆放着一套茶盘，茶盘中好几个小杯子都盛有碧绿的茶水。很明显，刚才还来不及喝茶，就赶工去了。

陈老板把水重新烧开后，稍稍让开水温度下降，便娴熟地泡起茶来。起壶、洗茶、浴壶、冲泡……动作一气呵成。陈老板一边用"公度杯"往我面前的茶杯斟茶，一边说："领导呀！我们潮汕人就喜欢喝工夫茶。来，尝尝。"说完，他一只手把斟满茶的杯子在鼻尖前嗅了嗅，另一只手像摇扇一般在鼻翼前扇动。

"嗯……不错，不错。这个茶真不错，茶性比较霸道。"说着，先用嘴唇沾了一下，然后一口气喝了下去。我看到他一副享受的样子，便也端起杯子，在鼻尖前嗅了嗅，一股浓浓的蜜香味扑面而来。我微微仰脸，喝了下去，一股甘甜旋即沿着喉咙直达丹田，片刻之后，喉咙开始微微甘润，身心舒展。

"领导今天你哪里去？"喝过茶后，陈老板笑着问。

"哦！没什么目的，只是随意走走。"我淡淡一笑。

"领导今天似乎有心事？"陈老板面带笑容，似乎看穿了我的心事，边说边继续往壶里续水。

"嗯嗯……陈老板除了生意做得好之外，还有一副好眼力。你还会看相？"我哈哈一笑。

"看相，倒是不会。"他说，"你我都是用心做事之人，这个倒不难看出。现在扶贫工作难度加大，我也知道。能改变的贫困户，在几年前都脱贫了，现在剩下的还不都是些'硬骨头？'"陈老板把话说到了节骨眼上。

我咧开嘴苦笑，没有回答。

"现在社会发展如此迅猛，政策阳光透明，如果手脚健全，又不嫖，又不赌，又不懒，哪会穷？"

我端起刚刚斟满茶的杯子，点了点头，表示认同。

"陈老板，你经商多年，阅人无数，在这方面是否有什么心得或者体会可以跟我分享，比如有什么好的除懒方法？"我谦逊地向他请教。

"哪有什么好办法。我现在也是头痛医头，脚痛医脚。"他很无奈地摇摇头叹息道。

我喝了口茶，轻轻靠在椅背上，望着陈老板一时无语。

陈老板瞄了瞄门外那两辆货车，叹了口气，接着说："都不要说我的工人难招了，现在请人拉货，都不易啊！"陈老板说完摇摇头低头泡茶。

"不会吧？我平日不是见很多货车停泊在厚溪市场外的路边吗？"我一脸疑惑地问。

"这你就有所不知了，那些拉货的，只管跟你拉货，上货下货还要另行收费，现在的手工制品基本上都是微利经营，薄利多销,除七除八几乎就无利可图了。"他叹了口气。

"嗯嗯!也是,现在的人工不便宜,真是家家都有本难念的经啊!"我轻轻地叹了口气答道。

出了藤编作坊,我继续朝厚溪村方向踽踽而行。沿着绥江湾流转了个弯,就来到了厚溪市场。离市场门口不远处有一个炸油条的小摊。哈哈,很久没有吃过这东西了。大概是出于卫生安全的考虑,现在的大城市,多是只有从酒楼食肆才可以见到它的影子。但这东西需要即炸即吃才更有一番风味。我想也没有多想,随意挑了一个小凳坐了下来。

"老板,麻烦要两根油条。"我连价钱也懒得问。

"好哩。二块一条,两条一共四块钱。"老板一边吆喝,一边麻利地在铁桶的灶身上调节火力。大锅内立时冒起热气,滚油在锅内跳动。店老板把手中的粉条拉长,然后拌上粉末,轻巧地将粉条往身前的油锅里放。

"老板,我是先付款还是吃完再付?"我问。

"兄弟,你在这里吃还是打包回去吃?"白衣老板回过头来反问我。

"我就在这里趁热吃。"我答。

"嗯嗯,这就对了。热着吃才好吃。那就吃完再付。"

"老板,我要三根油条,打包。"正在我跟老板闲谈之际,一串嫩稚而熟悉的声音打断了我们的谈话。

"好哩……"接到生意的老板马上回过身去,再次在滚烫的油锅前忙碌起来。

我搓了搓手,抓起香喷喷的油条咬了一口:"嗯,就是这个味。"我情不自禁地轻声说。

老板闻声回头看了我一眼。倏地,我从老板回头露出的空间,发现新来的客人正直勾勾地盯着我。我停止了咀嚼,发现眼前这个陌生的客人有点儿面熟,很像阿斤嫂的女儿李来娣。但我一时又不敢妄断,回心一想:大概人有相似,物有相同。这里离罗锅村不近,来娣咋会为买根油条跑这么远的一段路程呢?

我将目光锁定在掌柜周遭一探究竟。当眼前那位小客人再次出现在我视线里的一刹那,她的目光也同时朝我窥望过来。不过,当目光交集之后那束视线便快速地移动开去,似乎是有意逃避我的目光。

我望着女孩远去的身影,我有了肯定的答案——她就是来娣。

"你认识这个小妹?"老板将搭在肩膀上的毛巾在脸上抹了一圈,摇着头问。

"嗯嗯。算认识吧。"我望着来娣远去的背影。

"年轻的小人儿,谁见了都想多看几眼……"老板一脸诡异。

我一时没反应过来,也弄不明白掌柜说的是啥意思,自顾着继续吃油条。我可没有空闲的时间想别的事情哩。

老板见我并没有搭讪的意思,一时自觉没趣,便熄灭了膛火,挨着油锅边上的小圆桌坐了下来。

"唉,这个女孩怪可怜的,难为她年纪小小就辍学了。"

说者无意,听者有心。一旁的我闻言望了过去,掌柜不知是闲得无聊,还是想有意无意找个人搭搭话。他用眼角瞟了我一眼,接着说:"听说她读书还不错,就是父亲好吃懒做,全仗她母亲一个人扛起一家子。今年她刚初中毕业，父亲就迫着她外出打工。"说到这，掌柜突然停顿下来，不再说了。他瞅瞅我，像是想看看我的反应。

"然后呢？"我追问道。

"然后，然后把她妈妈逼疯了，在家服农药……"

"你说的是阿斤嫂？"我打断了他的话。

"咦——你咋知道？"老板一脸诧异地看着我。

"我也是道听途说的。"我答道。

老板点了点头，接着说："孩子她妈听说是城里人，当年为了跟她爸走在一起，跟娘家都闹翻了。现在家里的男人变成这个样，估计也是没有退路了……"老板一脸的同情。

"连你也知道这个事情，看来阿斤还真不简单！"我带着讽刺的口吻说。

"兄弟，你说的一点也没有错，阿斤年轻的时候确实不简单，这里方圆数里还有谁不认识他。他家里本来条件是蛮不错的，他是属于先富起来很有代表性的家庭。嘿！可现在就不行啰！"他没有把话说下去。

我点了点头，没有回话……

我在不知不觉中走过了那条带着"怀旧"味道的东乡桥。其实早在我初来乍到的第一天，扶贫联络专干棠就跟我交代过，著名的"竹海大观"就在东乡桥边。他的驻点就设在离这儿不远的厚溪村内，尽管竹海大观景区如今就在我的前方，可我此刻却没有丝毫欣赏美景的心情。我循着桥边的斜坡来到绥江岸边一块较为平整的空地上，找了一块树荫盘腿而坐。此时的我，思绪万千……

十五

  人的生物钟经常会发挥至关重要的作用，比如，坐在树荫下胡思乱想的我，终究敌不过饥饿从我身体里发出的"求助"信号。它打断了我的愁思。我这才想起，一早到现在我只吃过两根油条。我看了看腕上的手表，午饭早已经过了。还好，竹海大观景区的牌坊前就有不少各类地方特色食肆。

  大概是非节假日的缘故，这一天观光的客人并不多。我随意在路边的小店吃了一碗水饺，虽然味道一般，只要能填饱肚皮，价钱公道，那还挑剔什么。

  饱腹之后，我开始感到困倦。就在刚刚，幺叔来了一个微信，问我在干吗？我回复说，正在竹海大观前吃水饺。可等我吃完水饺，仍迟迟未见幺叔回我信息。我正心里纳闷，手机"嘀嘀"地响了两声，屏光闪了一下，我拿起手机一看，幺叔的信息赫然入目"你忙啦"，就再也没有说其他话。我估计那边也没有什么特别重要的事情。刚才碰见来娣让我忽然之间想到了阿斤嫂。趁还有时间，我决定再到阿斤嫂那边走走，反正暂时还没有收到别的任务。驻村工作最主要的任务是要面对群众，真实地了解贫困户的现实状况，跟他们推心置腹，及时了解他们的所思所想，这才是至关重要的。

  我拦了一辆摩的，本来想着让师傅送我到桂坑村头，我再徒步至阿斤嫂挨近山边的那座别致的小庭院，但热心的摩的师傅听说我是从异地来这里驻村的扶贫干部，坚持把我送到了目的地。这样也好，除了省事和节省时间外，倒也避开了村中不少恶狗可能引起的麻烦。

当我站在村尾那座单间独户的小院落前，有那么一瞬间，我呆住了。眼前冷冷清清的景象与我前些日子到这时，全然是两个模样：院前的小涧肮脏不堪，杂物囤积，原本涧内哗啦啦清澈的流水变得混浊。我心一紧，急急跨步走过石板桥来到庭院中间。院内堆满干柴杂物，满地凌乱，原本攀在竹篱笆上的青色藤蔓，大概多日没有打理，已经肆意疯长。可以肯定，院子已多日没有人打理过了。倒是主屋虚掩着的两扇门，让人知道这里仍有人居住。

"嗨，家里有人吗？"我往虚掩的门板上轻敲几下。

"谁，谁呀？"屋内传来了虚弱的女声。

"你好，我是来罗锅驻村的驻村干部。我姓黎。请问我可以进来吗？"我站在门边等候里屋的人答话。

"哦！是驻村干部同志。来娣，来娣……"

"妈，我在厨房。"一个铃铛般的声音从屋内更深的地方传出来。

"你快去开门。驻村的干部来了。"

"门开着，没上锁。"铃铛般的声音大大咧咧地喊道。听声音，来娣正在厨房里忙碌着。

"不打紧，我自己进来就可以了。方便吗？"我问。

"来娣，来娣！"没人回应。接着我听到长长的一声叹气。"唉！"显然虚弱的声音带着嗔怪。

"同志，进来吧，快快进来。"虚弱的声音焦急地说。

"咿呀"一声，我推开两扇木门。屋内显得有点昏暗。我定了定睛，发现厅堂左手边的竹床上睡着一个人，借助外边的光亮，我看清楚躺在床上的不是别人，正是此前躺在医院里的阿斤嫂。她的脸毫无血色，十分憔悴，但比此前我探望她的时候精神好多了。

"同志……灯的开关在门后。"她指了指门后面的墙根，然后吃力地挪了挪消瘦的身体。看样子她想极力坐起来，可没有成功。

"你躺下，躺下。"我一边拉开木门一边打开厅堂的日光灯。望着躺在床上的阿斤嫂，岁月在这个为生活而操劳的女人脸上过早地留下了痕迹。

她一脸歉疚地说："同志，随便坐，随便坐。"

我在墙根拖过一把小竹椅，坐在她床前，关切地说："没关系，我也是从大山走出来的人。"我微笑着。

"妈，你跟谁在说话？"

当我循声回头，就见厅堂与后进的门洞边，站着一个少女，嗯，正是来娣。

我点点头："嗯，来娣！"

来娣见到我，嘴角一撇，脸上稍稍挤出一丝牵强的笑容来，但很快就消失了。"哦，是你。"说完她转身返回里屋。

"真不好意思，我家来娣不懂城里的礼貌。"阿斤嫂边说着，边在床上侧过身来，"来娣，水烧开了没有？快倒杯水给城里的扶贫干部呀！"

"我刚喝过水，不用了。"我摆摆手说。

"过门都是客，何况你是从城里过来的干部。"阿斤嫂煞白的脸上显出一脸的无奈。

"什么城里干部，跟你们都一样……对了，阿斤嫂，你现在身体怎样？之前听幺叔说，你身子一直都不错……"

"唉！年纪大了就一年不如一年了啦……我知道你们都为我操尽了心，真是过意不去呢。"阿斤嫂说着说着眼眶就湿润起来。她用掌背抹了抹眼角，说道："我也没有什么了，就是心里不舒服，唉！"她长长地叹了口气，接着又轻声说，"现在我也没有什么可盼的，就，就是来娣她……我还放不下心来。"她双眼瞪得老大，直勾勾地望向门洞，黑漆漆的眼珠子透出复杂的表情。

"阿斤嫂，你都把话说哪里去了，现在国家政策好，应该好好过日子才是，别多想，想也得往好的方向去想才对。"我安慰她说。

阿斤嫂摇了摇头，嘴唇微微翕动，自顾儿叹气。她眼神和身上传递出的痛苦和忧虑，让我感到十分压抑。

"妈，你又想哪去了。"来娣拖过一个小板凳放在我身旁，把一杯刚烧好的开水放在凳面上，"叔叔，注意水烫。"

阿斤嫂望着女儿，刚刚平复的眼眶又泛起红云。

我连忙岔开话匣子："来娣，你是不是刚刚跑厚溪去了？"

来娣一时尴尬，垂头只顾着两手相互搓着指头。我猛然醒悟，阿斤嫂住进医院还不是因来娣读书而起。我拎起身旁小板凳上的那个水杯，对来娣说："坐！坐下来再说。"我示意她坐下来。

来娣低着头，闷声不响。她下巴几乎贴在了胸前。

"来娣，读书成绩可以吗？"我问侧睡床上的阿斤嫂。

阿斤嫂闭着眼睛随口说:"这女儿,成绩还可以,年年都是三好学生,就是性格犟了点。"

"妈!"来娣不耐烦地喊了一声。

我重新打量来娣:"你真想继续读书?"

来娣摇了摇头,躲避着我的目光,身体稍微蠕动了一下,没有接我的话。

我望着几个月前活泼可爱的来娣,今天却判若两人。我在心里叹了口气。从法律上讲,年满16周岁的男女,在我国已经可以按有劳动力人口来计算,国家是九年普及义务教育,换言之,来娣父亲以经济为借口,让来娣早日参加工作,减轻家庭压力也无可厚非。若是如此,我有点踌躇了。但看着眼前这个稚气未脱的少女,我又于心不忍。那一阵,我在心里把那个阿斤骂了个千百遍。

"来娣阿爸呢?"我问。

"刚还在这。"阿斤嫂瞧瞧屋外,面无表情冷冷地说,"不在还好,乐得个清静。"

"阿斤嫂,话可不能这样说。现在政策好了,不是国家派我们来扶持你们吗?"我语重心长地说。

"唉!"阿斤嫂轻声叹了口气,目光空洞地盯着横梁。"那又有什么用呢?"她喃喃自语,似乎心中压着一块巨大的石头。

"嗯嗯!阿斤嫂你这样想就大错特错了。"我静静地在一旁看着她。

须臾,阿斤嫂缓缓地将目光从横梁上移开,最后把目光聚焦在我的身上。好一会儿才说:"我错了吗?"

"你说呢?"我反问道,"当初你们不是一心想要个男孩吗?"我很平缓,但很严肃地说。

阿斤嫂闻言突然眼睛一亮,像一个不够电压的灯泡忽然之间充满能量。她目不转睛地盯着我,但很快眼光又暗淡下来。

我刚想开口,但回心一想:如果今天不推心置腹地解开他们心中的迷惑,看来是无法激起这个家庭的希望的。我主意已定,便笑眯眯地对阿斤嫂说:"自从国家放开二胎,你们可以认真地考虑考虑,你们还这么年轻,现在医学也昌明……"

话毕,阿斤嫂眼前一亮,眉头渐渐松开,盯着我好一阵子都没有说话。

我接着说:"你先好好休息,也别多想,我在这儿等阿斤,我得好好跟他谈谈。"

阿斤嫂点了点头,然后抬头,说:"来娣,还不跟市里来的领导换杯热茶。"

"哦!"来娣答应着。似乎小小年纪的她能洞悉到这个家庭的命运。俗语说,穷人的孩子早当家。确实,穷人的孩子往往比起那些无忧无虑的孩子要懂事许多,心思相对会更加缜密。当希望降临到他们头上时,他们会毫不掩饰地表现出来。

"这就去,这就去。"来娣连忙转身闪入后屋。

阿斤嫂望着来娣的身影摇摇头:"这个傻丫头……"眼里充满复杂的怜爱,但神情似乎轻快了许多。

"当、当……"墙上的挂钟敲响了四下,时间来到了下午四点。

"突突突……"一阵摩托车声从外面传来,我知道应该是阿斤回来了。我站了起来,朝门外看。摩托车停在院子里的龙眼树的背阴下。随着几声起落的脚步,一个变形而拉长的影子随即投进屋内。他手里提着一块肉。我正要迎上前去,高大的身影已经到了门洞下,当他发现我的瞬间,马上踌躇于门前。显然,他对我的造访感到诧异。

"斤哥,买了肉呀?"我在他踟蹰之时,率先跟他打了个招呼。我的目的是首先消除他心中的顾虑。果真,阿斤见我笑意盈盈,并无恶意,似乎心里放下了一块石头。他结结巴巴地说:"你,你来了。"

"我是特意来找你的。"我单刀直入,爽快地说。

大概阿斤怎么也想不到眼前这个皮肤白白净净的城里人做起事来毫不含糊。他避无可避,只得硬着头皮说:"你找我,有什么事?若要追究……可不可……"他瞧瞧斤嫂,表示有什么事情可不可待阿斤嫂好起来再说。

"嗯,如此甚好,如此甚好!"我点点头,"原来你也会紧张孩子她妈的。"说完我朝来娣挤了挤眼。来娣看到我一副得意的萌萌样,脸上霎时一阵绯红,迅速把目光抽离。

阿斤被我调侃得一时不知如何是好,站在原地呆呆的不知所措。我不由分说地一把接过他手上那坨半肥半瘦的猪肉,说:"来娣,我跟你阿爸到外边走走,你先炖好肉,我们等会儿就回。"说完,我也由不得阿斤愿不愿意,拽着他就往外走。刚走两步,我又折回身去,"对了,阿斤嫂你别担心,今天不是来追究什么,你就放心好了。嗯,还有,你照顾好你妈。"我朝来娣叮嘱道。

"嗯!"来娣答道。

我拉着阿斤出了院子,一前一后过了石板桥。此时外边显得格外清幽,清凉的山风,裹挟着负离子扑面而来。我不由得双手在脸上抹了抹,深深吸纳这城里缺失的氤氲的山林之气。"怪不得当初这家人会选择在这里盖房。"我心中暗自赞许。

"结了医院的账，负担重不重？"我关切地问。

"还可以应付。"阿斤硬邦邦地回答。少顷，又道，"这事还得谢谢你们。"他始终低垂着头说话。

"其实你知道事情的严重性吗？"我说得非常平缓，可一板一眼字字铿锵。

阿斤默不作声，不敢正视我。

"先不说事情的严重性，单说你一个人能照顾好来娣吗？没有妈妈的来娣即便外出打工，将来还能回来认你这个不称职的爸爸吗？"顿了顿，我见他始终没有吱声，便把语气压得更加平缓且语重心长地说，"来娣，来娣。娘都没有了，又有啥法子来个弟弟？"我停下脚步，转身盯着一直低着头跟在我后面的阿斤。

阿斤倏地昂起头来，一脸诧异地看着我。

"用不着这样看我。"我说，"你不是一心指望要个男孩吗？"我伸出手在阿斤眼前晃了晃，一本正经地说。

"你，你听谁说的？"他弱弱地问。

"还用听谁说，村里人除了小孩还有谁不知道。"

阿斤脸上旋即红一阵白一阵，满脸羞愧。

"唉！封建思想真是累人呀！"我叹了口气，心情沉重地说，"阿斤，你试想想，当初若你家没有这种迂腐思想的话，怎么会落得如此地步？"我眼睛一眨不眨地盯着他，"你父亲又何以早逝？你母亲又何以别你而去？你又何以沦落到扣上贫困户的帽子？还差点家破人亡……"

不知怎么回事，当我一口气像"脱口秀"一般把这番我从没有想好的话蹦出嘴时，阿斤不知何时蹲在地上深深地埋着头。

我弯下腰,轻轻地在他后背拍了两下:"好了,都过去了……"

阿斤站了起来,把头贴在胸口上。

"过去的事就让它过去,你们以后的路还很长。你应该为今后好好打算。现在国家政策好,你要珍惜和把握好机会。"我停下脚步,凝视着他。

他把目光慢慢地从脚尖往上移,最终停留在我的脸庞上:"机会?我还有机会?"

"嗯!有!"我不容置疑地回答他,"我不是来了吗?党和政府不是派我来帮助你们的吗?"我斩钉截铁地说。

"我,我……"

"我什么……"我打断了阿斤吞吞吐吐没有说完的话,"好了,今天我也不转弯抹角了,咱俩就打开天窗说亮话吧。如今赶上最好的政策,不论是就业,还是创业,医疗社保教育通通都有保障。早几年,国家还开放了'二胎'政策,所有这些,都似乎冲你而来,你还图个啥?该好好想想将来,找点事干。"

我停下来,静静地看着他。见他一脸窘迫,然后语重心长地说:"都什么社会了,生男生女还不一样。你现在这个境况,即便让你得子,还不是苦了孩子?"

他站在原地一动不动,像木偶一般,目光呆滞而空洞。

"你还有为来娣'争取'个弟弟的想法吗?"我问。

阿斤一愣,似回过神来,"我们都四十有余了,还能行吗?"

看到阿斤这副模样,我差点笑了出来。

"我哪知你行不行,"我笑道,"现在医学昌明,有什么行不行的，关键你们要先搞好自己的生活。否则，苦的始终是孩子。"

闻言，阿斤像一棵缺了水的白菜瘪了下去。

我看着阿斤的表情，真是又好恼又好笑："难为你曾经是个精明的商人，看事情居然这么短浅。简直是个糊涂虫。"说毕，我用眼角的余光瞥了一眼阿斤。

"我，我精明？"阿斤一脸茫然。

我没立时回答，而是背起手若有所思地朝不远处的林子走去。阿斤跟在后面与我始终保持着两米距离，却没继续追问我。

"阿斤！"我喊了一声。

"在呢。"

"你今年多大了？"我问。

"四十一了。"

"她呢？"

"谁？"

"斤嫂啰。"我补充说。

"她，她快四十有三了。"

"嗯嗯！其实你们都还年轻。"我说得轻描淡写。

"可……"

"可她都四十有三了吧？"我打断了阿斤的话，"你想想，现在医疗这么发达，社会保障体系这么完善，你还愁啥？"我停下来再次瞥了他一眼，"而且，你们还年轻，再等一两年，还是有生育的条件，为什么还要为男孩女孩这个问题纠结，将原本一个好好的家庭搞得支离破碎呢？"

阿斤不好意思地点点头说:"那高龄产妇不危险吗?"

"危险?你懂关心阿斤嫂吗?"我反问道。

"这……"他惭愧地低下头。

"俗语说,唔怕羞,生到四十九。"我说。

他搔搔头,一脸的窘迫。

我继续边走边说:"眼下养个孩子不容易,你是过来人,或者……"我原本想说,"或者来娣生下来就从来没有劳烦过你。"但话到唇边我还是咽了回去。我把话题一转:"若再想要一个孩子,肯定要先安排好生活,有一定的物质基础,你想孩子一出生就扣上'贫困户'的帽子吗?"

"这,这……"阿斤羞愧难当,半天也接不上话茬。

"还这什么,你首先要嫂子养好身子,其次尽快找工作。可以把你的营商本领发挥出来,尽快把生活搞上去。"

阿斤一听营商,顿时两眼放光,忙道:"营商?我……我还能行吗?"

"行,为什么不行?"我答得干脆。

"如果想不出什么好项目,也别焦急,建议你切切实实地先找份工作。对了,接下来,我计划实施就业奖补,若申请顺利,我希望你是我的第一个'领奖'人。"我凝视着他,眼睛坚定而不容抗拒。

"嗯。我……我会的。"他声音有点儿发抖。

"还有,来娣读书的问题处理好没有?"我问。

"都听你的。"阿斤点点头不好意思地说。

"那就好。"我的心总算放下了一块大石。每一次,能为别人做些有益的事,我心中都洋溢着难以言喻的快乐。

"回去鼓励来娣积极备战中考，征求来娣想念高中还是技校。"

"女儿家的，还用得着征求么。"阿斤又恢复他的本性。

"你……"我狠狠地瞪了他一眼。

"哎呀！"他一拍脑袋，吐了吐舌头，"听你的，都听你的。"他喜滋滋地说。

"你呀！"我不由得朝阿斤白了一眼。

我看了看他，心有余悸。人在某些时候，心里的郁结不解开是多么的可怕。它可能像个绳套，你越是挣扎它就可能套得越紧；当你能找寻到它的源头，然后像抽丝剥茧一般将它松绑，你又会很快从中解脱出来。人是灵长类高级哺乳动物，但人很多时候也会过不了自己心魔的那一道坎……

十六

"你们在哪呀?"后方隐隐传来了来娣的喊声。

听见来娣的声音,我赶紧对阿斤说:"你得回去好好跟来娣谈谈,现在的孩子想法多,得学会尊重孩子的意见。"

阿斤露出难色,搔了搔头,说:"这个还得你跟她谈谈。这么久,我还真没好好跟她谈过一回。"

"你,你呀……"我板着脸指了指他,表现出一副很生气的样子。

阿斤咧开嘴赔笑道:"为人为到底,送佛送到西嘛!"

"你呀!从前一定是个奸商。"我佯怒道。

"哎呀,这可冤枉呀!"

"你们在哪呀?"来娣那悦耳的喊声越来越近。

"好,走吧。"我们从原路往回走。

"嘿!肉都炖好了。你们到底哪儿去了?"她嗔怪地对我说,眼睛始终没看阿斤一眼,压根儿就当阿斤不存在似的。

"也没去哪,只是随便走走。"我信口答道。

进了家门,一看时间也不早了,我便朝来娣招招手道:"来娣。"

"干吗?阳叔。"

"你想念高中还是中技?"

她把刚为阿斤嫂煎好的中药端到阿斤嫂床头的木凳上,愣了愣,然后掖掖被子盖好阿斤嫂外露的小腿,小嘴一噘,一字一句地赌气说:"我不读了,我都答应过阿爸不读了。"

我心中一怔,旋即明白过来,眼前的这个小女孩自小就没少受过委屈。我温和地说:"我跟你爸爸说好了,他尊重你的选择。"

"不读了,不读了。我要出去打工。"她激动地把头拧向另一面。

"来娣,来娣,有这样跟人说话的吗?"阿斤嫂望了望来娣,然后一脸歉意地对我说:"领导同志,真过意不去,孩子没好好管教,不会说话。"

"没关系哩。"我安慰阿斤嫂。

"来娣,来娣。"阿斤一连叫两声。

但来娣始终一声不哼,阿斤正要生气,来娣却忽然转身闪进房内,"嘭"的一声重重地把门关上。

我瞪了阿斤一眼,做了个安静的手势。"来娣,你想好就回我话,有什么想法可直接来找我。"我隔着房门说道。我望了望屋外,天色暗淡下来。我担心晚了村路难行,便匆匆忙忙地辞别阿斤一家往回走,临别的时候仍然不忘叮嘱阿斤赶快先找份工作,并要安抚好怄气的来娣。阿斤惭愧地一一答应。

如此,我才安心迈开脚步往回走……

过了五一长假,你就会觉得时间跑得特别快。转眼一年即将过半。我计划的"务工奖补",在放假前向局领导做了详细的汇报并提交了具体的实施方案。局领导十分支持这项计划,并特意安排局扶贫联络员棠前来指导,同时给我传递了一个信息:在依法依规的情况下，只要有好点子，切实助力农户脱贫致富的，要放开手脚，大胆帮扶。基于此，我还没等长假结束，便准备于假期结束的前一天赶回罗锅村。我眼下最迫切要做两件事情：一是赶在六月底前完成贫困户半年的务工就业奖补；二是争取在八月底前向贫困户发放肉鸡。尽管现在看来时间还比较充裕，但随着广东精准扶贫信息系统的恢复，下半年的工作会越来越多，况且上述两项工作还需要走一定的程序，比如摸底符合条件的就业人员，了解有饲养肉鸡意向的贫困户，开村"两委"会议，公示名单……再不抓紧时间，农民兄弟饲养的肉鸡就赶不上在春节前销售，也就会错过卖个好价钱。

考虑到在贫困户当中仍有相当一部分人欠缺饲养技术和具有惰性，若单纯为他们购买鸡苗，大概鸡苗的成活率不会太高，容易打击贫困户的劳动积极性。因此，经村委会同意，由幺叔联系，保证此次向贫困户发放的肉鸡在两斤以上，而且跟供销商签订包销合同，届时保证按不低于市场价格回收肉鸡。我希望通过一系列切实的帮扶措施，彻底激活贫困户的劳动热情和积极性，达到扶贫扶志的既定目标。

为避免长假结束前的返工潮，我决定乘坐公共巴士返回驻点。可让人始料不及的是，在约好幺叔后，却发现回驻点的汽车票早已售罄，最后我不得不舍近求远，乘车前往鼎湖新区乘坐高铁列车返回县城。

当我走出月台，夜幕已经降临。大地像披上一层薄薄的黑纱，万家灯火像繁星一般布满了整个小城。忽然，迎面驶来一辆小轿车。轿车大灯在我前方急促地闪烁了几下，吓了我一跳，赶紧退至路基上。车子驶至我跟前戛然而止。"小阳！上车。"

我定睛一看，车内驾车的正是幺叔。

"哟，幺叔。怎么在这？"我惊奇地问。

"我是专程来接你的。"幺叔在车内探出头，"快上车吧，这里不准上落客人。"他前后望了一眼。

我赶忙拉开车门，坐在副驾座位上。

"真不好意思，都不知道回来的车票这么紧俏。"我一边系好安全带，一边抱歉地说。

"今天是返程高峰期，能买到高铁票已经算运气不错了。"幺叔说着不慌不忙地把车子驶上了国道，旋即向东疾驰而去。

"咦，不是回罗锅村吗？"我问。

"你简直是个工作狂。"幺叔目视前方，"都什么时候了，回罗锅村也得先填饱肚皮吧！"他娴熟地把持着方向盘，向罗锅村的反方向驶去。

"哎呀！除了公事，咱俩还可以是朋友吧。你来这都有好一段日子了，难道跟朋友吃个饭，还受约束吗？"幺叔边摇头边啧啧叹声。

"不是这个意思。"我说，"这样吧……"

"不要这样那样了。"幺叔瞅了我一眼，很不耐烦地打断了我的说话，"是不是单位有规定，不能接受村干部的宴请。要请，也都只能你请……是吧？"他冲着我咧嘴摇了摇头，说，"真有你的！"

我耳根一红，一时也不知如何回答。

"好了，好了。上次是你请的，今晚我回敬，那也算是扯平——AA了。这总说得过去了吧。"

我一时无言以对，那也只好听之任之了。

车子很快驶入县城的中心辖区。这时街灯早已亮起，沿线绿化植物和临街的主要建筑物的墙上都装饰了灯饰，霓虹闪烁，车辆穿梭，虽比不上大城市的热闹繁华，但也有小城的另一番景象。

"我们吃简单些就行了。"我说。

"那当然，你想吃好的，幺叔我还请不起哩。"幺叔听我这么一说，终于乐呵呵地露出笑脸。

我们在城区内的一条小河流附近兜兜转转。"晚饭的黄金时间都过去了，很快就会有车位。"幺叔说。车子大概行了十五分钟之后，终于把车子停泊在画线的车位内。河边全是各式的饭馆和食肆，看上去十分热闹。

下了车，我随幺叔来到一间不大的餐馆，馆子客人不算多，一眼望去，也就只有两桌人。我们在餐厅二楼的小夹层坐下。幺叔像以往一样，也不客套，点了一个紫苏蒸大肠，一个芥菜肉丝汤。

"你这家伙简直就是工作狂，难得休个长假，再重要的事也不差这一天半天的，干脆就明天回来好了……"幺叔一边絮絮叨叨，一边瞅瞅我。

我知道幺叔在戏谑我，我也打趣说："你还不一样，今天可是你不请自来的，我可没有喊你来哟！"

"对了，此前跟您说的让鸡场代养鸡只的事情办得咋样？"我很快把话切入了正题。

"你，你又来了。"幺叔笑着摇摇头，接着说，"放心，我的扶贫干部同志，你'督办'的事情，我丝毫不敢怠慢。肉鸡要求都在两斤重以上，预算下个月肉鸡随时可以出栏派到贫困户手上。"

"那罗锅村有多少贫困户愿意养殖？"我循着话题问。

"没有变动的话，今年有23户。"幺叔"咕咚咕咚"地喝了口茶，然后心满意足地用衣袖抹了一把下巴。

"54户贫困户，为什么只有23户愿意饲养？"显然，我的观点跟幺叔有些不同。

"还少？"他瞪大眼。

"不少吗？半数也不够哩。"我马上反驳说。

"哎呀！我的哥呀！你可要想想，50多户人口，除去外出务工的，还有孤寡老人，剩下有劳动力的贫困户已经不多了呀？"幺叔委屈地说。

"哦——"我长长地应了一声，便掰起指头算起来。

"哎呀！我的哥，这还用算么。54户当中，无劳动力包括弱劳动力的就占了41户，剩下真正有劳动力的是13户，如此类推，养鸡的人还真不少哩。"幺叔说。

"哎呀！你这样一说，我就明白了。有些事情我没经验，你可千万别见怪。"我抱抱拳，一脸愧疚地说。

幺叔剜了我一眼："要怪，也不知道要怪你多少次了。跟你拍档，不累死，也烦死了。"

"哈哈……你可不要说我。我知道你这人口硬心软，加了班还不让别人知道哩。"我瞥了他一眼。

"唉！知道又有啥用。我们做基层工作的，琐碎的事务多，都习以为常了。"他摇了摇头，无奈地说。

"是呀！就拿罗锅村来讲，21个自然村，有将近4000人，村委会才配备四名干部。所以……"我带点调侃的味道又说，"所以说，你比我有过之而无不及。"我说完，哈哈一笑。

幺叔双手一摊，做了个无奈的表情，苦笑说："谁叫俺命苦呢。"

"现在可好了，你请了我这个免费的帮工。"我拿起桌上的茶杯，"来，以茶代酒，我敬你一杯。"

"好哩！"他爽快地拿起桌面上的茶杯跟我碰了一下，"工作愉快。"

"工作愉快。"

说着说着，服务员端上了两盘热气腾腾的小菜。我们二人也确实饿了。我用开水重新洗过一遍桌面上的一次性碗筷。我一向对酒不感兴趣，幺叔也没酒瘾，因此二人放开肚皮吃了起来。小店既然是幺叔这个"行家"选择的，自然色、香、味一应俱全，很地道。

我们边吃边谈，很快扯到贫困户务工奖补的事情上。

"幺叔，半年即将过去，我们要尽快落实上半年就业奖补的事情。"我说。

"我建议今年的就业奖补连同在本地务工的人员一起奖励，多少都好，都是对他们的一种鼓励。"幺叔说。

"嗯，你的建议好。"我点了点头。

说干就干。幺叔也是一天也闲不下来的人。我们决定明天先落实奖补登记名单。说是登记，其实这里大概哪些人在外地务工，哪些人在本地务工，我们心中早就一目了然。登记更多时候是为了了解这些人的最新务工动向。毕竟，他们之中有好大一部分人都是靠打零散工过日子的。农民思想有一定的局限性，哪里收入高，就愿意到哪里干，并没有长远周详的计划。因此，这部分人的工作流动性是比较大的。这一点，无论是村干部还是我这个扶贫干部都不好干涉。至于发放肉鸡，幺叔确实经验丰富，除前期在预订鸡苗时货比三家外，还跟鸡场签订了包销合同。当然，自家散养的家禽从来就没有愁销的时候。现在无论是城市还是乡村，生活水平越来越高，大多数人吃的口味已经不单单停留在解决温饱的层面上了，因此，包销也是场主一件求之不得的事情。

幺叔嘴里叼着一根牙签，悠悠说："到时向贫困户派发肉鸡，最好是当天的上午就派发完毕。"

"为什么一定要上午派发完毕呢？"我放下手中的筷子问。

"每户都几十只肉鸡，23户就足足有六七百只之多，若在午后把大量的肉鸡统一起来派发，天气炎热，容易滋生细菌，对鸡对人都不是件好事。"幺叔说。

"你考虑得周到。"我竖起大拇指，"虽然道理很简单，但考虑得到的人还真不多。能够不嫌功夫烦琐，做到如此细致，而且身体力行，你真是个好干部！"我夸他之余心里极其佩服他对工作的细致入微。

这顿简简单单的饭菜我吃得特别有滋有味。转眼时间就到了十点。从县城到罗锅村足足有十多公里，幺叔载着我不时沿途介绍一些当地风土人情。在轻松愉快的气氛中很快便到达了我的驻点。跟幺叔道别之后，我便赶紧冲凉休息。

就业奖补和派发肉鸡看似是一件十分简单的事情，但操作起来却并不简单。尽管此前幺叔有过一两次的工作经验，但涉及扶贫资金的使用问题，那就不得不严谨细致。现在要求工作处处"留痕"，偏偏这一块却是乡镇干部的"短板"。一直以来，基层一线干部都有种说干就干的勇气和担当，但要他们处处留痕，超高频率地使用电子计算机及办公系统，单说这一点，就累得他们够呛的了。对于年纪较大的一些乡村干部来说更是吃不消。现在驻村干部下沉到一线，实际上从某种程度来说，除了为乡村干部分担部分工作外，其实还有促进基层普及电子办公系统的作用。

5月8日上午，罗锅村民委员会召开村"两委"会议。"两委"一般指村委会和村党支委。我以列席的身份参加会议。村支书周奇鉴依然像往常一样一身的西裤白恤衫的正装打扮，显得庄重严肃。幺叔、兴友、冰姐则像平日一般各自忙手头上的工作。

每次会议前，最为忙碌的是电脑操作员小红，眼下她在电脑和打印机前来回走动。

"小红，等会儿的会议资料准备好了没有？"支书周奇鉴问。

"正在整理，差不多搞好了。"小红眼睛盯着显示屏说。

"嗯，搞好就通知大家马上开会。"

"好的。"

支书周奇鉴做起事来果然雷厉风行，半点不马虎。

九时整，村委会小会议室内准时召开"两会"，会议依旧由周奇鉴支书主持。

周奇鉴睃视室内，清清嗓门，开腔说："今天是长假期回来的第一天，请大家迅速收拾心情，回归到工作上来。趁人员到位，今天召开'两委'会议，会议议题都已经印发到你们手上了。"他把目光转移到幺叔身上，"会议开始，请李瑞华同志主持，请小红做好会议记录。"

"两委"会议持续了将近一个小时，其中涉及扶贫工作的有两项：务工奖补和扶持贫困户饲养肉鸡项目。会议通过了上述两项工作，并做出了具体的细节安排。经初步同意，原则上建档立卡贫困户务工者上半年补助500元钱，有意愿饲养肉鸡者获30只肉鸡以及饲料合计价值1200元钱。两委同时明确了两项工作的日期：肉鸡项目须在月底前完成，务工奖补须在6月中旬前完成。

　　会议一结束，罗锅村委热闹得就像烧开的水——各人都忙个不停。冰姐、小红会后忙于收集贫困户的务工信息，除大部分可以电话通知外，那些没有联系电话的，就唯有各人分配任务挨家挨户地去通知了。若换作平日，我肯定争着为她俩减轻负担。但今天可不行。会议之后，我跟幺叔二人就赶往鸡场察看。在察看完肉鸡无问题之后，我们决定三天之后安排发放肉鸡。幺叔要求鸡场务必在当天九点前把肉鸡连同饲料运抵村委会，集中在大门前统一派发。否则，村委会拒绝收货。场主其实也是附近的乡里，知道幺叔是个说到做到的人，当然满口答应，不敢有丝毫怠慢。

　　接下来的这两天我也没有闲着，除了逐一通知提醒大家当天须自备好接运肉鸡的运输工具外，还提醒有需要让鸡场包销的贫困户当天须签订"包销"协议。当一切工作都安排妥帖，已是两天之后了。

　　另外，考虑到肉鸡离开鸡场后有一个适应过渡期，因此村委会同时订了部分饲料供应贫困户，保证肉鸡的存活率。从上午检查的情况来看，饲料可以当天上午同时发放到贫困户手中。大家终于长长地舒了口气，我心坎那块石头也才稍稍放了下来。

十七

三天后,一大早村委会门前就挤满了人。这些男男女女、老老幼幼当中有的推着斗车,有的拉着板车,有的蹬着三轮车,当然也少不了最常见的交通工具——摩托车。幺叔和我早早就来到了村委会。不一阵子,村委会的其他村干部也陆陆续续回来了。罗锅村委会一直都有这样良好的团结协作精神,即便不是自己的工作范畴,知悉情况后都会主动揽工。

每户领养肉鸡的贫困户一般都有两三个人来做帮手。算一算,23户人,一下子就来了将近百人,热闹得像一个露天的大集市。还好,村委会离X422江禄线乡道还有一段距离,这里有一片开阔的空地,刚好容纳大家在这里等候。这一天是贫困户最高兴开心的日子,各人的脸上都洋溢着期盼和喜悦。他们或三五一堆,或两两一群,一茬一茬地团在一起闲聊。或许有些乡亲久未逢面,他们相互问候,相互握手,让我看了心里暖烘烘的。此情此景,我想到年幼时在家乡的情景。不觉间,我感到眼眶有点儿湿润。自从父亲十年前去世以后,每次回故乡都是来去匆匆……

"怎么了?"一旁的奇鉴支书问。

"没什么。"只是眼睛有点儿痒痒的。

"大概在城里没有吃过这样的苦头,这几天都没睡好吧?"幺叔长长地吁了口气。

"难得一个小长假,肯定早几天晚上节目多。"正在电脑旁整理"签领表"的小红冷不防嚷嚷道。

我腼腆一笑,说:"哪有呢。"

"好了好了。都差不多九点了,用不用催促一下鸡场老板。"奇鉴支书看了看表,对幺叔说。

"好,我去给他打个电话。"幺叔拎出手机。

"嘀嘀……"一阵急促刺耳的喇叭声从远处传了过来。

"真是说到曹操,曹操就到。"奇鉴支书笑笑说。

"嗯嗯!白天不讲人,晚上……"幺叔接过话茬说。我们都快步走出村委会。坐在村委会里面等候的老人妇孺跟着一窝蜂地往外拥。等候在门外的人也相继向货车靠拢过来。大货车在村委会大门一侧停了下来,司机迅速跳下车,忙着向奇鉴支书和幺叔二人打招呼:"支书,幺叔,真不好意思,曾宽村扶贫点订的好几百只鸡也是今天要货,所以装车晚了点。"司机一脸赔笑。

"不算晚,不算晚。"奇鉴支书客气地说。

"抓紧时间,抓紧时间。"幺叔一边示意司机开始工作,一边招呼大家按次序排好队。

"快,快。你们二人赶快到车厢后,按幺叔读到的名字每户分派肉鸡。"司机忙不迭地安排副驾驶座的一男一女到车厢后协助幺叔派发肉鸡,然后他高举双手,在头顶上拍了几下,"哎,乡亲们!大家注意了,注意了,领到肉鸡的农户,请移步到我这里领取你们的饲料哦!"他喊声又尖又长,特别刺耳。

我站在大货车的车厢旁,有节奏地拍着手掌,大声喊:"请大家主动优先长者和妇女。"

"嗯嗯!"幺叔微微点头。我从他的眼中,感觉到了"尊重"。

肉鸡派发得非常顺利。一个半小时之后,所有派发的工作都已经完成。如此顺利,超出了大家的预期。这除了得益于罗锅村委会全体人员的通力合作外,贫困户的整体素质也至关重要。

望着一个个笑意盈盈的样子,我心里突然间有一种少有的成就感。

趁着还有点时间,幺叔和我详细向奇鉴支书汇报了就业奖补的相关方案和开展情况。支书听后,补充了一点意见,他建议在发放奖补的同时,为贫困户办一个学习班,内容主要围绕扶贫的相关政策和帮扶致富既依靠集体、也要靠个人的指导思想。通过一系列的授课,让贫困户自己有强烈脱贫的愿望,彻底摆脱贫困户的"等""靠""要"思想。幺叔和我非常赞同。一时之间,你一言我一语地热烈讨论起来,不知不觉间就到了中午12点多钟。

"哎,哎!小阳,你一回来,就累得我们够呛的了,是不是该你请吃饭呀!"冰姐一边收拾桌子上的办公用品,一边说。

"可以呀!择日不如撞日,那今天就我请客,大家都辛苦啦。"我爽快地说。

"哎!免了,我得回去照顾儿子呢。"小红说。

"是大仔还是细仔呀!"冰姐笑着戏谑说。

"你这人……"小红剐了冰姐一眼,满脸通红,"我可没你这么好运气。"

"小阳,都不用客气啦,大家都是为了做好工作,我们都抓紧时间回去吃个饭,休息一下。"奇鉴支书关切地说。

"好啦!那就恭敬不如从命了。"我站了起来,向大家道别。

我出了大门，幺叔急追上来："关于贫困户授课的事宜，就请你准备一下。说实话，让我解决农民纠纷，落田下地都没有什么问题，说到授课，我可是一窍不通，大大的不行。"

"你放心好了。"我一口答应下来。这个事情其实不用幺叔叮嘱，我也会回去准备。我知道给贫困户宣传国家政策，他们确实欠缺这方面的知识和经验。

随着扶贫工作的不断推进，到了下半年，工作就更加繁忙。每天的工作任务从镇的微信群接二连三发出。好在，我在局里就习惯这种"遥控"式的办公方式和办公系统。另外，对于行文书写，解读相关文件，我也并不陌生，制表、统计、小结、日志、汇报、通知、公示、拟文……我基本上能应付自如。再者，我也经常通过微信的方式，向此前扶贫的棠请教。总之，为了做好扶贫工作，我是豁出去了，几乎是绞尽脑汁。

在顺利发放肉鸡后的一个星期，通过罗锅村全体党员干部的通力合作、加班加点，我们顺利地为务工者发放了务工奖补。在发放务工奖补的同时我亦按奇鉴支书提出的意见为建档立卡的贫困户上了一堂别开生面的课。与其说是授课，倒不如说，是我自编自导自演的一系列小品和相声。我把我掌握的一些贫困户的情况编成小话剧，把授课的形式换成生动的剧目，想不到竟取得了令人满意的效果。

在忙完近期的主要工作以后，我很多时候都会想到阿斤。发放肉鸡那天，我看到阿斤嫂也在人群当中，并且有说有笑，面色还算不错。只是当时人多，我不便过问他们一家的近况。毕竟，阿斤嫂此前的事情并不光彩。我想趁着有点空余的"间隙"，再到阿斤家走访，看看阿斤近来在搞什么名堂？

"叮叮"一声,放在写字台前的手机闪了一下屏。我拿起手机看了看,是幺叔。

"在哪?"幺叔问。

"嘀,嘀,嘀……"我指尖起落,回复道:"在驻点呢。"刚想接着问,手机就响了。我一看,是幺叔打过来的电话。我赶忙接通电话:"喂,幺叔吗?什么事?"

"你在家吧?"他问。

"对,我在家。"我答道。但我同时听到幺叔附近有激烈的谩骂声。

"我正在车心一村处理村民纠纷,你若没有其他紧要任务就过来一趟。"

"哦!"我答应道,"你在车心一村具体哪个位置?"我问。

"就在车心一村的村尾处,贫困户春生家。对了,车心一村正对着桂坑村。"

"噢,春生!我知道了。"我立马想起来了。

我不敢怠慢,匆忙收了线,换上外套,骑上两轮摩托车朝车心一村飞驰而去。

七八分钟后,车子来到了车心一村口的小店前。奇怪,往日围坐在小店旁闲聊的农人都不知跑哪去了?

"不好,肯定是吵得不可开交了。"我在心里盘算,不觉有几分紧张。

我将车子直接朝小巷纵深方向驶去。车子越往里开,围观的人就越来越多。到了村子的中部,几条纵横交错的巷子都塞满了人。无奈,我将车子停下来。我边往里走,边高声喊道:"麻烦让开，麻烦让开……"我从事执法工作多年，不知不觉间培养出一种庄肃的气质。此时，虽然我并没有穿上执法制服和驾驶具有统一标识的执法车，但我俊朗的外表加上长期的职业仪态已经散发出一种不怒而威的气势。

"有什么好看？快散快散！"我边向前走边大声喊话，试图驱散人群。人群闻声转过头来，身体旋即向两边挤，让出一条通道。看神色，大部分人似乎都误以为已经惊动了上级的主要部门，喧闹嘈杂的环境迅速安静下来。我在心里暗自发笑。其中自然不乏认识我的村民，但他们大多只是默默地向我点点头，继而窃窃私语。

我循着人群的目光很快找到了现场。么叔在半个小时前就来到了这里。在他到达之前，这里有过短暂的混乱。他到来后迅速控制了场面，至少涉及纠纷的两房宗亲再没有发生肢体上的接触。他当时皱着眉头听完双方当事人的诉说，一时也不好妄下定论。我明白么叔为何不好妄下定论。村里一百几十户人，亲疏都是自家的兄弟，俗语讲，清官难断家务事，村里全是宗族乡亲，量度的天平即便是如何公道，都有可能被任何一方诅骂，搞不好，吃力还不讨好，要挨两家都臭骂。

十八

我的到来，无疑让么叔缓了口气。他见到我就像见到了救星一般。

"来了。"

"来了。"我轻描淡写但略显冷峻，"什么情况？"我望望么叔，再冷冷地望了望双方当事人一眼。现场迅速安静下来。我冷淡的面容，冷淡的语言，把双方当事人立即给镇住了。他们静静地望着么叔，似乎在说："你问他吧？"

事情很简单。原来，巷子尽头的几间平房是春生家的砖瓦房。春生幼年曾高烧三天三夜不退，最后落下小儿麻痹症，属三级残疾，是建档立卡的低保户。而纠纷的另一当事人是同在一条巷子里隔壁的雨生。雨生平日主要靠贩羊宰羊营生。他生得牛高马大，大概是职业使然，说起话来粗声粗气，像雷响一样。春生、雨生本是同宗同族的兄弟，从小两人一起长大，那时两家人都穷得叮当响。可近几年，两家人的生活形成了巨大的反差。早几年，春生父母先后"中风"，虽得村委会及热心人的关照，春生还在镇、村政府的帮助下，在镇残联谋得一份通信员的工作，但工资并不高，日子还是过得紧巴巴的。而雨生高中毕业后，靠着贩羊宰羊的营生，倒是生活得风生水起，有滋有味。两个原本从小一起长大、感情也不错的发小，随着各自不同的际遇慢慢"分道扬镳"。刚开始，雨生还能勉强跟春生打个招呼，到后来，春生跟雨生打招呼，雨生都是板着脸不回应。一来二去，二人虽是邻居，却已形同陌路。雨生总觉得春生太懒，他虽是残疾人，但不至于丧失了劳动能力。他总认为春生压根儿是不愿意工作，是典型的"等、靠、要"思想作祟。他打心眼里就讨厌春生。也因此，两户人常常因一些鸡毛蒜皮的事吵得不可开交。就拿今天的事来说，雨生的生意越做越大，圈养羊的老房和屠房就得扩充，为了方便运输，他在老房的门前砌了个小斜坡。本来巷子就十分狭窄，如此一来，春生回家的必经之路几乎被堵成一条缝线。像春生这样的年轻人还可以勉强闪身而过，但对中风后的两位老人来说，就十分困难了。砌下的小斜坡，无异于在巷子里砌下一道不可逾越的高墙。

今天一早，春生试图让雨生改变想法——自行拆除在建的小斜坡。但一直就看他碍眼的雨生，一言不合，就拉起了他那独有的大嗓门给春生骂了回去。春生虽说残疾，却也并不示弱，扬言雨生不动手，他就动手去拆。这下，无疑在雨生的火头上浇了油。最后，二人竟然真的动起手厮打起来。闻讯赶来的邻居纷纷上前劝阻。不知咋回事，两家的至亲都又没有控制住情绪，矛盾再次升级。场面几度失控。见势不妙，有人偷偷拨打了村委会的电话。刚巧，村委会的男干部今天都各有任务，只剩冰姐和小红留守，小红闻讯不妙，连忙向支书奇鉴作了简单的汇报，并及时拨通了幺叔的电话。当时幺叔正协助民政部门在隔壁的社下村入户核查情况，一听，感觉事态严重，便第一时间赶了过来。失控的场面随着他的到来总算受到控制。控制归控制，但如何解决，却十分困难。无奈之下，幺叔便叫了我过来处理。我的到来，让两房宗亲几十双眼睛齐刷刷地从幺叔身上转而集中在我的身上。

幺叔见此情景，大概觉得我也从未碰到过如此棘手的问题，正想为我解围，我却不慌不忙，从容淡定地扫视一眼人群，然后摆了摆手，示意大家安静下来。

相比于幺叔，我是外来的驻村干部，处理这类纠纷更是"轻装上阵"，不会有太多顾忌。因此，今天由我来处理此事，实际上是最适合不过的了。

"大家静一静。"随着我的喊声，现场再次安静下来。

"你，叫什么名字？"我问。

"雨生。"

"这房子是你的？"

"对。是我的。"

"房子有证吗？"

"有。"

"什么证？"

"土地证。"

"是国有用地，还是集体用地？"我接着往下问，始终保持着不紧不慢，态度严肃，不苟言笑。本来趾高气扬的雨生一时之间被问得有点儿心慌。多年的执法经验已经练就出一个不怒而威的我。这不，我几句简简单单的问话，就令雨生浑身不自在，毕竟他自己也觉得理屈词穷。

"嗯。是，是集体用地。"他弱弱地回答。

"用地红线包括门外的步阶范围吗？"我指着屋前刚砌的步阶问。

"这个……"他从我的目光中抽离，"这个……我都不记得了，应该包括吧……"他含含糊糊地回答。

"应该？那到底红线包括还是不包括？"我斩钉截铁地问，丝毫没有回旋余地。

"这……这……"雨生怯怯地低下头。

"关你什么事？你是谁？"人群中不知是谁发出了尖锐刻薄的男声。

雨生一下子抬起头，他似乎感到有人在声援他。可当他的目光刚与我接触，不知为啥，他刚刚兴起的希望又被一种无形的力量给逼了回去。

在端州城区执法的那几年，类此这样的执法我可经历过不少。曾经一次又一次地逼退多次暴力抗法，也避免了许多恶性事件的发生。对于眼前的场面，我心中早有底数。我相信完全有能力把控这样的一个场面。

我没有丝毫的慌乱，可一旁的幺叔却似乎惊出了一身冷汗。大概他担心我从没见过这样的场面，也不知道做农民工作的"深深浅浅"。一旁的他正要解围，却见我比他更快，我一闪身，迈前了一步，高声说："我是谁，我是来罗锅驻点的驻村干部，是市里过来的。大家清楚没有？"

"驻村干部？那人家建房关你屁事。"刚才的那个男声夹杂在人群里又喊了一句。这一次，人群开始骚动，并议论纷纷。

我微微一笑，厉声说："按照最新的驻村工作要求，驻村干部有义务和责任扫黑除恶。"

"那就对了，人家建个房跟黑恶能扯上什么关系？你们说是不是？是不是啊……"这一次，男声借助着同房宗亲的助威，有恃无恐地带头起哄。

我眉头一皱，正色道："扫黑除恶，除了打黑涉黑外，除恶也是国家今后长期坚持不懈的工作,你们看……"我指了指身后占用巷道的小坡又说,"如果违法占用巷道,阻碍了别人的正常通行和生活,且屡教不改。你说,这不是恶又是什么?"

我把目光投向人群,像两把利剑,接着高声说:"请大家让开,好让刚才发话、带头起哄的人站出来。"我目光所及之处,人群像潮水般向两旁闪。

"助恶,也是犯罪。"我高声喊道。

须臾,大家又迅速安静下来,人群中的那个男声也不知在什么时候消失了,围观的人,只好你望我,我望你,像对我说"不是我说的"。

我厉眼睃巡一遍,说话的声音陡然提高:"请大家一定不要混淆黑恶的含义。其实,愚弄、欺压乡民的人也是恶霸、恶势力,大家不要意气用事,要分清是非,否则连自己误做帮凶,也全然不知。"

我一气说完,顿了顿,目光再次睃巡众人。人群开始交头接耳骚动起来,有的点头,有的低头不语。

幺叔见状,赶忙抓住时机,朗声说:"是啊!现在各地都掀起扫黑除恶的人民战争。若大家不信,看看各村的宣传栏就清楚了,不要做了帮凶也浑然不知呀!"

我看时机已经成熟,转过身来,对雨生说:"雨生。"

"哦,哦……"此时他面色铁青,有点惶恐不安。

"我看你还是不知道情况,根据我国目前的相关法律法规,即使你设置的步阶在使用红线范围内,若阻碍行人或防火通道,也是不能设置的。如果造成人员伤亡,更有可能负刑事责任。你知道吗?"

"我，我……"雨生的眼扑闪了两下，低下头，躲避着我的目光。

"你过来一下。"我说完，示意雨生跟我单独交谈。雨生老实了许多，胆怯地看着我，再没有先前寻求庇护的想法。

我俩一前一后来到春生的家门前。大约交谈了二十分钟。众人隔着七八米的距离，开始感觉雨生还有点拘谨。大概十分钟过后，我们开始有讲有笑。这样一来，不但围观的众人蒙了，就连幺叔也变得糊涂了。见此情景，春生心中不禁暗自叫苦。正当大家都丈二金刚摸不着头脑的时候，雨生却意外地笑意盈盈走到春生面前，说："兄弟，今天是哥不对，给你添麻烦了。放心，等会儿我就把坡道给拆了。"

幺叔盯着我，满眼疑惑，似是问：啊！你到底跟雨生说了些什么呢？

出乎意料的结果，令春生悬着的心终于放了下来。他呆呆地站在那里，一时半刻也不知咋回应雨生。他忽然觉得，是不是自己听错了。

我看着他们二人的表情，禁不住哈哈大笑起来："你们俩本来就应该守望相助。好了，好了，过去的事就过了……"

"嗯。"二人同时应答。

"雨生。"

"是。"

"那你等会儿就先把坡道给拆除，并搞好卫生。"

"放心，放心，答应做的，我肯定做。"雨生涨红着脸爽快地答道。

"那就好。"我望望幺叔，说道，"幺叔，还有什么要补充的吗?"

"没有了。"他惊疑地摇了摇头。

"那我们回去吧!"

"好。"

"你们二人还有什么问题吗?"我望望春生,又望望雨生。

"没有了。"雨生不好意思地答。

"我也没有了。"春生感激地点了点头。

"嗯,那我们走!"我向幺叔点点头。我们刚走出人堆,幺叔惊喜异常地竖起拇指说:"你真是了不起呀!了不起!"

"嘿!你别跟我来这套。"我瞅了瞅幺叔说。

"你到底用了什么方法说服雨生自行拆除步阶的?"幺叔迫不及待地问我。

"嗯嗯,秘密。"我神秘一笑。

"哎呀,你这家伙连幺叔都卖关子啦!"幺叔装出一副生气的样子来。

"不敢,不敢。我们回村委会再说。"我立刻闪到幺叔身旁,像个古时的小书童。

"你们城里人呀!总是古灵精怪的,坏主意多。"

"哈哈……"我们说说笑笑出了村口,各自取车去了。

我开车自然比幺叔先到村委会。我前脚迈进村委会,后面就听到幺叔刹电动车的停车声。幺叔是个性情爽快的人,脚还没跨进大门,就嚷嚷地喊道:"高手在民间,高手在民间啊!"

"幺叔,今天干吗了?"冰姐在复印机前整理着资料,抬头慢悠悠地问。

"厉害!厉害!小阳真是厉害!"幺叔连连说。

冰姐睨视着刚进门的我,又瞧瞧幺叔,满脸狐疑地问:"都怎么了,什么高手在民间?"她接着没好气地说:"今天你有病啊?"

幺叔哈哈大笑:"我好好的,能有什么病。"他说着说着双眼简直放光了。

我没理会二人的调侃,独自到茶水间重新泡了壶红茶。当我重新来到办事大厅。"哈哈,小阳,今天幺叔真的服了你。你不但能说会道,做人做事都严谨细密,待人接物又非常有礼,是个真正的共产党员啊。"他笑呵呵地用一种欣赏的目光打量着我。

我谦和一笑,说:"幺叔,你别拿我来开玩笑了。"

"绝非玩笑,绝非玩笑。"幺叔夸张地向我拱了拱手。

"你俩今天都干吗啦?神神化化的,唱'双簧'?对了,刚才'车心一村'那边不是雨生跟春生吵得不可开交吗?"小红终于忍不住插进话来,手中的键盘却仍在"噼噼啪啪"地响。

"嗯嗯!阿红你还真的有所不知。说到这事真的有点玄。原本雨生在他自家门前砌了个小斜坡,阻碍了春生的出入。今早就为这事,二人吵了起来。可万没有想到,小阳一出马,不但把事态摆平了,而且也不知道他跟雨生说了什么,雨生竟然神奇地同意自行拆除乱占的坡道。不过有一点令我百思不得其解,雨生被责令拆除还笑呵呵的,还要多谢小阳呢?这种事我还是头一回碰到。"

"噢!这就奇了。"三个人齐刷刷地把目光聚焦在我的身上。

"其实也没有什么窍门。"我搔搔头,不好意思地说。

"说来听听嘛……"

"不要卖关子了,否则……"冰姐和小红嚷嚷道。

"嘿嘿！小阳，说吧！"幺叔抽出一根无滤嘴卷烟抛给我。

我仰起头，接过空中抛来的卷烟，打趣道："向来是吃人的嘴软，看来是不说都不行呀！"

"嘿！那当然。"三人异口同声地说。

我点燃了卷烟，抽了一口，便一五一十地把我的整个思路跟大家分享：从进入车心一村的那一刻，我其实就在心里琢磨着，今天如何处理"涉违"问题。一般农村，特别是偏远山区，农民对于违法用地的意识还很薄弱，往往他们只应自己的需要建设。大多数时候，农民建房习惯向村委会报备，同意即可。相关的建设管理职能部门，又极少直接介入乡村的规划用地管理。因此，对于农村建设，"村规民约"成了最直接的约束依据。俗语说：宁犯天条，莫犯众憎。这是我多年的农村执法经验告诉我的简单道理。因此，我一上来就搬出相关的法律法规把雨生给震住，然后把他拉到一旁，我知道，农村有别于城市，他们的族人都在同一个村子，处理不好，任何一方的面子都不好过，下不了台，都容易受到族人的怂恿。若事情处理不妥，就容易陷入僵局，甚至最后演变成悲剧。我把雨生拉到一旁，摆明他这样的行为是违法的，擅自设置步阶阻碍他人，有涉嫌违法占用土地和违反村庄规划，根据相关法规肯定需要限期拆除。若是此时上报，还有涉黑涉恶的嫌疑。基于此，我劝雨生自行拆除，自拆有两大好处：第一，所用的建筑材料经自行拆除后可自行处理；第二，避免政府组织人员强拆，没收你的材料，这样你和你的族人就丢尽颜面了。如果你可以退一步，反而表现出你的大度和高风亮节，一举两得。雨生是个见过世面的人，审时度势，当然选择后者。毕竟，他也自知理亏。因此便有了现场发生的一幕。

"哇！好厉害。"幺叔笑逐颜开地竖起大拇指。

"软硬兼施，进退有度，恩威并施，关键能抓住人性弱点，晓之以理，动之以情。不容易呀！不容易！"幺叔拱拱手，说，"佩服呀！佩服呀！"

十九

日子在忙碌中过得飞快,很快就到了5月中旬。这一天我少有地换上一身简约的牛仔套装,也少有地对着卫生间里的那面仪容镜整理起仪容。头天晚上我给阿斤挂了电话,约好了今天到户走访。尽管在电话里我没有询问他近来的情况,但从阿斤的回答可以想象,阿斤现在的情况还是比较乐观的。知道我要过去,电话那边的阿斤嫂还一个劲让阿斤邀请我到他们家吃饭。推辞再三,最后我答应了下来。毕竟,共产党员也得讲人情味,贴近老百姓才行哩。因此,我打算一早先入南街,再到南街办些小礼物。俗语说:礼尚往来。那么,也不算占农民兄弟的便宜。

一大早,似乎天不作美。临近出门时,乌云从西北方向逐渐飘移过来,不大一会,黑沉沉的乌云笼罩着整个罗锅村上空。要下雨了。我站在门边往外看,一下子心情压抑起来。绥江的江面泛起了层层波澜,两岸的竹林沙沙作响。我正在踌躇着,"嘀嘀……"手机蓝屏一闪,微信有新的信息。我抬手看了看,"风起了,像是场暴雨。待雨后再过来,我们一家人在家恭候。不见不散。"是阿斤发过来的信息,言辞精简,又恭谨有礼,不像一般的农民粗犷的口吻。我看看积聚上空的乌云。看情况,暴风雨即将来临。我无奈地转身返回屋内,手机屏光又闪了一下,"贵人出门招风雨呀!"我苦笑了一下,回了个无可奈何的表情,想了想,直接通过语音回复道:"放心,风雨不改。"

"好的。恭候。"阿斤回复声音有点抖。

不多时,长假后最大的一场暴雨倾注而下,天空像被捅穿了几个洞似的。先是大粒大粒的雨点洒落在老街上"答答"作响,接着"哗"的一声,大雨铺天盖地从天空中倾泻而下。从高处眺望,绥江波涛翻滚,咆哮奔腾,急骤的暴雨抽打着两岸的竹林,雨飞水溅,雾气萦绕,远远近近迷蒙一片,大片大片的竹林被风暴吹得左摇右摆,像大海中翻滚的浪涛。

还好,暴风疾雨总是不会持续得太久。不久,雨势停了,空中的乌云像墨滴水中——缓缓散开,直至淡薄消失。罗锅老街很快又恢复了人们行走的声音。房前屋后渐渐出现了光亮。

我发动摩托车。在暖车时,我临时改变了主意,决定不再进县城了,时间已经来不及了,一来一回,至少得一个多小时。我给在家等候的阿斤挂了个电话。阿斤听到我将如约而至,十分兴奋。是啊!一直以来,这个在村里被所有人都瞧不起,甚至是望而避之的人,今天居然有一个驻村干部能够对他如此重视,他大概视我的到来是一种最高的殊荣和礼遇,他希望全村的人都知道今天驻村干部来他家作客,这是他阿斤的无上光荣。

电话里,阿斤混杂着浓烈的地方方言。他声音有点儿颤抖:"好,好,好,阳哥,我在家等你。你来了,我们就好好地拉拉话。"

"好哩!"我挂了电话。

挂了电话。阿斤一边忙着叮嘱阿斤嫂在家准备菜肴,一边套上T恤往外跑。

"喂,喂……你去哪?"阿斤嫂追至门前问。

"我到村口迎接阳哥哩。"阿斤头也不回地往外跑。

"不是来过了吗？还用……"她还没把话说完，阿斤已经过了小涧桥，消失在新绿的竹林之中。

她摇了摇头，说："神经病……莫名其妙。"转过头，她脸上却露出了不易察觉的笑容。

阿斤大步流星似的出了桂坑村，来到车心一村村口。村口是梅姨的小店，平日店里总是聚了不少老老少少，男男女女，不以年龄分，不论日升日落，一派闲散景象。

这会因为大雨刚过，小店显得冷冷清清。梅姨正跷起二郎腿打瞌睡。破旧的英式桌球台上停着几只大头苍蝇，不时肆无忌惮地爬行在绿色的毯面上。

阿斤站在梅姨的小店旁左顾右盼，踱了两步，又回身踱了两步，终于忍不住开口问："梅姨，今天咋这么安静？"

"嗯。"梅姨微微睁了睁眼，把脚撂在另一张椅子上，又继续打瞌睡。

阿斤碰了一鼻子灰，心里骂道："你个老不死的，就是瞧不起人哩。"不过，他又很快堆起笑脸来说道，"梅姨，今天没人来打纸牌？"

梅姨放下二郎腿，乜斜一眼，一脸不悦地撇撇嘴，说："你也不张眼瞧瞧，刚才是个咋样的鬼天气，鬼才会出来哩！"

阿斤脸上的笑容像风卷残云般迅速消失，他不知道梅姨这句话是不是在讥讽他。不过，眼下的阿斤跟从前的阿斤已判若两人，他曾经也是个见过世道的人。他脑子一转，摸了摸裤兜。"哎呀！差点忘了。"他拍拍脑袋说，"真是记性越来越差了，出来买烟都差点忘了。对了，梅姨我要包五叶神，金装那种。"

"金装的？"梅姨板着的脸顿时放松下来。

"金装的，要两包。"阿斤响亮地重复说了一遍。

梅姨眉头一松，半信半疑的目光掠他一眼，说："阿斤，稀客哟！"态度和语气明显有了转变。她转身在烟架上取下烟，随手用柜台上的毛巾扫去烟盒上的浮尘。这时店外的乡道上传来一阵"突突突"的摩托车声，阿斤匆匆收起烟，把头往外探。

"阿斤……"我发现阿斤在小店里探出头来，便刹住了车，挂了空挡。

"呀！贵客来了，贵客来了。"阿斤一边嚷嚷，一边高高举起右手，动作夸张，声音洪亮。临出门的那一刻，仍不忘往梅姨身上瞥了一眼。看到梅姨惊愕的表情，他终于满意地跨步往前，嘴里不停地说，"哎，这边，这边。"他一边在前面小跑，一边不时回头指引着我。我在心里暗自笑道："我都不是第一次来这里了。"不过，我很快转念："哟，阿斤，这个聪明的家伙，鬼主意多得很。"转念间我心里已明白了七八分。一直以来，阿斤几乎都不和大家交往，大家也很少和他往来。从阿斤今天表现出来的"动静"看，他的意图非常明显。阿斤在向周围的叔伯兄弟炫耀，"我阿斤还是有城里吃'公家饭'的朋友的。"从这一点看，阿斤这个人还是可以"改造"的，至少他还爱面子，脑子也相当灵活，只要引导得当，翻身的机会，明显比普通的贫困户更大。

国家并不缺好的扶贫政策，也不缺"精兵良将"。目前无论是省重点扶贫村的"第一书记"，抑或是各地的驻村干部，都是各行各业"优中选优"的尖子或骨干；在资金上，虽然各地有所差异，但有一点却可以十分肯定：全国在2020年坚决让建档立卡贫困户全面脱贫，除特殊任务、特殊情况外，扶贫资金绝对优先调拨。因此,我坚定了在罗锅村树立一个新典型标杆式的脱贫人物的决心。我相中的,正是这个村人眼中的"烂泥"——阿斤。或许,有人会认为我是"孤注一掷",属于赌一把。但我清楚,这绝不是孤注一掷,也绝非带有侥幸心理去赌一把,而是我对政策释放出来的敏感性,实际是解读国家信号的清晰把握。事实上,只要解开阿斤心里的"死结",我有信心令阿斤这棵本来就优质的林木重新长成参天大树。

我如约而至,对阿斤而言,无疑是一个莫大的鼓励。

到了阿斤家,从室内的布置来看,显然,这家人已经走出了此前的阴影,回到了正常的生活轨迹。尽管家具陈设跟之前没有丝毫变化,但整体干净整洁,摆设井井有条,说明这家人重新进入了一种有序的生活状态。

院子里的小瓦房此时冒出缕缕炊烟。雨后,这里显得尤其安静舒适。从我初次涉足此处,就感觉这里有一股年岁久远的静谧。二层半的小洋房,素色的瓦房,低矮的院墙,房前小桥流水,院中树冠成荫,一切都让人如此舒心。只可惜本来幸福美满的一家为一个所谓的"传承"耽搁了十多年的光阴。我在心里叹息道。

"阿斤,找到工作没有?"我和阿斤坐在院子树荫下的石条长凳上闲聊。

"嗯,找到了。"阿斤答。

"那就好。"我抬起头。

"骑驴找马,边做边找吧。"阿斤似乎对工作并不是十分满意。

"嗯,先处理好生活再作打算,凡事都不能操之过急。"我望了望厨房,"先让斤嫂勿过于操心。"

"知道了。"阿斤答道。

"斤嫂还在卖菜?"

"是,她也闲不着。"阿斤瞥了一眼屋里。屋里的阿斤嫂正在埋头忙碌着。阿斤低下头,似乎满怀心事。

"你在想什么?"我直截了当地问。

"哦,没想什么。"阿斤连忙微笑着昂起头来。

我看到他这副模样,笑笑说:"不用紧张,今天我们就是闲聊。从前的事都过去了,也不必再提,关键看你今后能不能重新振作。"我停下来盯着他,"我从来就不会戴有色眼镜看一个人,也不喜欢听什么'豪言壮语',我喜欢踏踏实实做事的人。"

"也没什么好想的,想也想不来。我现在正帮人开车拉货,虽说是司机,其实就是个名副其实打杂的,装卸、搬扛货物都得做。本地的工价低,请专职司机的公司不多。"阿斤用脚尖轻轻摩擦地上的落叶,一脸的无奈。

"开多少工资?"我问。

"工资底薪是2500元,含社保。还有加班补贴,误餐费,一个月下来有3500元左右。"阿斤说。

"那还过得去!"我点了点头,"一个月休息几天?"

"只准休两天,确有事情,就请假。如果长时间休息,需要自个儿设法找人替班,否则,当旷工。"

"哦,这样……"我点了点头。

"准备开饭咯!来娣,收拾一下。"阿斤嫂在厨房里朝外边喊道,声音响亮。

"哦!"里屋传来了来娣的应答声。

"哎呀！我们进去坐。"阿斤连忙起身招呼我进屋。

宴席摆开，台上三菜一汤，全是热气腾腾的小菜。我驻村以来，真的没有尝过如此丰盛的大餐，即便偶尔跟幺叔到外面进餐，多是一肉一个叶菜而已。

"哎呀！今天真的打扰阿斤嫂了，她忙活了大半天做了这么多好菜。"我站起来客气地说。

"阳哥，你能来就是给面子了，不要嫌弃吃顿菜饭。"阿斤嫂站在餐桌前边把手往围裙上抹。

"来，来，来……"阿斤招呼我坐下。

"一起坐，都一起坐。"我示意大家一起坐。

"夜来香蛋花汤""凉瓜炒牛肉""笋干焖肉片""芋梗炒腊味"，四个都是地道小菜，味道纯正。阿斤执意要喝些小酒，我并没有阻拦他，而我只同意喝"天地一号"饮品作陪。我打算今天好好跟阿斤细细详谈，他有些小酒助兴也是好事。俗语说："酒后吐真言。"我须听听阿斤的心里话，更须跟阿斤推心置腹地好好谈谈。

酒过三巡，阿斤兴致上来，拉着我的手，嘴里嚷道："阳哥，干杯。"

"嗯，祝你们事事顺意，家庭幸福。"我拎起酒杯碰了一下。

"阳哥，你知不知道，我当年何等威风……"他一抬手，把三钱的白酒杯往嘴里一送，全饮了。

我没有回答，一仰头，把杯里的醋也一饮而尽。

"干吗饮急酒，人家阳哥才没你粗鲁。"阿斤嫂连忙为我斟上醋。

我没有吭声，只是静静地等待阿斤接着把话说下去。

"想当年，镇上的运输活儿几乎是我全揽的，那时的货车还不多，许多工作都是人家请我们，我们才过去揽。若不是为了那个'根儿'，我哪会被那些小人翻白眼。"他顿了顿，抓起刚酌满的酒杯放在嘴边，接着说，"唉！真是虎落平阳被犬欺呀！"他叹了口气，又说，"想不到我阿斤，今天沦落到靠出卖力气营生……"他摇摇头，一副无可奈何的样子。

"自食其力不好吗？难道会比你一辈子都闪闪缩缩抬不起头来做人差吗？"我拎起桌面上的酒杯，眼睛直直盯着阿斤说。

二十

阿斤自个儿喝了口酒,闷头闷脑地不再吭声。

"哎呀!真是不好意思呀!他喝多了,他喝多了。"阿斤嫂忙不迭地解释说。

"来娣,还不给阳叔叔去泡杯清茶过来。"

"哦……"来娣瞪了一眼阿斤,努努嘴,转身到厨房打开水去了。

"阿斤,你有其他想法?"我给阿斤递去一根香烟,擦上火。

"有也没用,手头上没本钱,什么都是一句空话。"阿斤打着酒嗝叹息说,"俗语说得好啊!巧妇难为无米之炊。"他一仰头,喉咙骨像跳珠一样"咕咕"上下急促地跳动,又是一饮而尽。

"喝慢点,喝慢点……"我往阿斤碗里夹了块肉片,"如果有好的项目,不妨说来听听。"

"我留意到近几年网上购物的人越来越多,送货的多限于电动车或者摩托车,每到"双十一"或促销活动,往往需要两三个月才能消化堆积的货物。"阿斤满脸通红,又打了个嗝儿,"我还留意到,对于我们乡村这一块,有很多货物都只限送到镇上,甚少送到村委会,更不要说送到家门口了。"阿斤说完,喷着酒气凝视着我。

"嗯嗯！你说得很对。接着说，接着说。"我点点头，表示赞同。

"我觉得社会的资讯将会越来越发达，人们追求优质服务的要求会越来越高，包括乡村也不例外。现在，可能这个行业还严重被低估了。其实，乡村的消费能力一点也不弱。谁若是抢占了乡村这块蛋糕，谁就是下一个王者。"他停了下来，眼睛直勾勾地盯着我。

"你说得对。"我全神贯注地听阿斤说。

"阳叔，饮茶。"来娣把冲好的一杯绿茶放在我的面前。

我轻咳了一声，说："噢，谢谢小妹。你……你不用上学？"我猛然醒悟，自然而然地问了一句。

来娣瞬间脸色一红："收到高中录取通知了，开学就去读。"说完她瞪了阿斤一眼便转身出了院子。

我听阿斤说到入神，也没在意来娣的表情变化，继续催促道："阿斤，继续，继续。把话说下去。"

阿斤眉毛一挑，眼睛一翻："你想想，购物的人没有钱就不会买，即使邮资到付，也不会存在拖欠的情况。这生意是现炒现卖，基本上不会有赊账，也无须应酬，更不愁拖欠款。若做工程，很多时候还得要带资，拖你一年半载是很正常的事，你说是不是？"阿斤一口气把话说完。不知是酒开始发挥作用，还是未喘过气来，他满脸通红，大口大口地喷出浓烈的酒气。

我点了点头，不禁心中欣喜。

"阳哥，你就别听他痴人说梦话了，菜都凉了，快吃，快吃……"阿斤嫂扯了扯阿斤的衣角，示意边吃边聊。

"哎呀！来，来，先吃饭先吃饭……"阿斤回过神，连忙说，"真不好意思呀！今天酒微菜薄，招呼不周。真是失礼死了，失礼死了！"

"哈哈！你不用跟我打官腔，也不用文绉绉的。我可不受这一套。"我扬起双手，装出一副大快朵颐的姿势。

"哈哈！"我们同时笑了起来。

"阳哥，我帮你盛饭。"

"好的。谢谢。"我微微躬身，点了点头，表示谢意。

"哎！来娣呢？"我问。

"她吃饱了，不用理她。"阿斤嫂答道。

"她应该就要读高一了吧？"我随口问。

阿斤一脸尴尬，望了望阿斤嫂。阿斤嫂放下手中碗筷，羞愧地说："原本阿斤是反对来娣继续念书的，但经过我那事……"她停了停，接着说道，"经过我那事后，特别是你对他说了那一番话后，他同意来娣读下去了。几天前收到了录取通知书，她又闹别扭，说要外出打工，不过昨天又说要读，唉！"说着说着，她叹了口气，眼圈红了。

"斤嫂你也别多想，孩子闹闹情绪也是正常的，既然阿斤已经同意来娣念高中，这事就解决了。如果念高中遇到什么困难，可以给我打电话或直接找幺叔、支书都可以。现在国家政策好，鼓励青少年深造，而且对农村户口的学生有很大优惠，贫困户还有很多补贴，读书基本不用花钱。你们尽快跟来娣说明利害关系，现在年龄这么小，不是工作的时候，出去打工缺少技术和劳力，工钱也不会高，加之现在社会复杂，年纪小分辨是非的能力还不够成熟。阿斤嫂，无论如何也要劝她读书，到时候，有什么需要帮忙的，我一定尽力。"我叮嘱道。

"哎呀！这就太麻烦你了。"阿斤嫂用衣袖抹了抹眼角，脸上露出了笑容。

"还有，阿斤……"

"是……"阿斤连忙应答道。

"你刚才说运输物流的事情，我觉得很有搞头，可以考虑考虑。但凡事应该一步一步来，无须操之过急，先做好调查摸底。你可以继续开车做快递员，先熟悉运作情况。也可先买辆摩托车从小做起。有心钻一行，也不急于一时。经过深思熟虑以后，确实有施展'拳脚'的机会，再想办法也不迟。你说是吧？"我定睛看着他，接着又补充了一句，"确实可行，我可以为你申请5万元的免息贷款，你看够不够？"

阿斤眼睛一亮，惊喜道："真的？"

"嗯嗯，当然是真的。"我诚恳地拍了拍阿斤的肩膀。

阿斤把眼睛瞪得像灯笼般大："你信我？"

"我当然信你！"我笑着应道。

他一怔："我一定不会令你失望的。"

"不过，你无论如何得供来娣读书，行不？"

"行，坚决完成任务。"

"有什么事情，随时打我电话。"

"好！"

离开的时候，阿斤夫妇坚持要把我送出村口。我留意到，来娣站在小桥边一直静静地目送我离开。在我转过第一个弯道时，我从摩托车的后视镜中发现来娣还安静地站在那里，朝我远去的方向静静凝望。

二十一

很快，时间就来到了8月，这一天，阳光明媚，风儿带着懒洋洋的味道。我从镇政府办事回来，趁着有点儿空闲的时间，便想着顺道找臻哥"取经"。臻哥全名江启臻，来自市消防局的干部，驻扎在离我驻点四五公里远的荔洞村，算是我的前辈。这次顺道前往，除了取经，我也想让他替我在网上买点儿我所喜好的"生普"。此前我留意到"天猫"平台上的一款五年"生普"，价格是平日的一半，但我对于网上购物却是不大在行。

荔洞村委会紧挨高速出口，在X422江禄线国道旁，是幢两层的小楼房。前进挨着路边对外出租，后进二楼才是供村委会办公人员使用的办公室。荔洞村委会连同电脑操作员、扶贫干部臻哥一共有八个人。八个人"蜗居"在不足四十平方米的空间内，实在是很有"压迫"感。

我从前进沿着狭小的通道转上后进的办公区。臻哥就在二楼靠阳台的位置。很明显，这个地方本来是办事厅连接阳台的过道。臻哥不上线的时候还好，若遇上处理系统信息往这里一蹲，基本上就把整个过道都给堵死了。

一进门，办事大厅前的温姐和莲妹就笑着说："阳哥又来找臻哥了？怎么每次过来都只携两梳'蕉'来见师傅。"

我缩了缩脖子，再摊摊手，做了个很夸张的"遗憾"手势。

臻哥闻声，回过头："来了。"

"来了。"我微笑着。

"正忙哩,喝茶就自己泡。"臻哥说。

"啊哈!又不是第一次来。你先忙你的,等会儿我还有些细节的东西需要请教你呢。"

"行,你先找个凳子坐坐。"他扫视室内。

"行了,你先忙吧!"我随手在墙根搬过一把木椅,往臻哥身后一放,就坐在臻哥身后。

电脑屏幕闪着蓝光,臻哥正有条不紊地把头一天的会议内容录入扶贫系统内。

"臻哥。"

"嗯。"

"对了,昨晚我把昨天的会议图片搞错了,怎么可以在系统里更改?"我问。

"怎么会错?"臻哥一边操作手里的工作,一边问。

"就是把会议录入,在选择图片佐证材料时,误选了照片。"

"那上传了没有?"他娴熟地移动鼠标,全神贯注地注视着屏幕。

"上传了。"

"上传了,那提交了没有?"臻哥问。

"显示提交了。"

"提交了就不能直接修改了。"他答。

"那咋办?"我焦急起来。

正说着,忽然臻哥回过头,脸色凝重,一本正经地问:"有这样请教人的吗?"

我一下子被他问得蒙了："这，这……"

"这，这什么！有人两手空空来拜师的吗？"说完，他凝重的脸旋即像塌下来的冰川，绽出花一般的笑容，"跟你说笑而已，看你……哈哈……"

"哈！连我都敢捉弄……"

"好了，好了。我说，我说……"臻哥回过头止住了笑声。

"凡是在系统上摁了提交键的，我们都没有权限再修改了。"他一字一句认真地说。

"那咋办？"我焦急地问。

"那也不用揪心，你在系统上申请撤单，写清楚理由，一般一个上午县扶贫办根据情况会退还给你。到时，你再更正。"

"哦，那不是很麻烦，还有没有其他办法吗？"

"没有其他办法了，提交了就不是你的权限了。也不麻烦，写清理由当天就可以退件，退件之后你马上就可以改正。这个是没有问题的。"

"哦……这样……"

"你等等。"臻哥回头望了一眼身后。大厅里正好来了四五个乡人，围着温姐和莲妹办事。

"等我把昨天的会议录好，回驻点我再跟你详细解释。"

"行！"

大约过了20分钟，臻哥手头上的工作完成。这时大厅进进出出，又来了不少人。

"今天是个什么情况？怎么来了一茬又一茬的人？"我望着人群问。

"今天是民政办下村调查。"臻哥站了起来，朝门口望去，

"走,到我驻点去。"

"好哩!"

臻哥的驻点就在村委会隔壁的楼层。我随臻哥下了楼梯,再转上另一个楼梯。走道里光线灰暗,像黎明前的拂晓。臻哥的宿舍比我所居住的环境要差一些,除了房子狭小之外,房内的布置也要比我的居室简陋。一房一厅,不足20平方米,厅堂摆了一张木制长沙发,电视机柜上没有电视。环顾室内,除烧开水的电水壶之外,连一件家用电器都没有。

"我很少烧水,你就喝矿泉水吧!"臻哥指了指电视柜。

"哪有你这样的懒人,我来了,还不泡壶茶。"我佯装生气。

"哈哈!随便你啦,反正房间冲茶的什么工具都有。"说着他摁开手提电脑,"来到这,你还客气啥,自便就是。"

"我包里有些生普,就知道你喜欢喝生普。"我从公文包内取出一小包生普茶。

"随你喜欢,反正我不会动手。"臻摊摊手。

"你在家也这样?"

"NO!在家当然不一样。不过,说了你也不会明白。"他神秘兮兮地说,"家有娇妻呀!咋同?"说完他昂首挺胸,一副扬扬得意的样子。

"叻了,叻了,至叻都系你。"我用了一句家乡的地道方言调侃臻哥。

"哈哈!"

我才不会客气,难得两个"扶友"忙里偷闲的,总得泡壶好茶慢酌细品。

一阵忙碌之后，我把茶杯茶盘洗得干干净净。喝茶的人最讲究的是环境和心情，茶道有云：喝茶是喝一种心情。据说，同一种茶在不同的环境中会泡出不同的效果。当然，是否如此就无可考究了。但个中的道理也是有的，就好比一个衣衫褴褛的人换上一身干净整洁的衣裳，当然会令人耳目一新。

臻哥比我早两年加入扶贫队伍。只不过，最初他是被派往另一个山区县，今年才接到单位通知负责横山镇的荔洞村。对广东扶贫信息系统的操作他非常熟悉，两年来他见证了系统的日趋完善。系统从过去简单的人员信息收集到如今的户证信息、危房改造、合作医疗、饮水安全、人均收入、务工奖补……一整套信息的收集和记录，操控这套庞杂的系统对我这样的"新人"来说，确实有点困难，我此次前来的目的正是向臻哥请教。

臻哥曾经做过一个粗略的统计，扶贫工作有135个细项，任务之多之繁，非旁人所能了解，这还不包括各种的会议和学习。很难想象，平日里天真活泼得像一个少年，又爱开小玩笑的臻哥，竟然能安心从事如此繁重的工作。并且，在制度日趋完善、任务越来越重的同时，能如此出色地完成各项工作。

短暂的闲聊之后，我们很快把话题切换到工作上来。臻哥把电脑切入扶贫信息系统。蓝色的屏光马上映照在他清瘦的脸上。他全神贯注地盯着电脑屏幕，手在鼠标上时而轻点，时而拖动，指间起落像花式滑冰。

进入系统之后，臻哥把主要关联项目都跟我重温了一遍。大概是担心我无法速记，每每到了关键的节点，他总会停下来讲解。解释完毕，他会回过头来，确定我明白后，他才继续往下操作。我不时拎起钢笔，一一记录下来。

"阳哥，我总感觉你有点大材小用。"他盯着屏幕，突然说。

"哟！你是讲出了自己的心声吧？！"我调侃说。

"不是呢，我很少跟别人讲这类严肃的话题。而且我压根就不会也不适合讲此类官场话。"他收起平日那张笑脸，态度少有的严肃。

"也不是啦，现在精准扶贫各单位各部门挑选的都是精兵强将，能够加入扶贫队伍，足以证明都是精英分子啦。"我谦逊地说。

"你是违心的还是发自内心的？"他又恢复他的禀性。

"当然是真的啦，你像我兄弟一般，我啥时候骗你了？"我说。

"我真是佩服你对工作和学习的那种态度，永不言败永不气馁！"臻哥带着几分感叹说。

"难道，难道你有其他想法？"我心往下一沉，急急催问。

"想法倒是没有，只不过，工作忙碌起来，总觉得有点儿烦躁，不免就会有其他的想法。唉！"臻哥长长地叹了口气，"家里孩子正上小学，几年过去，孩子都长大了，将来不知是否会跟我这个不称职的父亲感到陌生？"说到这他停了停，又说，"而且，而且回到单位，将来又不知如何安排？"他低下头，思量片刻之后，接着说，"一切都有太多的不确定因素，尽管国家此前一再强调要解除扶贫干部的后顾之忧，但几年后的事，谁能说得清，并且，现在正值机构改革，听说调整后我们单位保留下来的全是技术岗位，而此前我一直从事管理岗位工作，若扶贫结束，把我安排至技术岗位或办公室，那咋搞？"他显得忧心忡忡。

"哎呀！你也太杞人忧天了，车到山前必有路，我们应该相信党和政府。"我说。

臻哥淡淡一笑："阳哥，你是不是党员？"

"嗯嗯，你呢？"

"是呢，大二入的党。"

"哟，人不老，却是个老党员。"我笑他。

"你呢，什么时候入的党？"

"我是2014年入的党，是晚辈——"我朝他一笑。

"哦！"他长长地应道，"对了，每逢九月学生开学，要注意贫困户家庭的适学学生是否有信息变动，比如因转校、升学、辍学等原因贫困户家庭发生信息变动，一定要及时更正。否则，后果就严重了。"他望了我一眼，接着说，"一般情况下，11月底前省扶贫信息系统会暂时关闭网站，那时就无法录入。而且临近关网，经常会遇到网络'大塞车'。"

"好的，那我怎样录入'危房改造'信息？"

"嗯，问得好。先在'扶贫措施'中选项，然后这里有'危房改造'，有没有看到？"他回过头指着电脑屏说。

"哦，看到了。"

"接着点击进去，然后记得添加佐证。若项目多，也可以选择添加共同佐证，这样就快而准。"臻哥说。

"好的，明白。"

"一定要确保每一个项目都有佐证，佐证必须真实有效，否则会被退回。"他手指着屏幕上方的方格。

"收到。那怎么才能辨别哪些是有效哪些是无效呢？"我身体往前倾了倾，问道。

"这个不难。其实，每张图片都能清晰地分辨出必须要表达的内容。比如，中秋慰问，除了图片能显示出慰问相应的人员和慰问品外，还会显示购买慰问品时的原始发票，并且，每一次慰问，都会有贫困户的签收单据。"

"哦！明白——"我把两指置于眉前做了个潇洒的手礼。

"嗯嗯，还有没有其他问题？"臻哥咧开嘴，似笑非笑。

"没了。"我答，"噢！有呀！——"我猛然醒悟。

"什么？"他被我的反应吓了一跳。

"你得帮我网购呀！"我一拍脑袋。

"嘿！你真是……"他笑着嘀咕起来。

…………

从臻哥那里取经之后，我的工作更加忙碌了。我每天按照臻哥的指点，定时查看扶贫工作群布置的工作任务。临近年底，县、镇两级扶贫机构每天几乎都有工作任务在群里布置。有时候，镇里又根据情况繁衍出不少的工作来，或许这就叫"层层压实"。忙碌的时候，我曾试过一整天伏案在电脑前。这一番忙碌下来，我才猛然想起，我都一个月没有回端州城区了。

在应付完各种检查和忙完手头上的工作后，我本该松口气，打算周末回端州两天。谁知，周五那天我刚刚吃过午饭躺下，迷迷糊糊中，床头的手机猛烈振动。处在模糊意识状态下的我猛地惊醒，竟然冒出一身虚汗。这半年来，自从扶贫到岗以后，来电几乎都是清一色的工作电话，从前的朋友，已经像人间蒸发一般很少与我联系。好几次，即便是朋友提前相约，我最后也是因临时另有任务而爽约。渐渐地，大家便几乎终止了与我联系。手机这个东西，于现在的我而言，只不过是个"工作"的电子产品而已。因而，听到电话铃声，我心里就自然而然地紧张起来。扶贫任务通常是既急又快，早上布置，可能下午便要完成。甚至，几个小时前布置的，都有可能必须马上反馈回去。

我睁开惺忪的睡眼："喂，您好！嗯，我是，我就是……噢！你已经到了我的驻点前。好的，好的。我马上下楼……"

来电的是建档立卡的贫困户李来福。

我急急忙忙换了装束，便下楼开门邀李来福进屋。

李来福，67岁。一家七口人，老伴两年前因中风瘫痪在家，儿子李树华在镇外粮油厂当搬运工，儿媳妇在镇里制衣厂打工。原本老伴没有中风的日子，来福叔还能在本地打些零散杂工，帮补些家庭开支，三个孙儿（两个孙女一个孙儿）则由老伴接送。自从老伴中风以后整个家庭的生活就乱了套。李来福只能在家里照顾几乎没有自理能力的老伴，不能再像从前那样到附近打工。一家人的生活一下子完全落到儿子和儿媳妇身上。虽说儿子儿媳妇一个月下来能挣五六千元钱，但一大家子过得还是捉襟见肘。早年建房子贷下的款，加上老伴的康复费用，生活的巨变像阴霾的天气笼罩着这个家庭。屋漏偏逢连夜雨，在老伴中风的第三个月，媳妇所在的鞋厂又关门倒闭了，无良老板一夜之间席卷资金潜逃了，李来福家的生活更是陷入困境。

"来福叔，您先随便坐。待我洗个脸，再给您泡茶。"我忙着招呼来福叔。

"哎呀！不用啦，不用啦，我坐坐就走。"来福叔挺直腰板坐在沙发上，两手垂放在膝盖上，神情拘谨。

"坐，坐，不用客气，就当在自己家一样就行了。"我尽量打消他紧张的情绪。

"好的，好的……"来福叔勉强挤出一丝笑容，刚站起的半截身体又坐了回去。

我用凉水洗了脸，人即时清爽了许多。我把茶具洗过一遍，摆在来福叔面前的玻璃茶几上，顺手把盛满水的电水壶放在烧水的壶垫上。

"真不好意思，让你久等了。"我边说边挨着来福叔坐在旁边的长沙发上。

"没关系呢，没关系呢！"来福叔不由自主地把刚挨在沙发上的腰板挺直。

"哎呀！来福叔，不要紧张，来这跟在家还不是一个样，有什么事情就慢慢说，反正我也很久没有喝过茶了，难得您来一趟，我还愁着没人陪我喝茶呢！"我微笑着，接着说，"您不来，我还不一定有茶喝呢！"我泡好茶，递给来福叔一杯。

来福叔慌忙将手在身上擦拭干净，拘谨地接过茶。

氤氲茶香萦绕屋内，四年的普洱生茶是我拜托臻哥从天猫网上购买的。茶是我一直以来的至爱。

喝了两口茶，来福叔似乎随着茶的氤氲幽香，慢慢消除了紧张的心情，脸上的神色也自然了许多。

"阳哥，我找你商量个事。"来福叔边说边拎起玻璃桌上的"公度杯"为我添上茶。

"嗯嗯！您说。"我接过来福叔刚放下的"公度杯"，也为他续上茶。

二十二

"主要是我儿媳妇的事……"来福叔把话说到嘴边又停了下来。

"有什么事不妨直说,无须有任何顾虑。"我鼓励来福叔,"我记得您还是当过兵的老战士,怎么说起话来吞吞吐吐的呢?"

"是这样的,儿媳妇的鞋厂忽然倒闭。一连十多天,老板也不知去向,现在儿媳妇的三个月工资还没有拿到。"来福叔沮丧地说。

"那有没有报劳动人社部门?"我问。

"儿子跟儿媳妇商量来商量去,总是觉得报也没什么用。"他说着说着两眼都红了。

"你们听谁说的……"我有点儿生气。

"老板放出话,说他有的是钱和关系,告也是白告……"来福叔一双无助的眼睛紧紧地盯着我。像是求助,也像是求证。

"嘿,老板还敢放出话来,要是这样,更是不可能的。"我苦笑地摇摇头,"好了,不用担心,你明天让儿媳妇先到镇劳动部门反映情况,那里设有劳动监察部门,相信会马上按法律程序跟进此事。下午我再向镇领导反映情况,会有个满意的答复的。你们不要道听途说。"我安慰来福叔。

"真的?"

"当然是真的。扶贫干部的话您还不相信?"我向他点了点头,"不过,事情未完结前,您儿媳妇得抓紧时间找工作,家里总得要生活,不能坐在家里干等。"

"这个……这个……"

"您是家中的长辈,这是必须的。"我斩钉截铁地说,"现在国家政策是既扶贫更扶志,奖勤罚懒。我们单位已经制订了一系列的就业奖补方案,实施多项奖励措施,希望你们可以拿到奖励。"我伸出手轻轻地搭在他布满老茧的手上说。

"好,那我听你的,我这就回去好好动员她。"来福叔低声说。

"这就对了,下午我就跟进此事……来来来,快喝茶。"我把烧开的开水往紫砂壶里续水。

"有你这么说,我就安心了。"他端起杯子一饮而尽。

"哟,小心烫呀!刚烧开的水……"我刚想制止来福叔。

"好喝,好喝。"他用衣袖抹了抹嘴角上的茶沫,憨憨地笑,"乡下人皮厚肉粗,开水也不相干,不相干。"他咧开嘴笑得像头老牛。

我把来福叔送到大门口,再三叮嘱他一定要让儿媳妇先尽快找份工作,过几天我忙完手上的工作,立即过去看望他们,有需要也可以协助为他儿媳妇找工作。

送走来福叔,已经是下午的三时十五分。"也不知阿斤近来工作得啥样?改行的事情也不知是否已有了进展?"我突然之间又想到了阿斤,似乎我的感觉有点儿莫名其妙。

时间不早了,其他的事情暂时搁置,我得赶紧为来福叔儿媳妇的事情赶往镇政府,我打算找分管扶贫工作的副镇长陈健寻求帮助……

说来也巧，当我赶到陈健办公室时，他刚好从县委参加完扶贫工作会议回来。

"阳哥，什么事？看你火急火燎的样子，坐下来说，坐下来说。"陈健一边摁动空调遥控，一边为我倒了杯开水。

"哎呀，陈镇，无事不登三宝殿呀！"我笑着说，"今天主要为贫困户李来福儿媳妇的劳务问题找您帮忙啊——"

"我们用得着讲这些客套话吗？阳哥。"陈健在纸巾筒里抽出纸巾抹了抹额头上的汗珠。

在了解完事情的"来龙去脉"后，陈健马上拨通了镇劳动监察部门的电话。

"喂，是李主任吗？我是陈健，根据驻村干部反映，建档立卡贫困户李来福儿媳妇被拖欠了三个月薪金，请你马上调查核实，必要时联合镇综治办介入处理。情况属实，请务必为当事人追回欠薪。"陈健挂了电话，用手揉了揉太阳穴，骂了一句："真是无良老板。"

"真是谢谢您呀！陈镇。"

"阳哥，我要谢您才对呀。"陈键笑笑说，"你可别忘了，这可是我的工作，你是来为我分忧呀！"他谦虚地说。

"陈镇您客气了，这是我的工作。"我说。

"对了，阳哥。我刚开完县扶贫工作会议回来，正准备布置扶贫任务，既然你都来了，就在这跟你商量一下。"陈键扶了扶镜框。

"好呀，你真是有永远做不完的工作呀！"我打趣道。

"苦中作乐吧！"陈健说，"接下来，县委县政府将准备组织一场全县扶贫工作交叉大检查。"

"交叉大检查？"我问。

"对！通过镇与镇的地毯式交叉检查，查找各自在扶贫工作中的问题和不足，及时'查漏补缺'。"他把文件递给我，"你先看看，等会儿会发到工作群里。"

"哦……"我接过文件，一边翻阅一边回答。

"还有……"陈健面露愁容，"会议还明确了'危房改造'要求……"

"危房改造？此前不是已经全部改造完毕了吗？"我急不可耐地打断了陈键的话。

"对呀！按之前的文件要求，镇内建档立卡贫困户的泥房改造已经全部完成。"

"那不是行了吗？"我松了口气。

"问题是，"陈健忧心忡忡地说，"按最新的文件要求，砖瓦房也在改造之列呀！"

"啊！砖瓦房也在改造之列？"我惊讶地问，"那如何界定？这样很容易造成不必要的浪费。"我满脸疑惑地望着陈健。

"阳哥，你说得对。"陈健眉头深锁，"此次危房改造，须聘请第三方有资质的房屋鉴定机构做出鉴定，符合改造要求的一律改造。"

"哦，这样……"我刚缓了口气，可猛然心一沉，急问，"假若经鉴定的砖瓦房都符合改造要求，咋办？"

"那就必须全部改造。"陈健冷冷地看着我，斩钉截铁地说。

"可，可时间是不是太紧了……"我有点担忧地说。

"安全住房，是'八有'中最基本的条件，无条件可讲啊！"陈健也一脸苦衷。

"那资金……"

"这个你们放心，只要第三方鉴定机构公布结果，县住建部门会马上跟进资金问题，你们各村只需按建设标准和按时间节点完成即可。"陈健安慰我说，"总之，辛苦大家了。"

"嗯！"我答应道。

"阳哥，请你务必尽快回去安排好近期这两项主要工作，我稍后会在群里布置大家。"陈健扶了扶黑色的眼镜框，叮嘱道。

从镇政府出来，我马上赶回罗锅村委会，向奇鉴支书汇报上述情况……

关于陈健提到的地毯式交叉检查，在我们谈话后的第三天如期进行。不过，声势浩大的监督检查，确实反映出各种意想不到的问题。例如，扶贫系统简单地将年满16周岁作为界定劳动力的标准。又比如，"八有"中的安全住房和安全用水以及有稳定电视信号，这些原本含糊不清的范畴，通过检查，都做出了明确的指引。

既然是通过"操练"解决了日常工作中的不少问题，我当然少不了向分管村扶贫工作的幺叔汇报情况。九月下旬的某一天，我给幺叔挂去电话。接到我的电话，幺叔调侃地说："呵呵，我的小阳同志呀！你怎么想起幺叔来了？真是太阳从西面升起来了……"

"哎呀呀！跟你汇报工作还不成？"我在电话里嘻嘻笑地回答他。

"阳哥呀！你可是市里来的领导同志，这样的话，不是明摆着在挖苦幺叔吗？"

"哪敢？哪敢？你是俺的师傅哟！"我提高了嗓门。

"哈哈……我什么时候成你师傅了？怎么连我这个当师傅的都不知道。闲话少说，我正抓着车哩。"

"好呀，今天想找你吃饭，哪里有新鲜的绥江鲤鱼吃？我忽然想吃鲤鱼了！"我说。

"哈哈！那你是找对了人，你在哪？"

"我在罗锅老街呀！"我说。

"好，我马上到。"他爽快地说。

"幺叔，你人缘好哩，怪不得你做了二十多年主任还是高票数当选。"上了幺叔的车，我讨好地说。

"你少来这一套。你是听谁说的。你咋知道我高票当选了？"幺叔一副不屑的样子，不过嘴角微微上翘，不免有点儿得意。

"嘿，你猜我是个纸上谈兵的人吗？我不也是个务实的……"我靠在副驾的椅背上往车窗外看。

"你还是个纸上谈兵的人才呢，用不着你扯上我，让我跟你一起劳累。"他淡淡一笑。

"哈哈，违心话。"我说。

"哈哈……"

车子从上迳村驶上X422江禄线乡道，沿着绥江往东乡方向而去，最后停靠在东乡桥上。

"走，看看去。"幺叔不慌不忙下了车。

我这才发现，桥上摆卖的摊贩特别多，客人则像赶场子似的，走了一茬又来一茬……

我们并肩来到桥上，桥身两侧都是清一色的河鲜小摊，看样子是当地的渔民。幺叔边走边说："你就不要追究他们的来历了，反正这里是鱼目混珠，真真假假，关键是考你的眼力。"他拍了拍我肩膀，打趣道，"想吃正宗的河鲜，你是找对人了。"

"幺叔，你言下之意，是我非得找你不可？"

"正是此意。"

"嘿，你真鬼！"我打趣道。

二十三

"哈哈……"我们说说笑笑，幺叔很快就挑了一条两斤左右的鲤鱼，再买了一斤河虾。河虾三十元一斤，粒粒像铅笔杆那么粗，算是本地货。买单时，我们又是争着付费，最后我付了河虾的账，而幺叔则付了鲤鱼的账，总算又是AA制。不过，幺叔早就颇有微词了，他觉得我把他当外人了。我解释说："我们都是师徒了，哪还用客气呢。而且都是普普通通的农家食材，又不是什么宴席，谁买单其实也没多大关系。今天是我主动邀约，那自然应当我买单了，否则就是反客为主了。"

幺叔听后，总算又乐了。我们上了车，继续沿着江边往西缓缓而行。过了一座小水电站，横七八拐之后，我有点儿弄不清东南西北，再穿过一座小村落，车子靠在一处山边停了下来。借着灯光，前面倚山处出现了一个简易的小院落，是个农家乐，远远观看，仿佛是隐士的居所。我随幺叔再往前走，进得院子，但见院落内外全是菜地、鱼塘、鸡棚鸭舍，一派悠然自得的场景。偌大的场子依然使用着老式的电灯泡，让人既亲切又熟悉。

看到有人进来，一个店主模样的人慌忙上前跟幺叔打招呼。老板娘则团着手在收银台前跟幺叔点了点头，看样子都是老实巴交的农人。我随幺叔在棚子里的一个房间坐下，目光便集中到店主身上，这时我才发现店主是个弓腰的驼背人，他站立之时却不大看得出来，但一旦走起路来，却弓腰耸肩。他赔笑着给幺叔递了根香烟,又抽出一根递给我:"幺叔,怎么今天有空过来,吃点什么?"

"我们买了鲤鱼和虾,帮我们加工一下,再搞个青菜就行了。"幺叔也回敬他一根香烟。

店主弓腰点头地双手接过,说:"行,行。"转身忙碌去了。

幺叔压低嗓门说:"别看他不打眼,到了冬季这里的生意好得出奇。"幺叔重重地吸了口烟,笑着说,"你别看他一副寒酸样,以前却是个公子哥,据说九十年代做皮鞋生意,风生水起,城里的几个姑娘都追到了家门前。"

"哦?"我带着疑问。

幺叔继续压低嗓门说:"年轻时仗着吃到个好时光,却没能乘势而上,那时的日子倒过得新鲜风光,像纨绔子弟,凡事又不知轻重,因为那时既年轻,又有的是铜钿,过着醉生梦死的生活,身边又一大堆狐朋狗友,一天到晚只顾寻乐,后来生意竞争激烈,自然一落千丈。这样的人,你也能猜到,是免不了家道中落的,大概后来他才弄明白生活的道理,踏踏实实地回老家包了这片山地,干起了饭馆。"

"哦!原来如此……"我长长地应了一声,很快就想起了一个人,不禁冲口而出:"那他不是跟阿斤差不多一个样吗?"

"那也不全是,阿斤是受父母的传统观念荼毒了。"

"嗯,也是。"

说话间,服务员进来,手上托盘里是两碟小吃,摆放在桌面上。我说:"我们可没叫小吃呢。"服务员看了我一眼,说:"老板送的。"

"噢！"我望了一眼幺叔。幺叔耸耸肩，表示与他无关。

"你是第一次来吧？我没见过你。"服务员望向我。

我连声称是，幺叔在旁边调侃道："这是市里来的领导，又是小说家，我请了好几次才把他请来呢。"

服务员脸上立时变得更加笑容可掬，她看了我两眼，说："这关键是幺叔的面子大，让我们都沾光了。你们先吃点小吃，喝个茶。"说着就转身退出了房间。

"这位是老板的小姨，都是一家子的生意。"幺叔说。

不一会儿，小姨笑吟吟地进来，手上托盘"噼噼啪啪"往桌上搁，先是一壶自酿米酒，然后是香葱焖鲤鱼、笼仔蒸虾、生鲜竹笋，每一碟都分量十足。小姨说："竹笋是今早才挖出来的，绝对新鲜。鱼要趁热吃。有什么事，唤我们就是了。"

两杯米酒下肚，话匣子就自然打开了，我们先是聊起来福叔的近况。

"来福叔近来的情况还是蛮不错的，儿媳妇的欠薪在镇劳动部门介入后如数追回，后来她又经劳动部门推荐去了县中保鞋业当裁剪工，成了'高薪'族，有三四千元的收入，比来福叔做搬运的儿子收入还要高呢！"幺叔边说边把筷子伸了过去，刺入又肥又嫩的鱼肚。

"对了，现在来福叔在附近打点零散工，不过是钟点工，毕竟他还要照顾家里那个老婆子，一般上午做两个小时，下午做三个小时。"幺叔嘴里含着块鱼肚说。

"那工钱怎么算？"我把手里剥好的虾仁送到幺叔的碗中。

"自己来，自己来，你跟我还用这么见外吗？"幺叔用两指在桌面点了两下。

"来福说每小时十块工钱。"

"那算还可以。"我说。

幺叔举起酒杯,问了一句:"那你信吗?鬼才信。"

我愣了一下,抓起的酒杯停在半空中。

"愣什么,喝了再说。"幺叔碰了一下,然后一饮而尽。

我慢慢地抿了下去。

"这个来福你不要看他一副老实巴交的可怜样,其实是满肚子的鬼气。现在都什么物价了,工地哪还有十块钱的工价,就算是小工也不只这个价钱。"幺叔瞟了我一眼。发现我若有所思,便接着说:"我看每小时30元工钱还有点儿着边。"

"嗯。"我往幺叔面前的空杯酌上酒,"你继续说,我听着。"我诧异地盯着幺叔。

"其实主要原因,他们是怕收入报高了,扶贫政策就会取消,他们的利益就损失了。"幺叔说。

"哦……"我猛然醒来,如醍醐灌顶,"那怎么行?现在国家是扶贫扶志,而且这样还有欺骗的嫌疑。"我眉骨突突地跳动了几下,几乎不敢相信自己的耳朵。

"唉!那有什么法子,他就是一口咬定,就是这个收入。"幺叔摇摇头叹了口气。

"那得想个法子。我想,这也许不只他一个人有这样的想法,肯定还有其他人有这样的思想。"我有点儿激动地说。

说实话,猛一听幺叔这般说,我确实感到十分沮丧。不过,很快我就平服了下来。农民兄弟(贫困户)实实在在有这样的收入,我应该感到高兴才是,至于他们矢口否认,那却是自当别论了,这也说明了我们的工作做得还不够细致,还不到位。得让他们真真切切感受到国家的扶持政策,让他们明白,一个步履蹒跚的小孩最终是要父母松开双手才能自个儿独立行走的,只有这样才能走得更高更远了。

得想想法子撬开他们的口,让他们讲出真话。

幺叔叹了口气,悠悠地说:"现在国家政策好,四处都缺工,只要有手有脚,不是残疾,哪会穷?说到底,就是有些人懒。话又说回来,像来福这样的家庭,虽然当初是因病致贫,但其实最困难的日子早应该过去了。"说完,幺叔望了望我。

显然,我感觉到幺叔对来福叔有看法。我沉默了,没有即时回应他的问题。

"来。我敬幺叔一杯。为了众乡亲,我知道你一刻都没有消停过,你这人,心软口硬。"我举起杯敬幺叔。

"嘿!你少来,幺叔可不受这一套,哈哈……"他瞟了瞟我,旋即笑了起来。

"对了,幺叔,阿斤的近况怎么样?"我把话题切换到阿斤身上。

"嗯,这小子看来真的被你'点化'了,前段时间我见到过一两次,听说开着摩托车拉货去了,像是跟快递公司拉呢,天天都是早出晚归。"幺叔抿了一口烧酒,嘴里咂巴了两下。

我"扑哧"一声笑了起来:"我哪有这个本事,不过他确实是一块做生意的料子,如果就这么沉沦下去,确实很让人心痛和惋惜。还好,他赶上了国家的好政策……"

"你说得对,这小子是块料子。"幺叔满意地点了点头。

"对了,他此前跟我提过贷款购车搞快递的事,此事你怎么看?"我猛然想起此前我跟阿斤提起过的事。

幺叔笑着说:"既然你这样说,我相信你心中都有了答案,只是你想让我肯定你的答案而已。"他说完,定睛看着我。

"你呀!"

我们哈哈大笑起来,心里都无比畅快。

"平心而论,阿斤确确实实是块做生意料子。当初,你想通过阿斤起到示范效应,其实思路完全正确。但,但我始终有点儿担心,万一失败……"幺叔皱眉停了下来,没有继续往下说。

"嗯!"我点了点头,"你是担心万一阿斤生意失败,银行的信贷最终还是要还,是不是?"我问。

"是哩!"他眉头一戚说。

"幺叔,当初我是这样想的,只要他是块料子,就好比金子始终会有发光的一天,况且只是几万元债务而已,万一真的失败,也不过就几万元,这个年代一个四肢健全,肯揸肯干的人,何愁还不起几万元的债务?"我把想法和盘托出。

"嗯……那倒是这个理。"幺叔沉思起来。

"何况扶贫政策也十分鼓励贫困户自主创业,据我了解,除农信社免息贷款外,还有很多奖励措施。例如贫困户注册工商营业执照一年后,就可以申请创业一次性补贴一万元,另外,还有每年一次的租金补贴4000元。这种情况,市、县的就业奖补也可以同时跟进。到时候,看局里甄别情况,我也再做些适当的奖励,以资鼓励,你看……"

"哎呀!你看,你看,你都说得头头是道了,我哪有不赞同的道理。"幺叔笑吟吟地打断了我的话。

"说到贷款,我倒要征求你的主意了。"幺叔突然岔开了话茬。

"嗯嗯！说来听听。"我把两手放在桌面上，一副认真聆听的模样。

幺叔摆了摆手，示意我随意些："都是自己人了，我今天就打开天窗说亮话了。你知道我在老街建房子，现在三层都封了顶，就是还差几万元简单装修一下，就可以入住了。外面人看我的生活风光，但有多少工资你还是知道的，幺婶娘家也借过了，我想贷款把房子建好，想听听你的主意？"

"若几万元能把工程结束入住，我当然赞同。"我说，"试想，若一直停工，相当于把前期的所有投入白白浪费。何况，工程完成了，也能出租产生效益。并且了却一桩心事，也好安心做其他事情，让家人早些搬回家安心居住。"我说。

"咦！你是持赞成的观点喽？"幺叔兴奋地问。

"你们是还没有转变观念过来，我们城里人大多是一屁股的债。"我说。

"你就瞎扯淡吧！"他瞅了我一眼。

"我们城里人买房，绝大部分不是供房的吗？"我对着幺叔眨了眨眼，"你不会连这也不知道吧？"

"噢！"他恍然醒悟。

就这样，我们二人一直聊至农庄打烊。我看了看手表，已经将近十时，外面露天的几桌客人早就走光了。驼背人店主和几个伙计正在收拾打扫，见我们出来马上弓腰耸肩地走过来说："幺叔，我们厨部有个小伙计刚好住罗锅对楼村，要不就让他替你开车回去？"

"那行，那行。"幺叔一只手搭着我的肩膀，一边喷着酒气说。

"好哩，我去喊小伙计……"

很快，我付了账，店主拿了幺叔车钥匙，连同店主一辆小面包车一前一后往罗锅村开去。我心里暗暗想："店主还真想得周到……"

二十四

这天,我在驻点泡了碗方便面,刚吃了一半,工作群就频繁发出信息。我边吃边点击查看内容:"紧急通知,请各位领导下午准时到横山镇参加扶贫联席会议,如没特殊情况不得缺席。谢谢!"我随手回复了"收到"两个字。近来频繁的工作任务和各种会议源源不断,没有休止的那一刻。我踌躇了几秒钟,拿起电话给镇扶贫办的唐主任挂了个电话:"喂,早晨!唐主任。"

"早晨!阳哥。"

"嗯,今天想向唐主任咨询个事儿。"

"嗯。你说,你说。"唐主任说。

"我有个建档立卡的贫困户,想贷款自主创业。我想了解一下,不知他的条件是否符合,除了这些,还有什么优惠政策?"

"好呀!优惠政策多着呢。我稍后发个链接给你,里面有相关扶持政策、申请表格和申请条件,你先看看,只要该贫困户没有不良记录,没什么特殊情况,应该没问题,至于后续还有什么优惠措施和扶持力度,现在不好说,反正你让他先按要求填好申请表,然后你和村委会加好意见送扶贫办再核,条件符合的,我们会送县扶贫办,到时农信社自会派员到户查核。"

"好。太谢谢你了,唐主任。"我松了口气,内心有点儿莫名的兴奋。

"不客气!对了,下午的会收到通知了吗?"

"嗯，收到了，我已经在群里回复了。"我没待唐主任把话说完就应答道。

"好，那你先忙。"

"好，下午见。"

刚挂了电话，幺叔就来电话了："喂，小阳呀？"

"嗯，是我。"

"在哪呀？"幺叔显得火急火燎。

"在吃早餐呢。有事吗？"我嘴里含着一口泡得发涨的方便面。

"有，吃完来村委会一下。"电话那头的幺叔永远都是那样的风风火火。

"好，好……"我刚想说声"拜拜"，电话已经挂断了。

吃完早餐，匆匆赶到村委会。一大早，村委会就像炸开了锅的滚油。几个村保洁员在小会议室里围着村委委员兼出纳员兴友哥在核算加班工资。隔着电脑操作员小红的办公桌也围了好几个人。小红十个手指在键盘上"噼噼啪啪"地不停翻飞。幺叔在小红身旁正低头翻阅手机，感觉到眼前一个黑影罩在他面前，一抬头，发现我隔着长长的办公桌站在了他面前。

"你来了。"幺叔摘下了老花镜，显得焦灼无奈。

"嗯嗯，来了。"我回答。

"奇鉴支书在镇上开会，刚从微信转来了一条通知，'关于推荐优秀带头致富的好干部'。支书指示，让我把我的'九里香'和'肇实基地'写好材料上报。"他接着又说，"哎呀！你叫我讲就还可以，让我写报告材料？我还真的不知咋搞啊？那不是为难幺叔我么！"他皱着眉头说，"刚才跟小红搜索了半天，没找到一份可参考的例文，没办法，只得求助你这个能人了，否则上午前是无法如期上报的了。"

"这个有多难，反正肇实基地的情况我也了解，九里香就更不用说了，我就在这里帮你起个稿子，你再修改一些细节，保证上午准能上报，放心好了。"我说。

幺叔一愣，没想到我连想也没想就答得如此干脆，旋即伸出大拇指冲我说："嗯，文化人就是文化人。"

我冲他腼腆一笑："你就不要恭维我了，我会骄傲的……"说完，我咧开嘴笑了。

接下来，我几乎不用考虑就在电脑前"噼噼啪啪"地打起字来。隔着条形办公桌的电脑操作员小红终于忍不住打趣道："阳哥呀，干脆你留在我们罗锅做文书兼电脑操作员好了。"

"小红你这个提议好。"站在我身后的幺叔接上话茬。

我望着屏幕打字，戏谑道："你们可不要打完斋不要和尚才好，想把我留下，得把我户口迁过来。"

"嘿！迁户口？你可别后悔。"小红停下手里的活白了我一眼。

"我们城里姑娘择偶有句顺口溜。"我停下按键前的双手，咧嘴偏过头去。

"什么顺口溜？说来听听。"小红双手依然在键盘上飞舞。

"不要车，不要楼，只要嫁农村户口！"

"哈哈！"此话一出，在场的所有人都一阵哄笑。

…………

镇组织办：

现按通知要求报送罗锅村民委员会党员创业典型简要材料，具体如下：

李瑞华，男，中共党员，现龄47岁，现任罗锅村民委员会副主任，身份证号：44122××××××××××××。李瑞华同志于2000年开始在罗锅村委会正式任职，多年来在村支书周奇鉴同志的带领下，克服罗锅村人口多、总体经济较为薄弱等困难，团结罗锅村民委员会辖下全体党员干部，风雨兼程，砥砺前行，在县、镇两级政府的大力扶持下，充分发挥罗锅村地理资源环境优势，利用好本地特色资源发展旅游产业和竹子加工产业，在全体罗锅人的共同努力下，稳步增加村级集体经济和农民收入。

近年来，为配合好政府发展特色旅游产业，敢为人先的李瑞华同志考虑到周边配套的餐饮并不多，为防止出现旅游"宰客"现象，影响旅游业健康持续发展。因此，李瑞华同志决心打造旅游诚信，毅然在江禄线（X422线）乡道旁开设了"九里香"餐馆，宗旨以微利诚信为本，为同行业树立了诚信为本的行业标杆。在他的带动下，周边逐渐形成了形式多样的以中低档为主的实惠型餐馆，为游人提供了多向选择，并同时有效带动就业岗位和相关的产业链。"九里香"餐馆有效解决本地人口就业5人。其亮点在于：在解决本地人就业的同时，更有效地平抑餐饮行业一度混乱等现象，为打造良好的旅游环境提供了有效的支撑和保障，有力地配合市、县、镇发展特色旅游产业；另外，李瑞华同志考虑到随着进一步城乡一体化建设，各村外出务工的情况将更为普遍。基于此，他想方设法，整合部分村民荒地，大力发展肇实基地农副产业项目，合计整合荒地300余亩。截至目前，实际播种共250亩，直接解决劳动就业4人，间接盘活荒地300余亩。其亮点：有效解决当地村民就业，实际盘活300余亩荒地，为上述村民带来了稳定的租金收入。其灵感则来源于党对党员干部的长期教育和培养，铸造对党忠诚、对群众负责的好干部……

幺叔一口气念完我的初稿后，大为惊诧，他万万没有想到，来自城里的我，居然能把两件如此平凡的小事讲述得如此完美。

"好，真是太好了！"他向我高高地竖起了大拇指，然后回过头对小红说，"小红，就照这样回复镇办。"

"好，就回。"她微笑着说，"幺叔，你得请人家阳哥吃饭才是呀！"说毕小红朝我挤一挤眼。

"这个绝对没问题。"他笑吟吟地说，"对了，记得上午下班前回复镇办。"

"好的。"小红说。

刚忙完，我想起唐主任早上叮嘱下午还有一个重要的扶贫工作会议，便匆匆跟幺叔打了声招呼，就往家里赶。

我一走，幺叔这才忽然想起贷款的事，正准备给我打电话，却发现屏光一闪，我已经给他发来了微信："幺叔，我已经咨询了农信商业银行，你肯定符合条件，具体如何操作，你看看里面的贷款指南，按要求填报就行了。"

"嗯，那好。"幺叔发了个OK的手势回复我。

"还有，我下午有个会议，你咨询好贷款的事，麻烦你转告阿斤或其他有需要创业的人，尽力帮助贫困户发展，谢谢！"最后，我又补充了一条信息。

"好的。收到。"幺叔回复。

确实，对于农民来说，建房无疑是人生的头等大事。房子的大小、数量和豪华程度往往是最惹人注目的。说实话，在外人眼里，幺叔风风光光，衣食无忧，又是村里的干部。按说，他建个房子没有多大问题，可事实上，村干部的收入并不高，一个月3000来块钱，这些年，幺婶干过杂七杂八的散工，也经营过小买卖，不过都是攒个劳力钱。除去两个小孩子读书必要的开支，日子过得也并不宽松，若不是幺婶持家有道，单单靠幺叔这份收入，是很难把房子建起来的。从前政策没有现在的活，自然是没有别的办法可想，可现在既然国家政策向农村倾斜，如果村干部都墨守成规，那普通农民就更不用说了。

幺叔旋即拨通了链接上的贷款咨询电话。事情出奇的顺利，对方在咨询完幺叔的情况后，马上答复：根据幺叔的情况，5万元贷款基本上符合条件，但需提交相关资料审核，并要有相应的抵押物，若"征信中心"没不良记录，成功贷款的概率很高。

二十五

下午在横山镇政府召开的扶贫联席会议，我提前十五分钟到达会场。三楼长长的走廊前站满了人，各单位的驻村干部也开始陆陆续续赶到。大家像往常一样，趁会议还没有正式开始之前，相互在走廊上闲聊。眼下距离2020年全面脱贫的预定期限已经不远，各项工作挤得满满当当。镇扶贫办每天发出的工作任务一个接一个。近几年扶贫工作在县委、县政府的高度重视下，镇、村两级工作精准到点、稳扎稳打、善作善成，贫困户也实实在在享受到了前所未有的帮扶。说实话，就以我帮扶的罗锅村来讲，四十多户人，全面脱贫应该是没有问题的。

三时整，来自市、县的各单位扶贫干部陆续进入会议室，椭圆形的会议桌根本容纳不下二十多人一起开联席会议。最后，不得不添加了六个临时座位，总算勉勉强强把大家容纳。会议非常简洁，一项项议程逐项进行，这种会议方式早已经成为扶贫工作一个不公开的"秘密"。镇领导和驻村干部都有了默契和共识。平日里，大家工作都非常繁忙，因此，无论在微信群里布置工作还是开会落实各项任务，都是简明扼要。当然，养成这种务实的工作态度不只在群里，各项工作会议也是如此。

这次会议主要强调了三点：第一，保证扶贫系统各项数据精准录入，不能遗漏；第二，对个别贫困户刻意瞒报、谎报、隐瞒实际收入的，要求驻村干部深入调查摸底，确实存在上述情况的，及时上报，切实做好扶贫扶志的终极目标；第三，面向有劳动力的特殊人员开拓更多公益性岗位，例如增加了护林员、电商联络员、村治安员等岗位，确保让每一位有劳动力的贫困户受惠。最后镇委书记再次强调驻村扶贫干部一定要充分利用好市、县的就业扶贫政策，切实做好贫困户的工作总动员，让贫困户真正受惠受益。

我看了看表，会议的时间不算长，只用了45分钟。趁着还有点空余的时间，我正好可以去镇扶贫办咨询会议第三点的具体细节，我想进一步了解增设的公益性岗位的更多细节，包括条件和要求。

我来到镇扶贫办，唐主任正好在电脑上整理刚才的会议内容，准备通过微信发到工作群里。见我推门进来，他打趣地说："阳哥，你又来烦我了？我可没空招呼你哟！"

"哈！你不要以小人之心度君子之腹，我从来没敢要你唐大主任招呼呢！"我笑着说。

"你每次来这都是这样说，但问得最多的总是你。你呀！"唐主任回过头来笑着说，"你先等等，待我整理一下信息发到工作群，再跟你聊。"他望着桌上的电脑，手不停地移动着鼠标。

"好——"我拉长了声音。大概过了五分钟，唐主任放下鼠标，手一推，一转身，胯下转椅"吱"的一声离开桌子尺余宽，然后把身子转向我。

"你呀！真是个难缠的人。"他笑着用手戳了戳我，"不过，做扶贫工作就是需要你这种精神，就是需要你这种人！如果扶贫队多几个你这样的人，嘿！贫困户早就没有了。"

"哟！唐大主任还晓得笼络人心呢！这么大的高帽笼下来我

可受不了。"我微笑着调侃说。

"好了，有什么事吗？"他问。

"嗯。言归正传，刚才会上提到的公益岗位，是镇负责统一安排，还是村委会安排？工资是不是县统筹发放的？"我问。

"工资是县统筹安排的，各公益性岗位则由镇统一调配名额，待镇调配各村名额后，具体工作再由村委会安排，这些名额都有限制。你先调查一下，报来再说。"

"行，调查我回去后马上展开。我还想了解一下电商岗位有什么特殊要求吗？我担心贫困户对电脑不熟悉，无法胜任。"我担心地说。

唐主任摘下耳边的蓝牙耳机，瞅了瞅屏幕，发现没有新的信息，再看看手提电脑，也暂时没有什么新的任务。

"你呀！总是把事情想在前面。这个你不用操心，物色好人选之后，我们县还有个岗前培训。但凡是懂些基本电脑知识或者对手机熟悉的人，基本上都是没问题的。"

"那就太好了。"说完，我原本挺直的身子又挨到木制沙发上，"对了，工资大概有多少？"我补了一句。

"工资初步了解是1550元，稍后我会以正式文件发到微信群，你留意一下。"

"好的，那还为就业人员购买社会保障吗？"我继续问。

"嗯，买的。"唐主任点了点头。

"好，明白。"我满意地答应道。

"还有什么问题没有？"

"暂时没有了。"我摊了摊手，"有的时候再问你。"我做了个鬼脸。

"那我就不招呼你了。"他扭头,瞄瞄屏幕。

"好,我就不打扰你唐大主任了,告辞。"我站起来。

"哎呀!又有工作来了……"唐主任边说边把身体转向了电脑,开始重新拖动鼠标,又进入了工作状态。

二十六

从志光父亲处得知,志光即将返乡,是去年的十月。

志光是我的帮扶对象,此前携妻子一直在广州务工。2015年他不幸被确诊为尿毒症,是个典型的因病返贫的家庭。俗语说,久病成医。在患病治疗期间,他硬是克服种种困难,学会了自行"透析",坚持边治疗边务工。很难想象,身上长年插着针管的他,究竟是如何抵受长年累月的病魔折磨,又是如何克服沉重的精神负担,来完成日常的工作的?

志光此前曾经一度情绪低落。因他所在的企业忽然倒闭,失业了。随之而来的一个棘手问题,如大山一般矗立在我的面前。在脱贫攻坚的最后阶段,任何闪失都极有可能影响到脱贫攻坚的全局胜利。我丝毫不敢怠慢。

于是,我一有空便到志光家交流谈心,嘘寒问暖。作为驻村扶贫干部,无论前方是高山还是大海,我都有责任为他再次扬起生活的风帆。一方面我尽可能打开志光的心结,让他重塑自信;另一方面,通过志光家人,做好亲情引导工作。我相信,亲情、友情,乃至爱情是治愈医学界无法攻克病症的唯一良方。

一天上午,天空下着淅淅沥沥的小雨。我骑着摩托车赶往志光家,可刚拐过雍和里那片遮天蔽日的青竹林,车子突然在满地湿滑的叶片上打滑。"哐当"一声,我连人带车重重摔到路边的篱笆上。当我忍着剧痛一瘸一拐抵达志光家时,浑身已经湿透。

"阳哥,这是怎么了?"

"嘿!没什么,衣服被竹枝蹭了一下。"我抖落身上的水滴,装出一副轻描淡写的样子来。

"你……你已经帮我够多的了……"志光见状,嗓门哽咽。他边说边埋头为我清除身上残留的黄叶。"唉!都怪我自己身体唔争气……"他一口蹩脚的广州话,让我冰凉的身体暖和起来。

"您身体不好,您也不想这样的。"我打断了他说话,"脱贫路上,我们绝不会遗漏一户,放弃一人,事情总会有解决的办法。"我安慰他说。

"办法?"他眼中掠过一丝喜悦,但很快又像流星划过天际,稍纵即逝。

"嗯!办法。"我说,"只要我们凝心聚力,肯定会像涓涓细流一样汇聚成一股磅礴的力量。"

"我,我……"他一双手反复摩挲,欲言又止。

"志光,你是不是有什么想法?不妨大胆告诉我。"我鼓励他。

"我,我想开个店……"他倏地把眼睛瞪大,怔怔地盯着我。

"好呀!"志光的想法竟与我不谋而合。

"真的?"他惊讶地拉着我的手。

"当然,我们还会尽最大努力为你提供帮助。"

"吹也吹,让这风吹……"一段悦耳的手机铃声打破了此刻的沉静。我低头一看,是副镇长陈健,我知道他跟唐汉健同志到了我的驻点。两位优秀的扶贫干部几乎每次来罗锅村,都会找我交流扶贫的最新动态。得知志光的想法后,他们立马赶了过来,原本安静的小屋一下子就热闹起来。其间陈健打趣道:"志光,你人如其名,可谓生命之光呀!"

说干就干,第二天,我陪志光到厚溪街盘下店面。那时,离2020年元旦不足半个月,离农历春节也不过是个把月了。我和志光决定,亲自装修店面。

那些天,我们从铺地板、安装水电,再到进货、拉货、排货架……所有工作,几乎都是亲力亲为。

皇天不负有心人,志光的"津津商店"终于赶在元旦前的一天开业了。看到每天进进出出的客人,我心坎上的那块巨石总算落了下来。

2020年1月23日,一场突如其来的新冠肺炎疫情肆虐各地,城市乡村一夜之间变得冷冷清清,所有的一切,都像被蒙上了一层阴影。我内心五味杂陈,跌至冰点,志光的小店才刚刚开业……我无时无刻不为志光的小店忧心忡忡。

1月28日,我紧急返回驻点,迅速投入到疫情防控一线。趁着午膳小憩的间隙,我匆匆赶往津津商店……

"欢迎光临!"隔着马路我远远听到志光在招呼客人。

"志光,新年好!"我怀着忐忑的心情走进店里。

他一怔,旋即认出了我这个"蒙面侠"。

"哎呀,阳哥!"他喜出望外,刚伸手,又缩了回去,然后像个招财童子般连连向我作揖,"哈哈!响应倡导,响应倡导……"他笑得像个盛开的向日葵,那绽开的笑容像一缕金色的阳光嵌入我的心田……

由于春节期间志光照常营业,送货上门,给蜗居在家防疫的人们提供了极大的便利,因此,志光的店非但没有受太大的影响,而且,在这个乍暖还寒的特殊季节里,还成为厚溪街难得一见的亮丽风景。

"承蒙关照。"

"好咧!稍后送到——"

店里的他充满阳光地接着电话!

店外,阳光下的绿色深翠一片,志光那笃定而自信的声音在我的归途中不断回旋……

离开志光的商店后,我没有马上赶回驻点。扶贫之初,我就曾听闻,横山苦笋远近驰名,眼下正值新春佳节,是苦笋的应节食品,我正好趁机抄近路到镇内兜兜风,询问个价钱,了解一下情况,顺道捎些肉食回驻点补给。毕竟,镇上的物品总要比罗锅村周遭更实惠、品种更齐全一些。镇上的圩市就在镇政府北面,出了镇政府大门向北拐,就是镇里最热闹的两条街,两条街边全是几层楼高的私人住宅楼,楼下多是利用首层空间做商铺。总的来说,各式商铺规模也不大,商品都较为单一,食品和日用杂货商店居多。当然这里要比罗锅村和厚溪村那边的两个市场要好很多。我把摩托车停在一间超市门前的画线位内,便沿着街道慢慢向前走。果然不乏摆卖新鲜苦笋的小摊。一询价格,却把我吓了一大跳。真是不问不知道,一问吓一跳。苦笋的价格竟然高达30多元一斤,堪比猪肉的价格,想想不划算,只好作罢。

二十七

我逐一检查贫困户务工的申请奖补材料，发现手头并没有志光的申请表格，仔细一想：志光是自己开的店，算不算务工还很难界定，严格来说，是经商、经营，是独立个体户，算不上务工。但从务工奖补的意义来说，也可以理解为务工的一种方式，毕竟务工奖补的初衷是鼓励贫困户积极参加工作。我本想直接给镇农办的唐主任挂个电话，但担心三言两语恐怕并不能完全把志光的情况给说清楚。我想了想，还是决定抽个时间专门为这事亲自跑一趟镇农办为妥。毕竟，这样的情况较为特殊。这时，我又想到了另一件事。几个月前，镇政府专职扶贫工作的副镇长陈健转过来一份文件，文件是关于鼓励贫困户自主创业，其中注明贫困户有工商登记，且超过营业一年的，可申请政府一万元的一次性开业奖励以及每年4000元的租金补助。以志光的情况，这个奖励和补助都有可能通过。

就在我准备为志光申请政府鼓励自主创业金的时候，镇下发了通知，再一次全面排查贫困户"八有"情况。罗锅村贫困户早就逐步落实了"八有"，但此次县、镇两级明确在有电视信号的基础上进一步保证贫困户需要解决电视机问题。为此我又重新走访了一轮贫困户。

从调查情况来看，罗锅村有九户建档立卡需要购买电视机的贫困户，基本上都是原来的电视机已出现不同情况的故障，其中两户是去年才建档立卡新纳入精准扶贫的贫困户。按照上述情况，我如实向局里做了汇报。并迅速得到了批复，局里会尽快集中采购，同时为贫困户开通电视信号，争取在春节前后让贫困户度过一个欢乐祥和的春节。

自1月23日，新型冠状病毒性肺炎疫情暴发后，广东省启动重大突发公共事件一级响应，驻村干部当然不能置身事外。1月28日，大年初四，我接到通知，马上返回驻点协助当地村委会做好疫情防控工作。那时，口罩非常紧俏，市面一"罩"难求，为了第一时间返回驻点，我所在单位一方面想方设法为扶贫干部安排了必备的口罩和手套，并出具相关证明和通行证，另一方面启动安全防控程序，每位派出的驻村干部须外出报备，每天测量体温，实行每天一报，在确保自身安全的同时，把感染的概率降至最低。

无论是白天抑或是黑夜，昔日车水马龙的街道，繁华商业区，眼下几乎都空无一人。偶尔，有一两个人匆匆走过，都是像风一般，一闪即逝。

临出门时，我自行检测了一下体温，一切正常。到了这个时候，我不敢有丝毫大意。城市内的主要住宅小区开始实行封闭式管理，进出必测体温；城市与城市之间基本实行严格的14天隔离机制，确保流动人员安全，同时实行严格的信息互通制度。因此，我在离开端州时，就自个儿反复检查体温，在确保自身安全的同时，也确保中途经过检查点能顺利通过。

大清早，天还灰蒙蒙的一片，我开车驶出小区，放眼望去，偌大的城市像一座空城，你若不置身其中，完全是无法想象的。平日十多分钟的路程，只用了七八分钟，车子就到达了端州的东大门。高速引桥从国道旁蜿蜒盘曲而上，沿着北岭山麓向两头延伸，东往广州方向，西向广西方向。过了高速收费站，更是一马平川。从端州至驻点出口，有100多公里路程，全程也没能碰到几辆车。一个小时15分钟，车子驶出高速出口，顺利转入省道，很快又向右拐转入乡道，刚转入乡道车子又被前方临时的检查点拦下了。盘查工作有条不紊地进行着，但奇怪的是，一个个戴着口罩的工作人员，就是不为我检查。看到几辆车陆续驶离，我从后视镜中发现后方并无来车，赶紧下车欲追问原因。可刚打开车门，脚刚着地，就听到一个熟悉的声音。

"嘿！阳哥新年好！"

我一怔，车前方走来一个身穿厚重风衣，一条贴身牛仔裤，脚下一双简约"星仔"布鞋的男人。"哎呀！是臻哥……"高速下来就是荔洞村所属的辖区，臻哥是荔洞村的驻村干部，想来，春节期间他是在这里值班。我不由自主地快步迎上前去，说："臻哥，新年好呀！"我拱拱手。他轻轻地揭了揭紧箍的口罩，露出清秀的脸庞，只是脸上还留有严重的勒痕。不难想象，他坚守在这里有很长一段时间了。臻哥一边朝我走来，一边往后窥望。跟随他的视线，我发现他身后的几个工作人员也陆续向我这边靠拢，定睛一看，原来是镇分管扶贫工作的副镇长陈健和农办专职副主任唐汉健等人。

"新年好呀！"

"新年好！"

我们用最简单朴实的方式相互问候，握手自然是免了。屈指算来，我们一起工作都快一年了，彼此已经十分熟悉。此时此刻，我们分外亲切，但因为疫情，我们的这次见面比从前任何一次见面都要来得简朴。

"阳哥,你先回罗锅村委会报到。"陈健说。

"嗯!我正要赶过去。"

过了检测点,车子转入了X422江禄乡道,乡道上人烟稀少,全无春节的喧闹。很快,我就抵达了罗锅村委会。虽是非常时期,九点钟的罗锅村委会却像往常一样,五位工作人员全部到岗。村委会的广播在不停地循环播放着疫情的防护常识。奇鉴支书把昨天的工作认认真真地询问了一遍后,再让电脑操作员小红组织简短的文字向镇办汇报每天情况。

从1月26日大年初二起,罗锅各村按照镇委镇政府要求,迅速行动了起来,在各村的主要出入路口设置了"疫情"防疫监测点。并且在镇的增援下,组织所有能动员起来的党员干部,挨家挨户到各村排查外来人员和近期返乡的村民。对于从外地回家的村民做好解释工作,叮嘱不能随便外出,注意自动隔离14天,确保人员安全。

我的到来,无疑为村的防疫排查工作注入一股新的活力。奇鉴支书笑着说:"连百公里外的驻村干部都赶回来了,我们加班加点还有什么好抱怨的呢?"实际上,从除夕夜开始镇内的所有社区(村委)都像上满了弦的时钟,一刻也没有消停过。村委会本来是最基层的管理单位,有别于城区内的社区,村庄普遍人口多,情况较为复杂,外出人员多,节日返乡人员也多。在这个时候暴发疫情,无疑给基层单位带来难以估量的工作难度。罗锅村委会把电脑操作员算上,才五名工作人员。很难想象,五名管理人员要付出多大的努力才能管理好将近4000人员的辖区,真是难为他们了。

"小阳,你先回驻点放下行装,等会你跟幺叔一组,主要负责沙口出入口处的检查岗。另外,要不定时对社下、桂坑、周塘等几个村小组出入口的检查岗实行跟踪检查落实,保证人员到岗。"奇鉴支书对我说。

"嗯,好的。"我爽快地答应。

"你先喝口茶,然后赶快回驻点,我20分钟后开摩托车到你楼下。"幺叔喝了口茶说。

"不喝了,我现在就回去。"我边回答,边走出村委会大门。

到了"绥江竹韵"广场,车子被挡在了村子入口的柏油道上。

"哪里的?"一位50岁开外戴着红袖章的村民上前对我进行盘问。

"肇庆过来的。"我答。

"回去吧!现在外人一律不得进村!""红袖章"态度生硬,一副不容分说的样子。

"哎呀!这是阳哥的车……"

我回头一看,发现身后不远的凉亭前站着一个人,手里拿着一把大笤帚,正大汗淋漓地扫着地,和煦的阳光穿过青青的竹林斜斜地照在他身上。

"啊!是汝焕。"

"阳哥,新年好!怎么这么快就回来了。"他的笑容很灿烂,像和煦的阳光,看来工作可以改变一个人对生活的态度。

"新年好,新年好!"隔着口罩,我说起话来有点儿含糊不清。

"八叔,这是我们的驻村干部……"汝焕朝"红袖章"说。

"汝焕……"我摆了摆手,制止了他。

"同志,这是我的通行证。"我回头对"红袖章"说。

"通行证?"他一头雾水,眼里带着疑惑。

显然,他没有受过专业的培训,疫情的紧急程度着实超出了所有人的预计。

"对,通行证。"我从副驾前的储物柜上取出早按格式填写好并盖有单位公章的通行证,递了过去。

他皱起眉头,一字一字地看。"哦……是驻村干部。"他马上露出了笑容。

"请测试体温。"他举起手枪似的计温器。

"行。"我把头往前一探。他在我脑前,大概是太阳穴的部位测了一下,然后回身把卡口临时设置的竹竿拉起。"不好意思呀!领导。"他一手按竹竿,一手举起,向我表示歉意。

"没事,辛苦您了。"我摁下车窗对他表示感谢。

幺叔的效率确实不赖,我在村口就耽搁了那么一会儿,刚进家门才放下行李,他"突突"的摩托车声就在催促我了,"阳哥,我在门口,搞定就下楼吧。"他撒开口喊道。声音明显较往日沙哑。

"来啦!"我在三楼大声喊道。

第一站,我们来到了周塘村。进出该村的是一条依山而设的水泥路,恰恰在贫困户汝焕的家门侧通过,值守的人员也不是别人,正是小坳村建档立卡的李文柱。春节前,村委会协调已把他安排至村的公益性保障岗位上,虽然工资不算高,但他一家只两口人,稳定脱贫当然没有丝毫悬念。

"阳哥，新年好！"戴着口罩的李文柱从路边临时搭建的休息站窜了出来喊道。他大概担心我认不出他，马上摘下口罩。

"哎呀！文柱，戴上，戴上……"我示意他无须摘下口罩。其实，经过大半年的交往，大家彼此都非常熟悉了，就像兄弟姐妹一样了，从他的言行、声线我早已判断出谁是谁了。

我礼貌地拱了拱手："你能参与到抗疫一线，了不起呀！"我竖起拇指。他有点不习惯地害羞起来，像个小孩子似的。

"李文柱一月份开始就是我们村委会正式的保洁员了。现在人手少，李文柱主动请缨，所以安排让他暂时值勤。"幺叔介绍说。

"好呀，好呀！"我笑着拍了拍李文柱肩膀，"有没有特殊情况？"我话锋一转，询问起疫情的情况来。

"暂时没有。"他答得爽脆。

"累不累？眼睛有点红了。"我关切地问。

"哦……没事。"他连连摆手。

我哈哈一笑："哟！都这么熟了，还见外。"

他尴尬一笑，十分腼腆。

"嘿！愣着干吗？来来来……"幺叔坐在一旁的临时岗亭里。岗亭是用青竹临时搭建而成的。与其说是亭，倒不如说是竹排加了个上盖。

"来，文柱你也坐，要劳逸结合。"我招呼文柱过来也一起坐下，幺叔向他递过香烟，然后点着嘴里的无滤嘴卷烟。"细微显真功，怪不得罗锅村村民大多拥护奇鉴支书和他。"我心中暗自称道。

"保洁员的工作习惯不习惯？"幺叔重重地抽了一口烟，

问道。

"还可以。"文柱点燃了烟,把火机递还给幺叔。

"村内若天天打扫,工作量也不会太大,现在可能落叶会多一些,到了夏季就会好些。"幺叔悠悠说道。

"嗯!"文柱低头应道。

"现在可以工作生活两不误……"幺叔道。

"比从前当然好多了。"文柱感激地看了他一眼。

"好啦!我们到沙口那边走走,那边人流会相对更大一些。"幺叔挤灭半截的卷烟,神情有些落寞。不难看出,他有心事。春节前幺叔为"九里香"准备了充足的货源,打算趁春节来个"开门红"。谁知?真是人算不如天算啊!我没有过多的安慰。在这个时候,很多行业都是勒紧"裤头"过日子的。

二十八

我们的第二站是沙口村,沙口村的检查站点就设在X442江禄线乡道旁,与"竹海大观"仅一江之隔。值守在这里的是沙口村村主任江叔和一位村内的党员。

"哟!小阳你也回来了?"尽管我坐在幺叔车后座戴着严严实实的口罩,但村主任还是一眼就认出我来了。

"来来来……"我还没有站定,江叔就热情地上前跟我打招呼。

我拱拱手,耸耸肩,做了个无奈的姿态,打趣道:"疫情期间,我们一切从简,响应政府倡导。"

"哈哈!对了,你什么时候过来的?"江叔问。

"小阳刚刚到。"幺叔站在路沿答道,"没办法的了,疫情严峻,已经启动重大突发公共卫生事件一级响应机制,接下来的工作肯定会更为艰巨。"

"嗯嗯。"村主任江叔点了点头。

"江叔,绝对要保证检查点24小时值守,千万别大意。"幺叔叮嘱说。

"这个知道。"江叔点点头。

"嗯,一定要切记,无论疫情持续多长时间,没有正式通知都不能缺岗,更不能撤岗。"幺叔继续说。

"幺叔,你放心好了。孰重孰轻,我这个老党员还是知道的。你又不是第一天认识我。"江叔一边扭着腰,一边捶捶脖子。

"哈哈!"幺叔笑笑说,"值了两天,腰酸背痛啦?"

"幺叔,你到我这把年纪就会知道,现在是眼又花,耳又聋啦。"他摆了摆身,像做广播操一般。

"哟!你在我跟前说老?你也大不了我几岁。"幺叔笑着说。

正说着,江叔喊的外卖到了,一个咸鱼茄子煲,一个腊味香菇饭,都是从九里香对面的无名小店点的餐。尽管小店离检查点不过是百米之遥,但值勤人员还是不敢擅自离岗吃饭。

"你们要不要在这里吃饭?"江叔问。

幺叔说:"不用了,小阳刚回罗锅就不在这里吃了,等会儿随便吃个简单的午餐就抓紧小憩一会,下午回村委会还有别的紧要任务。"

趁着江叔两人吃饭的工夫,幺叔开始查阅这两天江口村出入人员的登记情况,然后,叮嘱村主任江叔一定要摸清底数。这是村主任的责任,村主任不但要按镇村两级安排的统一部署开展工作,而且一定要搞清村内的各种情况,绝对不能有丝毫松懈。疫情当前,提升政治站位,出问题已经不仅仅是丢"官"的问题了。

江叔缩着脖子"嗯"了一声。

年前,幺叔本想趁农历新年挣点外快的想法落空了。九里香餐馆不得不暂停营业。从目前的情况来看,开业似乎变得遥遥无期。这段日子他确实烦心的事情多,但似乎这并不影响他的工作态度。

离开江口村后,幺叔说:"我们到厚溪街转转,或许有开门的小食店。"幺叔边说边要掉转车头。我赶忙说:"幺叔,现在哪里的情况还不一样?干脆回我的驻点,年前我的冰柜里还有些存肉,在屋旁摘点野生的番薯叶做个简单的油菜,不就行了么!"

"那好,那好!"幺叔打消了在外面用餐的念头,直截了当地把车驶到我的驻点前……

疫情一天比一天严峻,每个人的神经都像上满发条的时钟。感染人数不断刷新,疫情给这个春天烙下难忘的伤痛。镇的各种宣传单紧张而有序地下发,村委会门前的广播不停地循环播放着防疫知识,各村也先后进入空前的防疫状态,几乎天天都有防疫的宣传车在各村道穿梭。

罗锅村委会已经取消了所有人的休假,包括每周的正常休息日。在上级部门还没有取消防疫通知之前,村委会防控就一天都不能放松,直至上级部门有另行通知为止。村委会的小红成了最忙碌的人,每天16时报送辖区内疫情动态,是小红现在的首要工作,加之"上传下达"各类文件和指示精神,忙得小红快喘不过气来。我的到来,总算让她缓了口气,除了每天不定时到各村出入口检查岗哨之外,我一有空闲便回到罗锅村委会协助她做文字工作,同时协助报送一些纸质版的报告材料,在那段时间我还充当了"摩的"通信员。奇鉴支书因此不时调侃我:"小阳,你干脆留在村委会工作好了。"我对奇鉴支书总是报以一笑,不置可否。

一大早,邻居淦哥在隔着巷道的绥江边搭起了竹架子。

"淦哥,早晨!"我笑着跟淦哥打招呼。

"早晨呀!阳哥。"他笑着回道。将近六旬的他明显比同龄人要苍老许多,他裂开的笑像榆树的老树皮。

"大清早的,淦哥在干吗呢?"我问。

"闲着无事,搭个竹架子,好让百香果生长得更旺盛些。"

"哦!"我应了一声。

"周边的菜肉市场都还没有经营,你没有青菜,可以随便上我这摘,这都是我家的。"他指着绥江边那块小小的菜地。菜地种满了油菜、芥蓝、西红柿、剑菜,还有紫苏、芹菜、韭菜和一些我叫不出名字的蔬菜。

"谢谢!淦哥太客气了。"我拱了供手说。

"都是邻居,客什么气,而且你来这时间也不短了,我听得最多的是贫困户对你的评价,大家对你的评价都很高。现在人人都知道我隔壁住着一个从肇庆过来的'阳哥'呢!"他露出的笑容很真诚。

"淦哥过奖啦!"我微笑着说。

"阿公,阿公!"一串细如黄莺的声音从院子那边传了过来。我回头一看,是淦哥的外孙女紫盈。

"叔叔好。"紫盈笑着用一口纯正的普通话向我问好,一双水灵灵的眼睛透出天真与烂漫。

"哎呀!妹妹你多少岁啦?"我压住声线,尽量把声音变得更柔一些。

"五岁。"她道。

"幼儿园复学了没有?"我问。

她摇了摇头。

"受疫情影响,到现在还没接到幼儿园的开学通知呢!"淦哥说,"放飞了!"他补充了一句。

"想小朋友了吗?"我摸摸紫盈的小脑瓜。

她点点头,萌萌地看着我。

"阿公阿婆说你是好人!"她忽然冒出一句。

"呵,你咋知道叔叔是个好人?"我做了一个吓唬的脸色。

她嘿嘿地拉着他阿公衫尾躲到身后。

"街头的水金阿公说的,阿公阿婆跟水金阿公都这样说的。"她的声音拉得又长又尖,像唱歌一般好听。

我听了心中不由得一阵感动。

我当然知道紫盈口中的水金阿公是谁。水金是个五保老人,也是我建档立卡的帮扶对象,已经七十好几了,双目几近失明。去年县落实危房改造,水金条件符合,但按县住建标准,五保低保的危房改造标准是3.4万元,这离建一间25平方米以上有独立厨房卫生间的标准捣制房,还有一定的距离。我算了一下,按上述条件,单单重新选址新建一间符合标准的捣制房,得花4万多元。换句话说,水金危房改造还有6000多元的缺口。这对于水金阿公可是一笔不小的数目。当时危房改造文件下来,我第一时间就跟幺叔做了个调查,罗锅村建档立卡符合条件的有7户,而且7户人家不是五保户就是特殊低保户,除了五保金和低保金,全部都无工资收入。无工资收入自然意味着没能力补充缺口差额部分。而且7户当中,大部分是五保老人。五保老人无儿无女,亲友自然没多少愿意主动申请来补差。换句话说,危房改造一旦落实,那就需要扶贫单位另想办法,并且要在节点前完成,这确实如一座大山压在我的头上。

  为了解决这个难题，那段时间我和幺叔基本都没有消停过。不过，7户同时危改，难度确实有点大。为此我咨询过村委会委员兼村财务员陈兴友。他盘算了一下，罗锅村的扶贫资金还剩下两万八千多块钱。这根本不足以解决问题。没办法，我只好给局里的联络员棠哥挂了电话，希望他当面向局主要领导汇报情况，尽可能得到局里的支持。而我则尽快做好前期的工作准备，尽可能做到心中有数。7间危房改造的补助资金可是一笔不小的数目，后续有待解决的问题还多着呢……

二十九

周六那天早晨,大风大雨,窗户不时"哐当哐当"地响。

"吱吱……"桌面上的手机有规律地振动起来,接着一阵悦耳的铃声骤然响起。我拎起手机一看,是局扶贫联络员棠的来电。

"喂,棠哥早晨!"虽然他是个"八零后",但他是我的前任,而且现在负责我扶贫工作的联络和后勤保障工作,我习惯了喊他棠哥。

"回到端州没有?"他问,声音有点儿急促。

"回了回了。"我急急回道。

"那就好,高书记九点回办公室,你抽个时间过来一下。"棠直截了当地说。

"好的。"我答应道。

上午9时,我准点到达高书记的办公室。高书记和棠已经在办公室等着。看到办公桌上冒着热气的杯子,我知道他们应该已经等了我好一阵子了。没有任何寒暄,我便单刀直入地向高书记汇报了罗锅村最近的扶贫工作情况。

"小阳,棠已经向我汇报了罗锅村危房改造的最新情况,这是好事啊!虽然局里目前办公经费非常紧张,但无论如何,关系脱贫攻坚的事情,容不得半点含糊和马虎。如果县相关部门核查后都同意危改。那么,局里无论如何也不能拖'大部队'的后腿。这样吧……"高书记偏过头,对棠说,"棠,你对扶贫工作也熟悉,这两天赶紧拟订一份简明扼要的材料,争取下周在局务会议讨论。"他说的话声音不大,但却字字铿锵。

"嗯,我马上准备好材料。"棠点点头。

"小阳,你放心好了,虽然你扶贫的时间还不长,但局里把扶贫攻坚作为工作的重中之重。你回去后要安心工作,切记把人民群众放在心上。"高书记微弓着背,站在窗前语重心长地说。

"嗯嗯!"我点头应允。

正说话间,这时又进来一个中年人,一身深灰色的衣着。

"高书记,我就知道你休息也会来办公室的,这是今天的报纸。"中年人咧嘴笑了笑。

"哦!老吴,谢谢你。"高书记微笑着打了个手势,表示感谢。

"好了。小棠,小阳,你们没什么事,就早点回去,耽搁你们的休息时间了。"他停了一下,又叮嘱我,"小阳,特别是你,来来回回地两边跑,要多注意休息,平时长途开车也要多注意安全,照顾好身体,身体是革命的本钱啊!"

"嗯,好的,谢谢书记。书记也要多休息,劳逸结合。"两年前我从基层单位调回到局里,接触高书记的次数并不算多,但觉得高书记平易近人,令我没有太多的顾虑和隔阂。

出了局大门,便是宽阔的信安大道。信安大道是近年开通的城市主干道,两边花圃修饰了各式花草树木,绿树成荫。虽然雨后的早晨带着寒意,但我的脚步在斑驳的树影下显得很轻快。

人,是否每天都要迎接各种各样的问题和挑战?我心头那块石头才刚刚落地,新的问题又出现了。自从2019年10月中旬镇政府下达危房改造的若干通知后,各村迅速进行摸底调查,在10月底前上报了各村的危房改造名单。县住建局次月中旬便批复下来,罗锅村7户申请危房改造的建档立卡贫困户全部获得通过。收到通知的那一天是11月15日。镇分管扶贫工作的副镇长陈健给我挂来电话,要求无论如何要在2020年3月中旬前将上述7户危房改造完成,并完成贫困户入住工作。我盘算了一下,即便是剔除春节那种不可抗力的"意外",整项工作实际只有大概三个月的时间。对于危改数量不多的村子来说,三个月的时间还算是相当充裕的,但对于罗锅村来说,难度却很大。危改房数量多,又是年关将至,有劳力的农人大多外出务工去了,而且年末又是建筑业的旺季,也是缺工最为严重的季节。

这边刚放下电话,县扶贫办的同志又来了电话,内容跟陈健要求的差不多,只是时间相对宽松了十多天——在2020年3月底前完成。刚"挂线",我又见到唐主任在微信里的留言:阳哥,罗锅村危房改造已全获通过,请迅速行动,争取三个月内完成危改任务并协调上述贫困户3月底前完成入住。

啊!我的脑子有那么的一刹那一片空白。催办的电话、通知、信息就像潮水般扑面而来。事不迟疑,我马上把信息截图转发给幺叔。很快,幺叔回了个信息:"情况知悉,30分钟后马上回罗锅村委会向奇鉴支书汇报情况。"看来,镇政府也同时把"危改"任务下达至各村了。

这一次,在罗锅村奇鉴支书的办公室里少了一些往日轻松愉快的讨论声,多了几分严肃紧张的气氛。

奇鉴支书像以往一样率先开腔,没有任何的开场白。

"嗯,耽搁大家的时间了。因为此次任务重,时间紧,要求完成的节点非常急，希望大家一起同心协力完成此次任务。"他顿了顿，偏过头，又对我说，"小阳近段时间也忙得够呛的了，但工作还是卓有成效的，没有白费心机，我代表我们的贫困户感谢扶贫单位的大力支持。"接着他把目光移向了么叔，"瑞华，你跟小阳再调查摸底一下，看看7户贫困户当中哪几户人家是自个儿找人建房的，我们好协助他们做好申报事宜。但同时要明确完成的时间节点，否则工程款将没法下拨。"

"嗯，知道了。"么叔点了点头。

"嗯，那好！"奇鉴支书点点头，"对了，此次低保五保户较多，若实在他们无法找到合适的施工队，需要我们协调的，都必须协调好。但必须跟他们说清楚住建部门的扶持资金的使用，不能有半点含糊。另外，扶贫单位的建房补贴也说明一下，超出部分需个人承担。具体细节让主家跟承建商洽谈，我们只负责协助，只要贫困户按时按质完成就好。记住一点，住建部门的扶持资金必须落到贫困户的个人账户上，一切由甲乙双方自行决定，我们掌握好工程进度即可。这是项政治任务，没有讨价还价的余地，也没有任何条件可讲。工程款何时下拨不由我们掌握，但无论如何都要说服工程队先为贫困户完成危改。若贫困户自个儿建设，那就得先说服贫困户先把房子建起来。总之，我们可以说的，就是请大家相信政府，保证会如数拨款。"奇鉴支书强调说。

大家低头不语。事关钱，并且没有明确的结账时限，这个年头还真的不好说。现实生活中，拖欠工程款的事屡有发生。拖个一月半月还说得过去，若没有个固定的最后限期，谁愿意接手这烫手的山芋，这不是自个儿没事找事烦吗？谁会愿意接这些吃力不讨好的工作？而且周遭的建筑队都是沾亲带故的乡亲乡里，好夕不是朝见面就是晚碰面,今年农历新年来得早,生意人习惯不坏账,肯定要在年前讨回工程款。

沉默了好一会,大大咧咧、做了几十年村干部的冰姐无厘头地冒出一句:"工程款不知何时下拨,贫困户没有能力先垫付,那不是成了'全带资工程'?谁会愿意干这活?"话一出口,她又感到自己冒失了,紧张地瞥了奇鉴支书一眼,就再也不哼声了。一时间,办公室内寂静无声。奇鉴支书面露难色地拣着桌面上的签字笔,沉默了一会,说:"小阳,你有什么好的建议?"

作为一个驻村扶贫干部,此时此刻我肯定需要跟大家共渡难关,可人地生疏的我,一时还真的没想出好的法子来。我不禁皱起了眉头。

"有什么好点子,不妨直说。你是城里人,见多识广。"奇鉴支书非常诚恳,只短短的一句话,就把现场闷沉沉的气氛立马缓和了过来。憨厚直爽的冰姐抢过话茬:"对,对,市干部见多识广,想个法子,想个法子。"她催促道,声音拉得又高又长。

这样一来,众人的目光都齐聚在我身上。我感觉我的脸有些发烫。

"对啊!小阳,有好的点子,不妨直说,成与不成大家都不会笑你。"幺叔微笑着说。我知道幺叔对我的工作态度和工作表现都相当满意。说句自负的话,他对我的为人处世,打心底里是佩服的。当然,村委会的所有人对我的工作都是持肯定态度的,因此,关键时刻,我的意见对他们往往起到催化剂的作用,甚至起到稳定军心的作用。毕竟我是代表"市直单位"来到这里协助他们工作的。

不过,当时要说服他们我内心真的没半点儿谱。这年月,在人与人诚信高度危机的情况下，说到钱，还真没什么可以商量的余地。但有一点，我确信贫困户的钱，是没哪级政府哪个部门愿意拖的，或者不敢拖也拖不起。若扶贫攻坚任务最后卡在这个骨子眼上，这可不是单单丢官的问题，纪委完全有可能介入调查。

我把心一横，决定把我的见解说出来供大家分享。我清了清嗓门，大家随即安静下来，目光都齐刷刷地注视着我，冰姐更是少有地收起招牌式的笑容，专心致志地偏过头来等待我的发言。

"不敢说是好点子，我只是把我的见解说出来供大家一起参详。"我停了一下，不由得把目光移到奇鉴支书身上。他没有吭声，只是礼貌地向我点了点头。

"首先，2020年是脱贫攻坚的关键一年，脱贫攻坚的最后胜利已经进入了倒计时。此时此刻，各地各部门都把脱贫攻坚工作放在工作的重中之重。此次任务重，时间紧，也是造成暂时没有明确发放扶持资金的原因。不过，扶贫工作跟其他工作有所不同，丝毫没有含糊的地方，更不会出现拖欠款项的现象，这个事情我们应该可以放心。支书，幺叔，各位……"我停了下来，目光在众人中转了一圈，接着道，"大家若有相熟的建筑队都可以介绍给贫困户，只要双方适合，施工队又愿意，我想还是可以的。至于大家担心工程款下拨没有时间表，这个纯属杞人忧天，谁听说有政府欠贫困户钱的。"我一口气把话说完。

奇鉴支书满意地点点头，绷紧的脸慢慢松开："嗯，有道理有道理。"

我接着说："奇鉴支书，幺叔，你们都是本地人，在群众心目中也有很高的声望，若你们都带着怀疑的目光，那么工作就真没法开展下去了。我们现在就别想那么多，先把工作做好再说，眼下，我们只能众志成城、万众一心。其实大家担心的不是迟点早点收到工程款，而是害怕收不到工程款，只要我们让他们相信百分之百能收到工程款，我想还是有很多工程队愿意干的，但首先我们需要打消他们怀疑的态度，是不是？"我一口气把我的见解如数说出。

"嗯……"

"是呀——"

"对呀——"

各人纷纷点头，积压在脸上的愁容都慢慢展开。

三十

统一思想后,"危改"的最后任务落在了副主任幺叔身上。散会之后,幺叔打了一通电话,大概是有了点眉目,他骑上摩托车就寻施工队去了。

接下来的几天,幺叔忙个不停。当然我也没闲着,扶贫攻坚战已经到了箭在弦上的最后阶段,工作量越来越大,各项工作如雪花般飞到,几乎天天都有新任务。我统计了一下,最多的一天,镇政府下达了多达十四项的工作任务,平均每天也有四项至五项。那段时间每天都是白天跑贫困户,晚上赶系统。除了每天布置的各项任务,省扶贫办此前一直明确不需要的纸质资料档案也被摆上了议事日程。为此,镇政府专门召集各个驻村扶贫工作组开会,明确各村必须做好纸质迎检档案,同时建立建档立卡贫困户"一档一册"的档案资料。这大大增加了我们的工作量。

会议从早上十时开始,一直持续到午后将近一点钟,众人才拖着倦意下了楼。

下午两点,我前脚刚跨进驻点,幺叔便挂来电话:"嘿,阳哥,起床了没有?"电话那头传来他浓重的喘息声,大概他也是匆匆忙忙的。

"嗯,在呢!刚回到驻点。"我回答他。

"待会儿出村委会来,跟你说个事。"看来幺叔遇到了什么难题。"扑通"一下,我心里一紧,意识到工作中又碰到了麻烦。须知道，时间对于扶贫工作来说，好像永远也不够用似的。镇布置危改任务转眼就三天过去了，感觉什么也做不了，心里能不焦急就奇了？！

还来不及换件衣服，喝口水，我便马上携早上会议的资料风风火火骑上摩托车，驶离驻点向罗锅村委会方向而去。

穿过万岗坪土堤的小竹林，天空不知什么时候下起了太阳雨。当我赶到村委会时，幺叔正面朝大门想得入神。好事多磨，真如我所料，危房改造遇到新的难题了。幺叔见到我，站起来，伸了伸懒腰："喏，盼星星盼月亮终于把你盼来了。"

"嘿！先放松点，让我先喝口水。"我扬起手跟幺叔打了个招呼，大概是午饭的菜肴味道重了点，水自然喝得多。

幺叔笑着调侃道："嗯嗯，好好的一个城里人，谁叫你跑来这山区小村找罪受。"

我不理他如何戏谑，自顾儿跑到办公区东侧的卫生间解手。

走出办公区，我一眼瞟见奇鉴支书坐在幺叔一旁，笑眯眯地盯着我，视线随我身影的移动而移动。

"支书，咋了？"我好奇地跟奇鉴支书打招呼。

他笑吟吟地说："终于知道农村的生活，扶贫的滋味了吧？"

"哈哈……支书连你也戏弄我？"我吐吐舌头，做了个鬼脸。

"嘿，苦中有乐嘛！"奇鉴支书笑盈盈地对我说，并示意我坐下来。冰姐斟了杯茶放在我前方的桌面上。

奇鉴支书收起笑容，幺叔挺正腰，气氛很快严肃起来。

既严肃认真，又生动活泼。这是罗锅村一贯的工作作风。有时候，一个工作作风严谨的团队，即便工作再苦再累你也觉得轻松畅然,这或许是优秀团队协作的优势。

"小阳,幺叔刚跟我汇报了危改的情况,情况大致是这样的,7户危房改造中,除金幸是自行找施工队建造之外,其余均由我们提供施工队给他们选择,这个倒不是大问题,关键是,五保户李水金、李如清、李二女户需重新选址,这些问题我们村也作了适当的安排,不会有其他大的问题,只要'村两委'通过,再处理一些细节,总体按县住建下发的建设标准就可建设。"他顿了顿,偏过头,又对幺叔说,"幺叔,你先了解一下县住建的最新危改标准,先把工作做在前面,避免工作的反复。"

"嗯!早几天我了解到,县住建要求危改房在二十五平方米以上。"幺叔眉头紧锁,重重地吸了口烟,"问题是现在五女、树荣两户只能'拆建'。"

"拆建,有什么问题?"我不解地问。

"拆建本来是没有问题。说来说去是资金的问题,这些房子本来就在村内,比新选址的运输成本要高,而且拆建不是还多了一道拆的工序么,这无疑给工程增加了建设成本。"

"唉……"幺叔又叹了口气。

"小阳,你看……"奇鉴支书偏过头,没把话说下去。

其实我心里明白奇鉴支书想要说什么。尽管罗锅村在镇内属于经济收入较好的龙头村,但从县乃至于全市的层面而论,经济还显得十分薄弱,毕竟地处山区。对于贫困户较大的支出,村委会确实也很难解决,这一点我还是十分理解的。

"这样吧!"我说,"我也知道村委会有困难,要贫困户一下子拿出那么多钱,也是不可能,为防止其他贫困户有看法,我建议对特殊情况的贫困户可以适当多补贴一些,我相信'两委'大部分人还是会支持的。两委通过,我们扶贫单位也会竭尽全力支持的。"

奇鉴支书满意地点了点头,刚挂在脸上的愁容像被一阵风吹散了,又恢复到平时的平和。

"还有五保户如清,我目测了一下,25平方米大概有点儿悬,就不知县住建的建设标准有没有松动的空间?"幺叔忧心地说。

"这个可不要猜,总之必须按要求办,免得后续'米已成炊'就麻烦。"村委委员陈兴友搭了一句。

我点头,同意兴友的意见。

"对了,兴友你待会儿跟幺叔实地再丈量一下,这个事可半点不能含糊。"奇鉴支书马上做出最新指示。

"明天行不?"兴友一脸难色,"下午还有土地纠纷须要处理。"

"那我去吧。"没待奇鉴支书表态我就脱口而出。

"那干脆我们三人一起去吧。"兴友显得有点儿尴尬地说。

"也好,就坐我的车,先去丈量土地,再去处理土地纠纷,反正村民纠纷目前还不知是啥情况,多个人多张嘴。"幺叔抢过话茬。

"好!那你们一起去吧,尽可能把事情早落实,镇扶贫办催得紧。"奇鉴支书最后说。

五保户李如清的改造房在万岗坪村禾地的北边半山坡上,中间隔着一条两米宽的排水渠,排水渠从岗坪上方蜿蜒而下。房子倚在渠边,前面是不算宽敞的巷道。因此,房子只能成长条形向两头扩展。村委会委员陈兴友一边拿着皮尺丈量,一边说:"房子可以向渠边扩嘛!"幺叔白了他一眼,说:"切,你说了等于白说。"

兴友瞟了他一眼,没有吭声,也没有坚持自己的看法,只是抓着尺头随幺叔的视线一时把皮尺摁在地上,一时又把皮尺搁在墙角上。而幺叔倒像一个标准的测量员,虽然眼下他没有测量仪,也没有水平仪,但他事先准备好了一块小小的写生板,板上铺夹着一沓A4大小的白纸。他一边测量,一边记录着数据,虽然"画"得不怎么样,但周边的数据显示得清清楚楚。这架势,俨然是个标准的测量师。把所有数据记录完后,他一言不发地走到渠边往下瞅了瞅,嘴里说:"房子向渠边扩展,就一定要在渠面往上立柱作支撑,否则全靠臂梁,房子重力大,容易翻倒;但做立柱会大大增加房子的成本,而且,泄水渠是唯一分流万岗坪雨水的环山渠,也是村民的生命线,谁占用了渠道,就等于犯罪。"

"嗯!"我心里暗自称赞。

三十一

从现场实际丈量的情况来看，幺叔的担心并不是空穴来风。五保户李如清平日用竹篱笆围起的菜园子宽度有8米，纵深只有3米，折算起来24平方米，与县的危房改造标准还有1平方米的差距。我的心一下子又悬了起来，我将视线转移到幺叔身上，他耷拉着脑袋在那里来来回回地踱步，不时口中喃喃自语，像在计算。

村委会委员陈兴友似乎有些不耐烦了，他接下来还得赶去处理村民的土地纠纷呢。近年来，土地争议在村内时有发生。这些事情通常是公说公有理，婆说婆有理，处理起来，相当棘手。加上"斗"大的地方，好歹都是沾亲带故的亲戚朋友。既然矛盾能闹到村委会里去，证明双方当事人已经到了没有商量的余地。即便你处理再公道，都会得罪一方，搞不好连双方都得罪，吃力不讨好。因此，每回处理类似的村民土地纠纷，村干部都会小心翼翼，慎之又慎。

记录好李如清危房改造的数据后，我们便随兴友一起前往社下村。从万岗坪到社下村，驱车大概十来分钟。到达之后幺叔将车子停泊在通往白坎村的水泥路边，一块较为平整的空地上。

我们径直朝纠纷现场走。兴友隔着厚厚的公文袋，摸一摸里面的皮尺，又捏了捏裤兜里的手机，仿佛在做"战斗"前的最后准备。他心事重重地自个儿只顾着埋头往前走。七转八拐之后，我们很快进入了社下村腹地。兴友显得脚步更加沉重,脚下像坠着两块铅铁,又似乎要充分利用好这短暂的时间整理思绪。

"你经常处理村民的土地纠纷,还会紧张?"我尝试开解兴友哥现时的紧张心情。

"不是紧张。今天的两个当事人是我的表胞弟,处理起来有点儿棘手。"

"放心吧,等会儿让我和小阳来处理吧。小阳没下乡之前主要从事执法工作,是这方面的能手。"幺叔安慰说,"我们还得叫他一声师傅呢!"

我偏过头,假装面露愠色道:"嘿嘿嘿……幺叔,你是在讽刺我吗?"

"别别别……当然不是,是心悦诚服。上回我不是亲眼见识过你处理土地争议的高招吗?"幺叔说着朝我一挤眼。

我扑哧一笑:"少来这一套,你是什么人我还不知道?"我倒过来挖苦他。

"哈哈……"我们三人都不约而同地笑起来。

说说笑笑的,很快就来到了李氏兄弟的纠纷现场。巷子里的左邻右里都站在门外远远地朝这边张望,时不时交头接耳讨论着。当幺叔介绍我是从市里派来的驻村干部,而且我从事的工作后,李氏兄弟俩都表现出一种极为惶恐不安的样子,回答我提出的问题时,总是结结巴巴,支支吾吾。用事后幺叔的话说,我的气场一下子就压倒了他们兄弟俩。

"这屋是你的?"

"嗯。"

"什么时候建的?"

"这，这……大概……时间都太长了，我……都忘记了。"他不敢正面回答我的问题，嗫嚅说。以我的经验，这是心虚的表现。

"有土地证吗？"我问，目光同时转移至另一个人的身上。

"这……这……这个要问幺叔才知。"二人同时把目光都集中在幺叔身上，似乎希望得到他的庇护。

"问他？这是他的房子还是你的房子？"我进一步紧逼，没半点含糊，连眼角都没瞟幺叔一眼。

"这……"

"我在问你们话呢？"我在他俩跟前摆摆手。

二人仍然没有回答，一脸尴尬。

幺叔看到我镇住了"场子"，应该由他"收场"了，便开口说："哎呀，你看你们兄弟俩，多大的事，都惊动到市里的人了。问你们话，你们又不回，咋搞？"他咧开嘴，笑着对我说："黎主任，我看这事还是交由我们自行处理，行吧？"

我没有回答，直接把目光转移到李氏兄弟二人身上。二人似乎如释重负，一下子像鸡啄食地点头。兴友嘴上虽没说什么，可眼睛却一直笑眯眯地看着我和幺叔。

幺叔黑溜溜的眼珠一转，忙两头劝："这样吧，你们两屋之间的间距有一米多宽，实际上这部分地都是没有入你们土地证的，你们俩谁都没有这几分地的使用权。我看这样吧，保持原状，留着采光，通风透气，双方不要因为这芝麻蒜皮的小事闹得街知巷闻，你们意下如何？"

当事双方都各自低头，没有吭声。

"那就这样吧。"幺叔说。

"听幺叔的话，就这样吧，老表！"兴友抓住时机说了一句缓冲的话。他边说边从裤兜里拿出手机，向后倒退几步，朝我们连同身后的建筑物拍了张照片。

兄弟二人你望望我，我瞧瞧你，然后点了点头，算是同意了我们的处理结果。

兴友在两人肩膀上拍了拍，说："都是自家人，有多大的事，过去就过去了，赶快该做什么就做什么去。"他折过身，"其他人都散了吧。"

…………

从社下村出来，我发觉我有点头晕，脚步有点儿浮。风轻了许多，但阳光依然猛烈。幺叔和兴友都没有察觉到我的异样。坐在幺叔的车子里，我很快迷迷糊糊沉睡下去，一路昏昏沉沉，直至回到驻点，兴友才推醒了我。

回到驻点，天已经全黑下来，我披上衣服，站在驻点的阳台上抽烟，黑漆漆的夜如同一个大黑锅倒扣在天空，远处明明灭灭的光似乎在黑夜中呼吸。我是个不喜喧哗的人，这样安静的环境倒合我意。

"嘟嘟……"手机上一条信息跃入眼帘。"我们的大作家，李如清的房改方案已经确定，明天我们在村委会碰头，待确定可行后再向奇鉴支书汇报。"幺叔确实是个能说会道，并且效率不赖的人。

我在微信里回道：好的，明天上午回村委会商议。

回到房间，我打开灯，默默地喝了口茶，摁开手提记事本。现在的扶贫干部单单懂扶贫工作还不行，随着劳动强度的增强，电脑办公的高效和便捷，对扶贫干部的知识面要求也越来越高，越来越广。电脑应用，扶贫系统使用，制表看图，会计，统计，等等，你都要懂得。总之，围绕办公工作的一切你不但要懂，还得会做，而且要快。有时候我们的身体可以承受这么高效的"频率"，可我们思维却真还没有转得这么快。还好，遇到这种情况，镇扶贫办和县扶贫办的同志会通过微信不厌其烦地提供专业的指导。思考了一番后，我开始逐一整理记事本记录下来的这几天的工作内容，分门别类整理有记录需要的资料，并且按扶贫系统要求输入数据。当我把手头的工作完成之后，心中稍稍安定了些，这才觉得腰累得快断了。

经过近一年的扶贫工作，我对系统各种功能和使用都熟稔于心，操作起来自然得心应手，跟来时的"摸着石头过河"已不能同日而语了。因此，在工作量成倍增加的情况下，依然能应付过来。

三十二

时间在一秒一秒之中悄悄而逝。电脑闪着蓝色的屏光,广东精准扶贫信息系统经过两次调整后,无论功能和选项都大大"优化",里面按信息分门别类,主要有基本登记、扶贫主体、扶贫措施、帮扶成效、数据监控、资金管理、统计汇总、档案管理等八大类。八大类当中又各自细分出多个项目条块。项目条块中包含了贫困户的基本资料和个人信息、相关的扶贫情况、村委会主体情况等。

尽管记事本里清清楚楚地把每天做过的事情记录下来,但要逐一整理并录入系统,还是颇费精力。操作起来,常常要不时查阅资料,感觉时光短暂,时间永远不够用。调整后的广东扶贫电子信息平台,零时一到,系统就会自动关闭,强制保证扶贫干部的作息时间。面对调整后的信息平台,我只能把工作做在前面,否则遇到呈报信息之时,往往平台又会"赌气"——"大塞车"。

夜已深了,月光透过窗户洋洋洒洒地映入房内,洒在雪白的墙上。罗锅老街早已寂静无声,偶尔一辆小车或摩托车碾轧碎石的声音在提醒我夜已经深了。时间大概刚过12点,"嘀嘀……"的一声响,发觉摆在办公桌面上的手机一闪。"这么晚还有信息进来,到底是谁呢?"我心里不禁打了个问号。一看,原来是幺叔。他发来信息说:"你房间还透出光亮,又在赶系统呀?快点休息吧，长命功夫长命做啊！记得明天还得回村委会议事哟。"

我手指起落，回了一行：好的，这就洗澡找周公寻梦去。晚安！

都这么晚了，幺叔肯定又是在为他新盖的房子操劳。

第二天一早，我准时来到罗锅村委会。冰姐一大早已经把办公室打扫得干干净净，开水在电磁炉上"吱吱"地喷着白气。

"早晨！小阳。"幺叔一进门就脸上带着笑容向我打招呼。

"早呀！"我一边把摩托车停泊在村委会大门左侧的背阴处，一边忙不迭地跟他打招呼。

一进办公室，幺叔便在长形的办公桌上摆出了一张A4大小的手制地形图，图纸是用签字笔绘制的，上面清晰地标注了泄洪渠、巷道等周遭的地形，并标注了长度单位。图纸中心是一个用红色签字笔画的梯形。我一看，便知道这应该是五保户李如清房子的最新图纸。

"看看这个方案好不好？"幺叔把桌面上的图纸往前推了推，示意我参详一下。奇鉴支书抿了口茶，站在了我的身旁。兴友、冰姐和小红都同时围了上来。大家围在长形的办公桌前商讨起来。

图纸上的红线清晰显示出李如清的房子各项数据：高7.5米，两头分别是3.5米和3.8米纵深，成一个简单的梯形状，面积达到了县危改后的住房标准，整座房子基本依巷道的走势而设，与屋后的泄洪渠走势大致相同。在达标的情况下，保证了不影响周邻和原来的地形地貌，我知道虽然这项工作并不复杂，但幺叔肯定花费了不少心思。

"嗯！这个方案不错。"奇鉴支书咂了咂嘴。

"那就这样吧。来来去去,都是这丁点儿的地方。再想,可就把幺叔的头想成'地中海'了。"兴友把目光转移到幺叔稀稀疏疏的头顶上。

"嘿!人老了都是这样啦!"幺叔抄起手在头上来回扫了几下,"你以为年轻啊?"

"十个光头九个富,这叫福气。"小红咧嘴一笑。

幺叔一个激灵:"真的假的?"然后很快像个上当受骗者,软瘫下来,说,"切,那我大概是排第十的那个人。"他的动作夸张而滑稽,令在场的人差点儿捧腹大笑。

既然李如清的危房改造基本达到县住建的要求,那么罗锅村7所危房改造就全部消除了技术上的障碍。接下来,幺叔将忙着衔接县住建局和建筑施工的事情。时间紧,任务重,还得让危改户满意,工作量自然不小。遇到谈不拢的,还得为危改户提供更多的选择,直至谈妥为止。但是没办法,这是一项政策性的刚性任务,你愿意也要干,不愿意也要干,这一点,是绝对没有讨价还价余地的。

十点半,阳光从外面直射进来,空气中带着躁动的热浪。村委会大门两侧的白玉兰树一动不动,没有丝毫的风。罗锅村民委员会的办事厅,已然喧嚣起来,进进出出的村民像走马灯似的。这段时间来村委会开证明外出务工的特别多,大多是些回乡过年返工的村民。实际上,今年的情况特殊,往年的这个时候,他们早就开工足足有两个多月了。

当天下午,镇政府再次召集所有驻村干部,包括"省定贫困村"中山方面的扶贫干部以及各村新雇用的保洁员、电商专员开会。会议从下午三点半开始,主要分两部分,前半部分由主管镇扶贫工作的副镇长陈健主持，主要涉及"迎接省检"档案的统一标识问题，希望各村将现有档案的封面、目录、内容、序号以及装订都统一起来，要求各村扶贫工作队尽快提出方案和建议。会议后半部分则由镇扶贫办专职副主任唐汉健主持，前半段主要简明扼要地给新雇用的保洁员和电商专员解释工资待遇和薪金问题，后半段着重给电商专员讲解工作要求和普及相应的电脑常识。

会议持续到五时才结束。我跟着众人出了镇政府三楼的会议室，阳台的走道上挤满了黑压压的人，叽叽喳喳的，大家都在讨论着刚才会议上的问题。当我下了楼，来到一楼大院时，雍和村的电商专员俭飞正一脸焦急地站在我的车旁东张西望。

"阳哥！"俭飞一见到我就隔着人群向我迫不及待地招手。

夕阳西沉，我看了看手腕上的表，时间来到了17时15分。

"是不是没有开车过来，打算坐我的顺风车？"我边说边加快了步伐，朝他走去。荔洞村的臻哥和曾宽村的周科不明就里，紧随我身后。

俭飞见我加快脚步，也迈步迎了上来。

"不，不是坐车。"俭飞连连摆手。

"嗯嗯，看你都急成啥样了，有事吗？"我关切地问。

"我，我都说了我是做不来电商专员的。"俭飞一急，不由得抱怨起我来。

听他如此说，我不由得丈二和尚摸不着头脑。

"你慢慢讲，不用着急。"我安慰他。

"哎呀！我，我完全没有一点电脑知识，这电商专员我肯定做不来。刚开会时，我听了半天，不知那个唐主任在台上说了些啥!"他一急,冲我抱怨起来。

"哈哈……"随后赶上来的臻哥、周科几乎同时笑了起来。

"哎呀!俭飞呀俭飞!"我收起笑声,"今天是唐主任在会议上讲解一些关于电商工作的概括性常识,明与不明也不打紧,接下来肯定有专业的人员向你普及电商的具体操作和应用,你就放心好了。"我平心静气地安慰他。

"对呀,对呀!你就放心好了。"周科一口蹩脚广东话,带着浓郁的湖南口音,一开腔就像点燃了一串炮竹,又高又亮。

"对,这个你不要担心,每个电商专员都是一张白纸,你五官端正,耳聪目明,有什么理由学不会。"臻哥也接过话茬安抚他。

"放心啦!俭飞——你学不会,我会跟你一起学,再手把手地教你在网上操作,这还不行吗?关键是不是你不想干?"说到最后我佯装一副生气的样子出来。

"不,不是呀,不是呀!"他连连摆手,说起话来嘴巴打起结来。

"我最不喜欢那些做事虎头蛇尾雷声大雨点小遇到困难就打退堂鼓的人。"周科拉起嗓门一顿劈头劈脑,说起话来中间根本没有停顿,我真佩服他,五十多岁的人依然中气十足。

俭飞站在那,一时不知所措。

"好了,好了,想干就行。"我打了个圆场,"每个月有1550元的固定收入,还有社保,而且还可以兼顾其他工作,这可是份'优差'。"我乜斜他一眼。他愣愣地站在那,腮帮一片红晕,像个未出嫁的大姑娘。

"俭飞啊——你年纪也不算太大,才四十七八岁吧,还年轻得很,只要用心,哪有学不会的东西。反正你想干,我就手把手地把你教会为止。"

他定睛盯着我,点了点头,像向我保证。

"这就对了。"我说,"有没有信心?"我突然稍微提高分贝。

他一怔,然后突然来了个挺胸收腹:"有!"

"哈!这就对了。"周科竖起了大拇指,"放心好了,扶贫力度在不断加大,只要你脚踏实地,肯学肯干,想穷都难。"

俭飞搔了搔后脑,只顾憨笑着点头。

"用不用搭我顺风车回去?"我关切地问。

"不用不用,我开摩托车过来的。"他显得释怀多了。

"那好,我还得回驻点忙档案资料,你有什么事直接找我或者给我打个电话。遇到困难多问,不用怕。"最后我叮嘱俭飞。

"哦!"他憨憨地又搔了搔头。

…………

当车子驶出镇政府大门时,我见俭飞依然站在原地目送我离开。那一刹那,我心中无限感慨:我纯朴的农民兄弟姐妹啊!你们可能错过了你们最黄金的岁月,你们大概缺少那份坚定拼搏的心,但你们有的是善良和质朴。只要肯学肯干,就没有什么困难可以把你们难倒,你们最坚实的后盾就是党和国家。党和国家安排我们扶贫干部到这里来,就是要唤起你们劳动的热情,改变观念,抛开因循守旧思想,彻底斩除懒根!

车窗外,金色的夕阳洒遍田间。农人在山间、田野里忙碌着,远处的乡村升起缕缕炊烟,一条条乡间小道在无边无尽的翠绿中蜿蜒穿行。我心中无限欢欣,轻轻摁下窗钮,车窗缓缓地降下一道细缝，一股清爽的晚风如山泉般裹挟着沁人心脾的淡淡竹香灌入车内。陡然间，眼前一切事物变得舒爽而宁静，惹人欢喜……

三十三

在外人眼里，新春那场"不速之客"——新冠病毒，令我们有一段相当休闲的时光。但对于扶贫干部，那段时间却是最为忙碌的日子，每一天，几乎每一根神经都绷得紧紧的，就好比一张拉满了弦的弓。尽管春节过后，省委省政府旋即下达文件，"省检"暂无具体时间表。但2020年全面脱贫已是板上钉钉般铁的事情，如此，扶贫干部实际上不敢有一丝一毫的懈怠。

从2020年1月28日，即大年初四，我赶回驻点加入到疫情防控一线以后，几乎持续了一个半月没有休息过。换而言之，在长达一个半月的时间里，我没有返回过端州的家，也没有尽儿子的孝道去守护爱我疼我的母亲，更没有尽到丈夫和父亲的责任去呵护我的妻子和儿子。这天晚上，我在房间整理资料归类，忽然手机在桌面上急剧振动，像个修路的夯土机。

"喂！孩子他妈。"爱人通过"微信视频"直接拨通了我的电话，我连忙叫她。

"喂，喂……"我一连喊了几声。当我把手机对准脸庞的那一刻，原本亮亮堂堂的屏幕像忽然中断了信号。"唰"的一下，屏幕一片漆黑，我一怔，听到手机传出细细的呜咽声和摩擦声。

"孩子他妈，孩子他妈……"我再叫了几声，那边剩下"沙沙"的摩擦声传过来。不一会儿，手机屏幕重新露出了移动的光亮。

"怎么啦？"我关切地问。

"没什么，没什么。"她重新把手机对着面部。

"干吗啦？"我发现她脸上有浅浅的泪痕。

"没，没什么，就是想见到你。"她一边轻轻擦拭脸庞，一边静静地看着我。

"哦——"我终于松了口气。隔着屏幕，我能从她的眼中感受到那种深沉的爱和怜惜。

"你，你瘦了……"爱人隔着屏幕抚摩我的脸庞，眼里泛起晶莹的泪光。

我在手机前挥挥手："我减肥成功了。"

"你瘦了，又黑了。"爱人继续喃喃地说。

"哎呀！黑黑实实才健康，多少人也恨不来呢。"我安慰她。

"你把手抬高，让我看看。"

我按她的意思抬高了手。

"哎呀！都成黑熊掌了。"她惊叫起来，"你在那边没煲汤？"她问。

我耸耸肩，说："哪来的时间煲汤。"

"不行不行，这个周末你再不回来，我就把汤给你炖好送过去。"她大声地嚷嚷道。

"那不行，现在疫情仍未解除，你不能乱跑。"

"我可不理。"她耍起了小脾气。"裕朝，爸爸在这，快过来跟爸爸聊聊天。"

"爸！"

"怎么啦？为什么不跟爸爸说话？"我温婉地问。

"爸，我怕……"儿子瞪着屏幕往爱人身上靠。

"裕朝,你怕啥?"忽然之间,我感觉到眼圈湿湿的。

"爸——我,我怕你老得太快。"他靠在爱人身旁低垂着眼帘。

我心一酸,内心有一种说不出的难受。"傻孩子,人总会老的,就像你从前小小的个子,现在却长得又高又帅……"我极力让自己平静,并装出一副若无其事的样子来安慰儿子。

"爸,你白发多了,瘦了,黑了……"他把目光转移到他母亲身上,似乎在向他妈妈求证。

妻子没有吱声,只是揽着儿子满眼忧郁地盯着屏幕。

"爸,你啥时候能回来?妈妈挂念你,奶奶也唠叨你了。"儿子嘟着嘴问。

"嗯!奶奶和妈妈都想爸爸了,哪你呢,你想爸爸了吗?"我问儿子。

儿子点了点头。

"那好吧,你们都要保重身体。"我叮嘱说,"这周工作也忙,就不回去了。"我最后不忘补充一句。

"嗯!"她点了点头,眼圈红得像个熟透了的桃子。

"叮咚!"微信视频的结束声一响,让人感到特别的压抑……

3月11日上午,在县委县政府综合楼六楼常委会议室召开了一次脱贫攻坚专题会议,县主要领导,县扶贫办专职副主任,县委组织部、县纪委监委、县教育局、县工信局、县民政局、县人社局、县医保局、县社保基金局、县供电局等单位相关负责同志和县扶贫办省考核资料核查组有关人员参加了会议。

会议传达了前一天县委常委会对县脱贫攻坚工作的指示精神，同时对县脱贫攻坚下一阶段做了工作部署。会议要求：一是由县扶贫办、县纪委、县委组织部组成联合督查组到各镇开展督查工作，县扶贫办负责业务督查，县纪委负责对镇、村责任落实、工作落实、政策落实进行督查。对不作为、懒作为、形式主义、官僚主义进行执纪问责，绝不手软；二是各保障部门要对号入座，对照本部门职责，全面核查贫困户"八有"落实情况，并要确保全县各项政策保障落实数据全县统一；三是联合督查组当天要将核查情况反馈给相关县领导和督查镇党委书记、镇长，并在全县工作群内通报；四是对在此之前核查的镇、村要开展"回头看"工作。以上工作要求在本月中下旬内完成，各部门核查情况书面报县扶贫办。

通知一下达，各扶贫单位及基层村委会便迅速行动起来。罗锅村委会一直是镇内最少干部的基层单位，为了尽快完成任务，奇鉴支书马上召开罗锅村全体党员干部会议。会议除了传达上述工作任务之外，还言简意赅地强调：脱贫攻坚到了最后的冲刺阶段，这是检验我们多年工作成效的时刻，全体人员，包括村委会非党员以及村民小组长必须全部动员起来，层层落实责任，任务到人，全面核查建档立卡贫困户"八有"落实情况。

此次检查，我和幺叔被安排做后勤，主要负责收集各类问题反馈，一旦接到信息，必须立即赶赴现场，能解决的现场马上解决，不能解决的立刻递交书面报告至村委会汇总。

那两周，罗锅村委会全员像一锅烧开的油，我们一面要保证防疫安全，一面又要动员全村党员干部、村民小组长迅速行动起来投入到核查工作当中。好在，奇鉴支书把工作做在前，防疫物资准备及时，像口罩、手套、洗手液、消毒液等早已一应俱全。

接下来，我们用了半个月时间，联合镇驻村干部分组行动，对罗锅村44户建档立卡贫困户进行实地走访，除反复核实"八有"情况外，还详细了解他们日常的生活习惯、健康状况、生活现状、收入和支出情况以及他们的心声和诉求。同时对于个别家庭环境差的贫困户传播卫生环境与健康的重要性，引导他们保持干净卫生的家居环境。通过走访，罗锅村"八有"无一出现问题，但按照"优中更优"的工作态度，我们把工作做得更细致一些，一些不涉及"八有"问题的我们也罗列整理了十多宗。通过"地毯"式走访，我们把反馈回来的问题集中起来，马上成立以奇鉴支书为组长的"特别"行动队，通过镇扶持一点、村补贴一点，驻村工作队挤出一点，迅速解决问题。除此之外，镇政府还组织一批生活用品，比如毛巾、水桶、牙膏、牙刷、镜子、蚊帐、被子等，还专门安排人员协助贫困户清理家居环境，张贴字画。贫困户李汝焕由衷地感慨：一直觉得，家只是一个睡觉的地方，美观不美观都毫不重要，但自从家居环境搞好以后，才真正有了家的感觉！

自3月初以来，全县组织多次电视电话会议，强调以交叉检查和督查相结合，坚持以查找问题为导向，紧盯问题和短板。为确保脱贫成效，夺取脱贫攻坚的最后胜利，坚决打赢脱贫歼灭战，罗锅村干部统一思想：不怕有问题，就怕找不出问题。罗锅人不仅主动自查，还设立群众举报奖励制度，形成"倒逼工作机制"，做到有问题件件落实，有疑问事事有答复。设置问题明细台账，全面跟踪教育、医疗、住房和安全饮用水保障制度，确保不漏一户、不漏一人、不漏一项。工作层层落实，反复检查，虽然工作量大，每个人都忙得像停不下来的陀螺，但不可否认的是，虽然累，可大家都精神饱满，信心十足，毕竟付出的努力，收获的是丰硕的成果，胜利的曙光也已经在不远处招手。这更让我们的干劲十足。

三十四

从3月15日开始，全体驻镇挂点扶贫工作队搬至镇政府三楼会议室集中统一办公。或许是上级部门考虑到扶贫攻坚到了关键的时刻，把扶贫干部集中在一起办公，可以提高工作效率的缘故吧！

搬离罗锅村那天，我刚刚驱车驶出罗锅广场的疫情防控点，就见到奇鉴支书正陪同一大茬人在绥江竹韵广场调研。我把车子停了下来，摁下车窗，"支书！"我伸出手远远地朝他打招呼。原本想着打个招呼便赶往镇政府，可奇鉴支书举了举手，便朝我径直走来。一个正装打扮的中年人也跟了上来。我赶忙打开车门，下了车。

"这是我们罗锅村的扶贫干部小黎同志。"奇鉴支书向身边的人忙不迭地介绍，"小黎，这是我们县旅游局的梁局长。"

"幸会，幸会！"我们彼此握手。

"梁局，小黎是位作家，刚来罗锅村就有篇写竹海大观的文章在《西江日报》上发表，我看过，写得相当不错！"

"那真是太好了。"梁局长听后，很高兴地紧握着我的手，"搞旅游离不开文化。感谢你来支持我们的山区县呀！希望作家同志为我们本地文化多出精品，把我们得天独厚的美丽风景宣传出去。"

"梁局见笑了，这是我应该做的。"我答道。

"对了,小黎,你这是要去哪啊?"奇鉴支书问。

"哦,是这样的,镇政府要求扶贫干部暂时搬到镇政府办公。"我解释说。

"啊!"奇鉴支书一脸惊讶。

"是这样的,支书,我搬到镇政府统一办公,主要是整理'迎检'资料,做好了就马上回罗锅村。"

"定了?"他问。

"定了。"我耸耸肩回答。

"那定了也是没有办法的事。"他一脸无奈。

我知道,罗锅村委会本就缺工作人员,本来村委会每一个人都忙得够呛,我这一走,他们会更忙碌。

"那好吧!先安心把档案做好,尽快回来,罗锅村人手紧缺呀。"他叮嘱我说。

"嗯,好的。"我答。

"欢迎您下次抽空来旅游局指导工作。"梁局非常客气,并再次握手。

"梁局客气了。"

沿着442乡道往绥江上游而去,过了曾宽村,很快到了镇政府。

三月的天,说变就变,刚刚还是阳光明媚,满天晚霞,转眼,便下起淅淅沥沥的小雨,寒雾弥漫。陡然间,远远近近的景物变得愈加模糊。小镇安静无声,隐约从田野里传来阵阵蛙叫虫鸣。

晚餐在镇政府平日用来接待用餐的小餐厅,因扶贫干部的到来,这里临时腾出来给扶贫干部作临时用餐的餐厅。

副镇长陈健此刻围在圆桌旁跟大家一块儿用餐。他一边往嘴里扒饭，一边询问近阶段各村的工作情况："对了，前段时间群里发了'迎检'档案的标准，大家按要求做得怎么样了？"

"都差不多啦。"臻哥嘴里含着一口未咀嚼的饭，回答起来有些含糊不清。

"镇委杨书记明确表示，'迎检'档案必须全镇统一标准，封面项目都要统一印制。"他顿了顿，目光睃巡一圈，像是等待各人发言。

"统一印制封面目录，这经费谁出？"曾宽村的扶贫干部周科直截了当地问。

"这一点还未明确，镇也有镇的困难。这样吧，明天大家抓紧时间先把档案全部送过来，杨书记说了，档案必须统一，不完工绝不收'兵'。"陈健斩钉截铁地说。

"看来档案一日不统一，我们就一日不能回家了。"我半开玩笑地说。

谁知，陈健却一本正经地回了一句："你想家咯？"

众人见陈镇长如此说，都各怀心事，没有再吭声。是呀！一个多月的连续"作战"，说不想家是假话，但工作摆在面前，也是实实在在的事情，接下来大家草草吃过晚饭，都各自散去。

晚饭后，我驱车往驻点赶。心情影响一切，看来这话一点都不假。这不车刚驶进罗锅村口，我就发觉整个村子一片漆黑，看来是又停电了。摸黑进了家门，好不容易摸索着找来两根"洋烛"。奔波了一天，本想泡个冷水浴早点休息，躺在床上一时半刻却睡不着了。我干脆起来借着手机中的"手电"，把之前整理好的"扶贫"档案全部打好包装，明天一早就往镇里送。

从罗锅村到镇政府有十来公里路程，罗锅村至荔洞村高速路口段，经过连场大雨之后，道路变得坑坑洼洼，泥泞难行。不过几天前我去白坎村办事，回程的时候误打误撞竟然发现了一条前往镇政府的小道。尽管路程要比走江禄线乡道要远一些，但全程清一色的水泥路，走这条路肯定要快很多。

第二天一大早，我抄白坎村前的那条小道赶往镇政府，果真只用了大概20分钟，在八时前就到达了镇政府。

此后，就开始了在镇政府办公的日子。"迎检"档案资料整理，看似简单，却因资料太多，涉及面广，强度远远超出了众人的想象。因为省检并没有明确档案统一模块，更多时候大家都是摸着石头过河，往往上午大家定下版本，下午又要再做出修改。进驻三楼会议室统一整理资料的第三天，镇终于把"迎检"档案的标准定了下来，可不到三天，县的统一整理标准又再次下达，无奈之下，只能又从头做起。尽管大家在反反复复的修改中疲惫不堪，但谁都没有怨言。到了这个节骨眼上，大家心里都明白，省检在即，这是一次对扶贫工作的"大检阅"，是对此前各单位各部门一次全面的"大考"。好与坏，将直接影响到脱贫攻坚的成效，就好比学生考试，纵然你平日如何优秀，也需通过"考试"来一锤定音。

虽然我们统一进驻镇政府专心整理资料档案，但各村的其他扶贫任务我们依然需要及时跟进。事关扶贫工作，任何一个环节都不能放松。就好比一台高速运转的发动机，要想正常运作，任何一个零部件都至关重要。否则，只会顾此失彼。

尽管扶贫工作并没有像单位"打卡""签名"等方式的时间

限制，但因为工作量大，这看似宽松的工作制度近乎没有用处。那些天我们的上班时间基本是上午的7时30分到晚上的10点，甚至干到深夜一两点钟也是常事。

三十五

　　那天晚上,大家正在埋头整理资料。晚上11点左右,大成村良哥的手机一连响了好几遍。当时我们正聚精会神地讨论如何完善"助力扶贫消费"部分的档案资料,并没有太在意他的举动。估计良哥是怕打扰大家工作的劲头,几个电话都没有接听,随后还把手机调整为振铃。接近零时,当我们步出镇政府大院时,"爸爸!"一个清亮的声音划过阴暗寂静的夜空,从路边的一角传了过来。

　　大家循声望去,只见镇政府南侧的门前停着一辆小汽车,小汽车一侧的前后车窗都摁下了玻璃,前座是一个女人,后座一个小男孩,有四五岁,正在后座探出脑瓜把小手伸向我们拼命摇晃:"爸爸,爸爸!"

　　我们不约而同地停下了脚步,惊讶地打量着眼前的情景……

　　很快,一个亢奋而略带沙哑的声音从身后传来:"儿子,儿子!"话声刚落,我身后一条黑影便轻轻晃出,轻盈得像位武学大师。众人定睛一看,原来是大成村的良哥,没想到近200斤,平日行动起来像个大灰熊的他,此时却动如脱兔,快如猿猴。

　　"你怎么来了?"良哥飞奔过去一边拉着儿子的手,一边拉着那个女人的手。

　　"怎么来了?我以为你不懂得回家了呢?!"她嗔怪说。

　　"爸爸,我想你了。"小男孩伸直双手,半截身子挺出了窗外。良哥松开女人的手,一把从后窗将孩子抱了过来,揽在怀里:"乖儿子,爸爸也想你了。"

孩子忽然从他怀里挣脱出来,一双眼珠子在昏暗的街灯下扑闪扑闪,像两颗爊灿的夜明珠。小男孩瞄了瞄妈妈,一双小手环起喇叭状,贴着良哥的耳边说:"爸爸!妈妈可生你气了。妈妈说,你把我们忘记了……"男孩声音很小,说得很慢,但在这个寂静的夜晚,我们却听得一清二楚。良哥没有吭声,他腾出一只粗大如扇的手掌,轻轻地抚摩着男孩的后脑勺,然后靠近她,嘴动了动,却始终没有吱声。

女人朝我们这边望了一眼,有点尴尬地对良哥说:"勿听孩子乱说,我煲了汤,顺路给你带过来。"

"爸,我没有乱说,我没有乱说……"小男孩嚷嚷道。

周科给我使了个眼色,我顿时醒觉,顺手拽了拽臻哥衣袖,臻哥幡然醒悟:"哦,哦……"我们迈开脚步就往前走。拐进小镇的刹那,我们都不约而同地回头看了一眼。灯光下,一团拉长而变形的身影映照在刚刚刷了白灰的洁白的墙上。

一窝"豆豉粥",一碟青菜,一个干炒米粉,这是我们几个扶贫干部近期的指定夜宵。一整天的忙碌,体能消耗巨大,深夜下班后多多少少吃点食物,补充点能量,身体是革命的本钱,这个道理我们还是懂的。几个人围着坐下后,周科给良哥发了个微信:兄弟,你过来不?过了好一阵子,周科的手机才"叮咚"一声,周科一字一句地念了出来:兄弟,你们慢慢吃,今晚不用等我了。后面显示了一个抱拳的图像。周科骂了一句:"重色轻友。"

也难怪周科骂良哥没良心,重色轻友。周科驻点离镇政府不是太远，车程在10分钟上下。近些天，大伙儿每天都加班加点。良哥人长得胖，患有高血压，一顿忙碌过后，往往显得体力不支，抓紧时间休息，于他来说比什么都重要。因此，热心的周科主动腾了个床位给良哥，让他休息更方便。反正平日周科都是一个人优哉游哉，自得其乐。

趁着菜还没上桌，我们埋头商量如何捉弄那个没心没肺的"肥良"。周科眼珠转了几圈，拍着大腿说："这种事，非臻莫属。"最后我们推选出最为搞笑的臻哥来完成这项任务。

"噢！不用等我？你难道真的不懂回家呀！"臻哥捏紧鼻子，装起一副娇滴滴的娘子腔，嗲声嗲气地发了一段语音过去。我们猜想，良哥多半会使用"免提"接听我们的信息。这不，只眨眼工夫，周科的手机屏光一闪，良哥回了一个信息。我们扒在台上围成一圈，头碰头地读起良哥的信息：各位"大神"，求求你们别再奚落我了。难道要兄弟俺今晚跪榴梿不成。最后还打了个哭腔。

"算了，算了。我们就放他一马。"周科一焦急，一口带着浓重湘西口音的话便脱口而出，"就别再捉弄他了。也难怪，几个星期都没有回家去。一日不见如隔三秋啊。"周科耸耸肩。

很快，几个小菜就摆上了桌面。"周科，您看罗锅村'消费扶贫'这一块的迎检档案资料如何做？毕竟我们村主要以鼓励外出务工为主，这一块并没有具体的消费项目。"我向周科请教。

近十年来，虽然村容村貌变化巨大，村村都实现了水泥硬底化道路，建了文化娱乐场地，罗锅老街更是修整了一条"文化长廊"，对当地风土人情有"画龙点睛"之意。行之有效的"奖补"措施更是大大刺激了村民的务工热情。但也正因为如此，罗锅村并没有形成大规模的集中消费扶贫项目，多是一些农家散养的鸡、鸭之类的农副产品，充其量是为劳动力增加收入，起到锦上添花的作用。虽说每个村的扶贫情况都因势利导，有所侧重，精准施策。针对"消费扶贫"形成纸质资料档案，却令我十分头痛，毕竟贫困户没有规模，数量也非常小，不易保存交易数据。

"来来来，先喝粥。"周科皱紧眉头，欠起身子往桌面上的白瓷碗里舀粥。我知道他正在思考我刚才的问题。

臻哥乜斜一眼周科，没有吭声，直接把刚舀满粥的白瓷碗捧在手里。

"小心，小心，烫！"周科慌忙提醒他。

"放心啦！"臻哥回了一句，慢悠悠地转动手中的瓷碗，鼓起腮帮子朝碗内吹气，一副胸有成竹的样子。

"这家伙，点子多，他肯定有办法，他在'卖关子'呢。"周科用眼角瞄瞄臻哥，呈手枪状的手抖动手腕，指尖戳向了他。

臻哥继续转动瓷碗，嘴却贴在碗边像一台开动马力的抽水机，然后很享受地吸了一口，自得其乐地咀嚼起来。

"你在我们面前卖什么关子，你傻呀！"周科把捏紧的拳头在空中晃了晃。

"好了，好了。我说了便是嘛。"他装出一副恐惧的样子。

"哈哈……"我们三人同时大笑起来。

"嗯，像你所说，罗锅村的情况，档案材料并不复杂。首先我们要理解'消费扶贫'的含义。"臻哥把两手交叉于胸前，"消费扶贫可视为一种助力消费的方式和手段，而并非必须产生交易才算。罗锅村不是曾两次成功举办过大型的'苦笋节'么，那就是很好的材料呀！这样的消费扶贫可大做文章呀！"

嗯，真是一言惊醒梦中人呀！"对呀！"我朝他竖起了大拇指。

他咧开嘴，笑说："还有，贫困户散卖的农副产品也可以收集起来，竹笋、笋干、蔬菜、菜干等都可以通过图片佐证收集起来，如果可以得到贫困户的签名确认当然就更好了。如果把这跟'苦笋节'联系起来，前者不是为后者打开了更广阔的销售空间么！"

出了小店，小镇的街道早已空无一人。沿着街道往回走，清冽的空气迎面而来，先前的几分倦意顿时全无。氖气街灯在萦绕的夜雾中拉下长长的光芒，三个并肩而行的影子在我们前方摆动，如走在同一段"征途"。

眼前突然闪过良哥刚才温馨的一幕，我也想家了……

三十六

翌日,刚刚吃过早点,我从二楼食堂转上楼道,手机铃声响了起来。

"喂,我是,你是小红?"

"嗯,我是小红。阳哥,你们的迎检资料有党建工作这一块,是吧?"

"对,有。"我答。

"你做好了没有?现在村里的党建资料也需要整理一下,扶贫办的唐主任说,你们有统一模块,让我参照一下,方便吗?"

"当然方便。"

"你什么时候回来?"

"没特殊情况,我们现在都是晚上10点过后才下班。"

"噢!真是辛苦你了阳哥,那……"她停顿了数秒,"那……"

我打断她的话:"下午我给您送过去吧。"我说。

"噢,不用不用。你那边工作忙。这样吧,下午下班后我正好要到镇上取包裹,到时我到了镇政府就给你挂个电话,行不?"她问。

"可以呀。"我爽快答应道,可回心一想,记得小红都有几个月的"身孕"了,我赶紧说:"不,不用了。还是我下午抽空回去吧。"

她似乎猜透了我的心思，话筒那边传来她淡淡的笑声："哎呀，你真是！"她停了停，接着说，"半个月没见，往日做事干脆利落的阳哥去哪儿了？就这样吧，反正我要到镇上走一趟。"

"嗯，那好吧！"我答应了下来。

接近下午六点的时候，我整理好"贫困人口与精准识别"科目的序言，正闭目靠在椅背上休息，"叮咚"电脑上的微信响了一声，小红打了个可爱的"微笑"过来："阳哥，在哪？我到了，就在镇社保站门前。"她码字的速度极快。我见识过小红使用手机打字的速度，那简直是视觉上的一种享受。小小的手机，无非是巴掌大小，即便是一双巧手，同时在巴掌大小的方块内灵活摁动那细小的键盘，我知道那绝非灵活的几根指头就可以做到。她做到了，长年累月的繁忙工作，使她指尖起落之间有一种飘逸与灵动。

我赶紧步出室外，攀在三楼的护栏边朝下张望。就见小红罩着一个好看的摩托车头盔，穿着一身宽松的黄白相间的孕袍站在摩托车旁。

"小红！"我扯着嗓门朝下叫了一声。

她抬起头，朝我招了招手："阳哥，我在这呢！"

"噢！我这就下来。"我连忙向她招手。

我返回室内，拽起那摞事先就整理好的"党建"资料，匆匆往楼下走……

"阳哥，你瘦多了，睡得不好？"一见面，她就关心地问，然后欠身打开座位下清空了的储物"斗"。我默契地将资料往里放。

"你倒是脸色红润，比从前更精神了。"我笑说。

她粲然一笑,说道:"那当然,现在我是两个人的面容。"她摸摸微微隆起的肚子,接着道,"罗锅少了你这个工作狂,我可省心多了。"

"哈哈……"我哈哈一笑,"可少了你这个电脑高手,我可烦心多了。"

她浅浅一笑,说:"那!"她将手一提,一个食品包装盒呈现眼前,隔着数尺之间发出浓厚的肉味,"送你的。"她眨眨眼,示意我收下。

"什么?"我莫名其妙。

"总之是好吃的,不会把你毒死。"她咧开嘴打趣道。

"好哩!"我搓搓手,然后极其夸张地做了个抹口水的姿态。

"你真是……好啦,我先回去了,等会儿你慢慢吃,这是我从我爸的烧烤档里新鲜烧来的烤肉。"她骑上摩托车,把安全头盔戴上,向我招招手。

"好啦,多谢啦!"我同时也招了招手。

"不客气呢!"她忽然之间正经起来,"你来罗锅扶贫,我们罗锅人都还没好好多谢你呢!"说毕,她"唧"的一声失声笑了。

"嘿!半月没见,小红也爱开玩笑了。"我扬了扬手。

她打了个"拜拜"的手势。"突突突……"驾着摩托驶出了镇政府大院。

历时近一个月的资料档案整理终于在四月中旬前完成。自从春节赶回来以后,我已接近三个月没有好好地休息过了,更没有回过一趟家。乘着资料档案整理工作完成,稍有点空闲,想着该在周末回一趟家,这么久了,孩子都快不认识我这个爸爸了吧。于是,给妻子打了个电话,告诉她我准备在周六即四月廿四日当天下午赶回端州。

俗语说,小别胜新婚。尽管结婚已近20年了,但接到我的电话后,妻子还是有点儿喜出望外。

"嗯,嗯……好,好……"电话那头的她只顾兴奋地应答着。最后,她说:"那你回来当天,我们一家三口到外边吃吧!第二天一早再回去看你妈,好吗?"

妻子兴奋之余,第一时间想到了我的母亲。

我回了一句:"可以呀!不过,我们吃饭后马上回去看看老妈好吗?难得休息,第二天我想在家安安静静地看看书。"

"嗯,好的。你喜欢就好。"她回答说,"哎,哎,哎!你大概什么时候到?我先订餐,好不?"她征求我的意见。

"行了,家里什么时候不是你拿主意。"我回了她一句。

"你真是!对了,回来的时候,小心开车,千万别赶呀!"

从前大大咧咧的她,现在怎么变得啰唆多了。我心里想。

回家的心情总是无比愉悦。我没有走高速返回端州,穿过荔洞村委会,右拐转入442国道线。从横山出口至四会沿线,一路几乎都是沿着绥江蜿蜒前行。四月的傍晚,霞光万道,像短暂而美妙的极昼。绥江之上粼光闪闪,纵眼而去,就像一条喷薄的溶流缓缓流淌。间或,两岸传来婉转悦耳的鸟鸣;辽阔无边的上空偶尔掠过一群群的飞雁。在这天造地设的山水之间穿行,我尽情享受着大自然的馈赠。

周日上午，我和妻子带着孩子来到星湖湾畔露天篮球场，篮球场东西两侧还各有一个羽毛球场和乒乓球场，这是孩子们的运动乐园。看着孩子在篮球场上矫健奔跑的身影，听着满场热闹喧嚣的笑声，我的思想不由自主地飞回我才刚离开不久的罗锅村，想到了我的农民兄弟，想到了村口那个同样是露天，简陋得多的篮球场，想着那群同样喜欢在篮球场上奔跑不修边幅天真烂漫的农村孩子，我立时有了回去的冲动。

"怎么啦？"妻子注意到我的恍惚。

我一怔，从臆想中回过神来："没什么。"

"你——回来都未有24小时，又在想工作了？"她一脸不悦。

我轻轻地在她挽着我的手背上拍了两下："哎呀！儿子长高了。"我把话题岔开。"家里的事情，让你多费心了。"我带着愧疚说。

"真是！"妻子眼睛马上湿润起来，"瞧你——"她拽了拽我的胳膊肘，"两夫妻用得着说这些客气话吗？"

"嗯——"我把手搭在她的手背上。

"爸——妈——"孩子在场边向我们挥手。

"干吗啦？"妻子隔着蓝色通花的铁网朝儿子喊。

"天气太热啦，你们先回去吧，十一点来接我就可以啦。"儿子刚把话喊完，便将头一甩，旋风一般闪进场内。

三十七

"儿子一天天长大,慢慢就有他自己的天地。就像小鸟一样,终究要离开鸟窝,在广阔的天空中飞翔。"妻子以为我感到伤感,安慰起我来。

我淡淡一笑,没有吱声。过了一会才说:"走,去肉菜市场,今天我要好好弄几个小菜,在家陪陪你们。"

"这可是你说的,我可没有逼你。"她拉着我的手朝停车场走去。

午餐我精心炮制了两道小菜:豆豉蒸排骨,水煮牛肉。大概分量不多的缘故,儿子吃起来格外津津有味,风卷残云一般。

"嗯!爸,你弄的菜太美味了。"他一边咀嚼排骨一边对我说。

我微笑着点点头,示意他慢慢吃。

"妈,爸爸是不是很快又要走?什么时候才能回来?"儿子偏过头来问妻子。

"不是跟你说了多少遍,爸爸帮助有需要的人,事情完成了才能回来嘛。"妻子往儿子碗里夹了一块牛肉片。

"那到底是什么时候?"儿子天生有点犟脾气,有不达黄河心不息的性子。

"爸爸什么时候回来跟你有什么关系,你安心学习就是了。"妻子往口里扒了口饭,说。

儿子嚷嚷道:"当然有关系。爸爸回来我就有可口的饭菜吃。还有还有,作文是我的弱项,爸爸回来可以辅导我写作文。"

妻子没有吭声。

"还有还有,我知道奶奶心里每天都担心爸爸,只是嘴里不说而已。"儿子大大咧咧地说。

我瞪大眼睛:"你咋知道奶奶牵挂着爸爸呢?"

儿子一愣,马上笑嘻嘻地说:"你说呢?"他反问了一句,接着说,"奶奶几乎每天都问我,'朝朝,你爸有电话回来不?'那你说奶奶想你不?"儿子眨了眨眼,做了个鬼脸。

我听了默不作声,同时也意识到,儿子近一年来懂事多了。除了身体的快速成长,身心和观念都有了大幅度的转变,这是青春期少男少女的特征吧。其实,在这个时候,作为父亲的我本应好好陪在他身边,见证这个成长过程,毕竟从生理和心理他都需要我这个父亲去辅导他。

儿子似乎看透了我的心思:"爸,你就安心工作吧!奶奶说,你现在的工作特别有意义,还叮嘱我要向你学习哩!"儿子挑了一块有少许肥肉的排骨送往我的碗里,接着说,"儿子想你,但不等于不支持你,我跟妈妈商量好了,无论如何都会全力支持你的。"他一脸的得意,成熟得像个大人。

"快吃啦,菜都凉了。"妻子一旁催促道。

我本来打算晚饭后跟妻子到离家不远的江滨堤路上散步,第二天一早起来就赶回横山。可人算不如天算,大概傍晚六点,刚要开饭,我放在桌面上的手机响了起来。妻子先是一愣马上说:"不要跟我说,又要赶回横山,回来都还不够24小时。"

我没有回妻子的话。驻村以后，无关"痛痒"的应酬、聚会我都极少参与。近半年来，来的电话几乎都是工作电话。

我一看，是幺叔，赶忙接通电话："喂，幺叔。"

幺叔倒是很直接，没有半句寒暄的话："小阳，你今晚能赶回罗锅不？"他问。

我顿了顿，目光不自觉地转移到妻子身上。妻子已经停下碗筷，扭头愣愣地注视着我。

"喂，喂……有没有听到我说话？"幺叔在那头一连喊了几声。

"嗯，在呢，在呢……"我马上反应过来，心不在焉地回答道。

他接着说："是这样的，此前我们安排的两个公益岗位，一个是由县统筹发放，那个没有问题，另一个则由县统筹出资800元，余下750元由镇统筹。今天兴友到镇上开会，反馈回来的信息是，余下的750元要从镇里已下发村委会的保洁费中支出呀。"他焦急地说道。

"那有什么问题。"我回答道。

"哎呀！问题可大了。"

我迟疑了一下，那边又传来幺叔焦急的声音："你想想，镇里此前下拨的经费早已经安排了保洁员，现在突然需要从这笔经费中支出，这意味要解雇一位在职的保洁员。"

经他这么一说，我才意识到麻烦。罗锅的情况我是非常熟悉的。罗锅村委会21个自然村，此前各村都安排了保洁员，而且在这些公益性岗位的安排上，村委会都是经过深思熟虑的，都是尽可能优先安排一些建档立卡的贫困人口，其次考虑一些村中确实有困难又力所能及的家庭人口。这样的安排无疑是非常合理的。眼下这种状况，确实令人难堪。若草率解雇原有的保洁员，势必产生矛盾，也不利于今后工作的开展。

真是无计可施。

"那你今晚能否赶回来？"么叔迫不及待地又问。

我瞄了一眼妻子，她已经为我收拾好行装，每一次返回驻点，都是有赖她的帮忙，对于生活用品，我总是丢三落四的。

"好！我马上赶回去。"我答应道。

"那好，你回到驻点就给我电话，我立马赶过来。"

"好的，等会见。"我忐忑地挂了线。

"我给你盛了汤，你先把饭吃完，喝完汤再走。"妻子把阳台晾晒好的衣服收拾起来。

"嗯，辛苦你了。"我向妻子愧疚地道谢，边说边大口大口把饭往嘴里扒。

"慢点吃，赶时间也不差这阵子。"她朝我这边望过来，"等会儿开车可要慢着点，千万别赶。"她叮嘱说。

"爸，你要去哪？"儿子问。

"有紧急公务，爸爸需要赶回驻点。"我歉愧地说。

刚才还兴高采烈的儿子，一下子像泄了气的皮球，神情沮丧地整理明天上课用的学习课本。"你不能明天再回去吗？"他冷不丁抛出一句。

妻子将我衣物收拾好以后，乜斜了我一眼："再这样，孩子就不信你了。"

我摊开手，耸耸肩膀，表示无奈。

"行了，行李都给你收拾好了，稍后我会跟他解释，快忙你的去吧。"说完,她跟儿子唠起话来。

当我拿起行李出门的时候,儿子低着头,跟在妻子身后,把我送出门外。"爸,早点回。"最后儿子主动跟我说了一句,也不知当时妻子跟儿子说了什么。

城区内的主干道街灯开始渐次亮起。这次我没有选择从国道返回罗锅驻点。一来,幺叔在那边焦急地等候我,必须争分夺秒;二来,天色已晚,国道的路况相应变得复杂起来。

我选择从肇庆端州的东大门——大冲收费站,进入高速。车在夕阳余光当中绕过一个长长抛物线状的弯道引桥,然后由东往西,朝驻点方向疾驰而去。

蜿蜒弯曲的柏油道像一条没有尽头的黑带,时而缠绕山间,时而飘过山冈,时而又穿过隧道,爬进墨绿色的植被,消失在远方的天际。耳边听着车内有规律的嗡嗡声,眼前看着前方的景物像速播一般从眼前掠过,我的心平静了起来。"一切困难总会有解决的办法的。"我在心里安慰自己。

大概晚上8点,我从高速横山出口驶离了高速公路。在途经荔洞村委会的时候,我稍作停顿,抽了一根烟,并提前给幺叔挂了个电话。当我将车驶进罗锅驻点,幺叔正蹲在门前跟隔壁的淦哥拉家常。一见我,他马上站起来与淦哥道别:"那就不打扰你吃饭了,我跟阳哥聊一阵子。"

"那好,那好!"淦哥一边答应,一边朝我举举手,跟我打了个招呼。

匆匆丢下行李,我将二楼的门窗打开,让空气尽快流通。坐在没有空调的客厅里,尽管没有顶楼那么炎热,但经过一整天太阳的猛烈炙烤,即便幺叔坐在风扇旁边,也是汗流浃背。大概心情焦急到了极点,一连饮了几杯茶之后,他才用衣袖抹了一把嘴角,似乎心情舒展了许多。

"小阳,你说现在咋办呢?"他直接把话引入主题,没有半分拖沓。

"你说的情况我都明白。"我一时无计可施。

对于解雇原有的保洁员把建档立卡的保洁员填补至空缺,不到万不得已这样的方法我是不会同意的。但事关保洁费收支平衡,我也不得不考虑。

"这个问题我们明天回村委会一起讨论,如何?"我试探着问幺叔。

"如果你我都想不出一个解决的方案来,恐怕明天会议也没有多大的意义。"他皱着眉头,深深地吸了一口叼在嘴里的卷烟,长长的烟灰被扇动的风吹得四处乱窜。我忽然之间有了一个想法,我走到窗前,拉开窗帘。幺叔的目光追随我,瞪大眼睛注视着我。

"好办法倒真是没有,但我们可以再认真考虑。"我朝驻点门前望了望,那里有一个一家一户的塑料垃圾收集箱,是三个月前设置在每家每户门前的。

"村里的垃圾费各户能自觉交纳吗?"我问。

幺叔先是一愣,摇了摇头,说:"哪能自觉,一般都是催了再催,才愿意交呢!自从每家每户门前安装了垃圾箱,情况似乎才有所好转。"他略略停了停,忽然问,"你不是想打垃圾费的主意吧?"

"嗯嗯!"我回过头去,默许了幺叔的猜想,同时用目光征求他的意见。

"唉！"他叹了口气，接着说，"这操作起来十分困难。"他面露难色。

"我们现在收集起来的垃圾费是按户还是按人头收取？"

"按户收。"

"收集起来的垃圾费大概占全村比例的多少？"我接着问。

"大概六成左右吧。"幺叔满眼疑惑，"光把工作重心放在垃圾费上，似乎不太现实。"

"为什么？难道垃圾费全额收足也不够？"我问。

"那肯定够，能收到八成就有宽余了，但这种事情根本不可能全额收足，你以为是你们城里的住宅小区吗？"

"这个我知道。"我望了他一眼，接着说，"或许这是一个规范收取垃圾费的契机。你想想，若不按时交费的住户听之任之，那么，将来，其他人也不会交纳。"

幺叔没有吭声，我知道他犯了难。确实，罗锅村有农户1200多户，4000多人，村委会才那么的几个干部，工作千头万绪，若碰到"钉子户"，又得抽掉专人处理。因此，工作一旦开展起来就如开弓没有回头箭。

"这样吧。"我说，"前期的收集工作就按平常一样执行，其余的催缴工作由各村的保洁员负责，毕竟保洁员都是各自然村沾亲带故的村民，催缴起来相对容易些，若碰到实在难解决的问题，你可以回避一下，由我前往协助处理，都是十块八块钱的事情，相信总可以把一部分人争取过来。"

幺叔又默默点燃了一根卷烟，吸了一口，然后缓缓地吐出烟圈。

"幺叔！"

"不要说了。"他打断我的话,"就按你的意思,明天跟奇鉴支书说说我们的想法,若支书没意见,那我们就先试一个季度吧。"他盯着我。

我终于松了口气:"好。"

接下来我和幺叔马上制定宣传策略、拟定收费标准。原来以户为单位计费,我建议改为按"人头"收取。理论上讲,人口多的家庭所产生的垃圾自然要多一些,抱着多用多交的原则,按"人头"收费更趋合理。

这么一说,幺叔激动地一拍大腿,笑着说:"妙,妙!多读两年书,就是不同。若你早把方案提出来,我就不会烦恼这么久了。行,全听你的。"

"呵!刚才你可没让我把话说完呀!"我笑着说。

"你呀!你呀!——"他指了指,"好啦,时间也不早了,你也忙了一天,早点冲凉休息,明天一早来村委会再详谈。"

"行。"我爽快地答应道。

我们一前一后下了楼。目送幺叔驾着踏板摩托车消失在罗锅老街的夜幕下,我总算吁了口气。

三十八

第二天到罗锅村委会时正好上午九时整。幺叔告诉我,奇鉴支书在镇里开会,大概11点回来,收取垃圾费的事情他已经在电话里简明扼要地跟支书说了,奇鉴支书表示赞同,让我们具体提出方案后,可以先试行运作。嗯嗯,看来罗锅村一直是改革开放的排头兵,这一点也不假。

事情开展得比想象中更为顺利。奇鉴支书赶回村委会后,对分户按"人头"收费十分认同。但与此同时,他强调了一点,"必须做好垃圾收费前期的宣传工作,宣传力度的大小,将直接影响到后期工作的成效。"确切地讲,在接下来的工作当中,真正让每个参与这项工作的人感受到一分耕耘一分收获的这句至理名言。经过近一周的宣传和动员,垃圾费的收缴工作开展得异常顺利。除了五保和特困户外,近4000口人、1200多户的罗锅村几乎家家户户都自觉交费。一直困扰的资金问题便迎刃而解,而且,在较早前增加的两个建档立卡贫困户公益性岗位的工资问题也得到了圆满的解决。

4月下旬,镇传达了肇庆市关于"千人"大核查的具体细节。阅读通知内容之后,全体扶贫干部终于长长地舒了口气。根据通知内容,近千人来自各行各业各部门的检查人员当中,至少有相当一部分人是从以往和目前扶贫干部当中抽调,以点带面,以旧带新,形成立体交叉检查,提高工作效率。此次核查,镇也在人手极度吃紧之下,抽调三位扶贫干部在4月25日前往指定地点集中培训。根据通知要求,为确保检查真实有效,所有被抽调人员统一培训、统一行动、统一住宿,检查期间核查人员一律不得擅自离开,实行"半封闭"式军事化管理。基于此,此前驻村扶贫干部前期的"技术性"担忧,几乎不复存在。

迎检前的罗锅村,在紧张有序的氛围中如常进行,每一位村干部包括镇驻点干部在内,都确信大检查如同一场毕业大考,它是检验多年扶贫工作的一张"知识"成效问卷,而知识在于积累。只要我们平日把工作做扎实,让建档立卡贫困户切切实实稳中脱贫,那么中间即便有多少波折,我们都无惧无畏。若你从未涉足扶贫工作或者对扶贫工作知之甚少的话,你也许永远都不知道扶贫工作的艰辛和繁忙。

为了迎接"千人大核查",我跟幺叔拟定了一份罗锅村的"迎检"方案。方案除按照前期部署按部就班进行以外,奇鉴支书同时向镇申请,请求镇驻村干部直接沉淀至基层一线,实施"以一对一"的跟踪帮扶服务,做到发现问题立时汇报立时处理。一方面我跟幺叔把罗锅村重新以地理位置划分成"万岗上片""万岗下片""社下片区""下沙片区"四个片区。片区内标注了贫困户准确的位置,即便检查组谢绝人员带路,也可以凭地形图找到相应的贫困户。另一方面,我们又重新核对了"贫困户信息卡",并按照镇的统一要求张贴在贫困户家里醒目的位置。其目的,也是为了方便检查组入户检查。与此同时,我还做了一个看似多余的举动:从省扶贫信息平台中"导出"2019年贫困户的收入情况表。尽管受到办公资源的局限，我只能把一张一张A4大小的图表拼凑成一张大表。表内各种数据虽然细小，但十分清晰，而且数据精确到小数点两位，让人一目了然。另外，2020年受新冠肺炎疫情影响，部分有劳动力贫困户确实在务工方面受到不同程度的影响，根据当时的实际情况，我调整了思路，务求更简单明了地反映出当时有劳动力家庭处于何种状态。为此我跟幺叔挨家挨户请有劳动力贫困户提供聘用单位"收入证明"。遇到不配合的贫困户，我跟幺叔便直接前往其务工的所在单位说明情况。让人感动的是，其间得到了许多热心企业的大力支持和帮助，工作总算顺利完成了。

4月25日，"千人检查组"正式进驻各地展开核查。大概为了保证检查的公正性，检查组并没有向外界公布其成员名单。在我们的工作群里，镇农办只简单地介绍了检查组成员主要来自怀集和德庆两个地方。

当天16时35分我接到副镇长陈健的电话通知："阳哥，明天检查组先到罗锅村入户检查。"

"嗯，好的。"我应道。

"你能不能提供一份入户的先后线路图？"陈镇长问。

"当然可以。"我答。

"什么时候可以发我？"

"马上可以发你。"我说。

我明显能感到电话那头的他有些出乎意料。

"好好好！马上发我。"他兴奋地连声说好。

"明天上午8点半,检查组会从下榻的酒店出发,大概九点钟到达罗锅村委会,请你做好检查的前期工作准备。检查组到达后请你全程按检查组要求,做好配合工作。"

"收到。"

"我会把刚才你提供的检查方案转送给检查组,但这只是我们的建议,最后还得按检查组要求来做。"

"好的,我明白。"我笑着回答那边打电话的他。

"你做事情一向有分寸,我是非常信任的。祝你好运,也预祝罗锅村检查圆满成功。"大检在即,陈镇长已经没必要再叮嘱些什么了。

"好的。"我挂了电话。这时幺叔正好从外边办事回来。一跨进门,他便"呵"了一声,感觉到现场的气氛跟往常有点不大对劲,每个人的目光都集中在他身上。

"干嘛啦,一个两个全盯着我?"幺叔意识到大概有大事要发生,他脱口而出,"检查组来了?"

"对!检查组明天来罗锅村。"我冲口而出。

幺叔微微一笑:"迟检不如早检。"

"呵呵!挺乐观的,你。"奇鉴支书从容地说。

奇鉴支书踱着步,回头说:"时间不早了,都快六点了,大家赶快回去,明天早点到村委会集中。"

大家这才发现将近六点了,便匆匆忙忙各自回家去了。

刚回到驻点,就接到低保户李春生的求助电话,电话一接通,那头的他就像连珠炮轰向我:"为什么我家一整天停电了?""为什么整个罗锅村唯独我家没有电?"……一通劈头劈脑的质问,我还没来得及弄清楚怎么回事。好不容易才搞清楚情况，原来是他家里的电路出了问题。"八有"当中水电是最基本的生活要求，若供电部门抢修那当然是无可厚非，春生家的显然不属此类。因检查在即，我丝毫不敢怠慢，当即赶了过去。一看，差点儿令我哭笑不得。原因很简单，前阵子走访时，发现春生用电有不拔插头的坏习惯，为安全起见，我跟幺叔商量，从专项扶贫资金中安排了专业的电工在其户外加装了空气开关和室内漏电开关，可这个"顽固"的春生，无论你如何苦口婆心地叮嘱，他还是我行我素，依然如故。好了，这天一大早他吃早餐，不经意将拌粉条的汤水溅至没有拔掉插头的排座上，导致漏电开关和空气开关同时跳闸。春生其实也不笨，他拔掉排头后重新启动室内的漏电开关，但就是没有电来。四月的大白天房子里热得像个烤箱，团团转的春生看到别人享受着电带来的清凉，当然更加火急火燎，像一只热锅中的蚂蚁。好不容易熬至傍晚，满肚子委屈气便向我撒来。他认为在我们没有为他加装和维修电路之前，他的用电情况都一直正常。更气人的是，他把我们的帮忙称作"乱搞"。最后我只能为其恢复用电之后，细细将道理跟他阐述清楚。没办法，这涉及生命的安全，我们丝毫都不能马虎。不过，火热的天气，让他受个苦，也算是买个教训，还是很值得的。当我回到驻点，已经差不多是晚上的九点三十分了。忙碌过后，饥饿感似乎已经消失了，让人提不起半点食欲，勉强处理完肚皮的事，等会儿，我还得抓紧时间逐一通知明天上午将要到户检查的贫困户呢！

三十九

第二天的检查是丝毫不允许有半点差错的，尽管微信语音通话也很方便，但我还是通过移动网络的方式通知了将接受检查的贫困户。刚忙碌完，副镇长陈健又给我打来了电话："喂！阳哥，你那边准备得怎么样？"

"嗯，没问题，一切都准备好了，明天安排检查的贫困户也一一通知了。"

"啊！都通知了？"他惊讶地说。

"对。都通知了呀。"我答。

"哎呀！明天先不检你村，我就是为此事给你打电话。"

"什么？"我急急问道。

"没办法，我是八点准时给检查组送名单过去，但也是刚刚才收到回复，明天先检'省定贫困村'。"陈健在那头抱歉地说。

"怎么八点才送过去，就不能早点送过去吗？"我压制不住内心悔气，抱怨说。

"通知要求只能将每天备检的名单于前一天晚上八点送到呀！"副镇长陈健无可奈何地解释说。

"那我只好重新通知我的农民兄弟了。"我无奈地说。

"辛苦你了，阳哥。"他语气缓和中带着疲倦。

作为镇里分管扶贫工作的副镇长，陈镇长平日就没有丝毫

"镇长"大人的架子,听到电话那头他似感冒了的声音,我马上意识到,刚才我的语气可能重了点,毕竟这工作他也是被动的安排。想到这,我立马话锋一转:"嘿!好呢,迟点检就迟点呗,反正还多两天时间准备。让别人先检,我们还有更多的回旋余地呢!"我顿了顿,说,"对了,陈镇长,到时那边检查的情况烦您跟我们讲讲,也好多做准备。"

"嗯,好的,我们会在群里向大家做个情况简报,大家都要留意,另外,也别过于自信。"他最后叮嘱说。

挂了线后我给幺叔拨了个电话。电话那头,他少不了也唠叨几句,毕竟一切工作都准备就绪,多多少少也有点被泼了冷水的感觉。不过,他的情绪很快就平复下来,基层工作历来就琐碎繁复,这样的情况相信他遇到的也不会太少,只不过,他又得重新通知一下村委会其他几个干部。最后他在电话那边还补充了一句:"你通知了贫困户没有?用不用我帮你通知一下?"

我笑笑说:"不用了,你也是百事缠身,你还是该做什么就做什么好了。"

"那好,那我就不理你了。"他呵呵地挂了电话。

…………

给贫困户逐一挂了电话之后,心里就总有点儿闲不住。系统里该处理的数据一大早就处理好了,工作群里的常规工作和近期针对检查可能出现的细节疏漏,我也早早反复检查并做了修改,虽然都是些小问题,大概对脱贫攻坚成果不会造成任何影响,但事无大小,我们都做了修正。此前一直忙个不停,根本无暇安下心来让你顾及些其他事情。偶尔想念一下家人,那也是一闪即逝的事。本该大检"首当其冲",紧张而忙碌的工作大概又要持续一两天。可现在说停就停，一时之间脑子反而空空如也，像缺少了点什么，也不知道该忙啥了。就好比一台刚预热了的锅炉瞬间被浇灭了炉内的火，要重新把炉火燃烧起来，那非得些日子不可了。

心里惦着事情总是睡不安稳，大概凌晨四点多我还在床上辗转反侧，久久不能入睡。房间内除我摁动手机的屏幕光亮外，再没一丝光线，外头仍是黑漆漆一片。初夏的天色渐渐开始亮得早。在煎熬中终于等到第一遍鸡鸣声，楼下隐隐传来了稀稀疏疏农人行走的脚步声，不时有"突突"的机车声穿梭而过……嗯！新的一天开始了，辛劳的农民兄弟又开始一天的劳作了。我看了看床边的闹铃，时间是清晨的6点30分，昨晚调好的闹铃还没响呢！再赖在床上都是睡不着的了，我索性伸了个懒腰，干脆起来漱口洗脸泡了壶清茶。吃过早点，时间还早着呢。在仪容镜前换好衣服以后，我发觉眼睛依然还干涩。凑往镜子探头细看，一看真吓了自己一跳，眼睛内充满血丝，微弱的光线之下我竟怕起光来，明显有畏光流泪的症状，眼睛又红又肿。我赶忙滴了眼药水，然后站在露台上远眺远处涌动的"绿浪"。此刻晨风轻拂，似乎瞬间送走了我脑际残存的几分困顿之意。正当我摆动腰身准备做一遍中学时代的广播体操时，楼下响起了一阵急促的摩托车喇叭声，接着听到一句："哟！阳哥您还有心情做体操？"

我循声往下看去，噢！是村委会委员陈兴友。"噢！友哥早晨！"我停下扭动的腰肢，将半举的手顺势摆动起来。

他骑着踏板女式摩托车，双脚够在地上，没有熄火。"你吃了早点没有？快八点啦！我现在出村委会准备一下，你快点，你可是'主角'呀！"

驻村记

我刚想说今天的检查已经取消了，可还来不及开口，兴友一摆手，扭动油门，摩托车"突突突"地载着他一溜烟消失在巷子拐角的竹林处。我摇了摇头，"真是急性子……"我自言自地说。

赶到罗锅村委会时，才发现村委会聚集着许多人。有认识的，也有不认识的，有面熟的，也有陌生的，反正驻村一年多来，今天聚集起来的人比以往任何一次都要多。奇鉴支书正在解释大检延期一事，然后话锋一转，说反正都准备好了，那就干脆来个"热身赛"吧！看看大家对扶贫"验收"工作的重视程度有多高。我笑着扫视一圈，说："看来效果还是挺让人满意的嘛。"

奇鉴支书谦虚地答："关键是我们的驻村干部得力，我们哪敢懈怠！"

"来来来……大家进来，进来！"他高举双手在头上拍了拍，忙不迭地招呼大家进来说话。三四十人挤在不大的罗锅村委会内，空间就显得非常局促，一台两匹的格力空调机，尽管像"牛"一般"呼呼"地拼命送出冷风，但众人身上还是不断冒汗。冰姐一连泡了四壶红茶，才勉强给每人斟了半杯子的茶。当大家得知"大检"被临时取消，都显得十分失望。不过，大家很快把话题转移到即将检查的问题上来。一些尖锐而被平日忽略的问题迅速摆到桌面上来。例如，"八有"明确指出必须解决贫困户中的电视信号，但没有进一步说明需要贫困户有电视机，那么我们安排电视机是否多此一举。在讨论这个问题上，大家自自然然地把焦点集中在五保户李海金和低保户李明明身上，二人都患有严重的弱视症，几乎是失明，平日仅可凭光识别路况，因此二人平日只能在熟悉的小范围内行动。为求稳中达标，我们早已为二人也配备了电视机,但电视机在二人家里就成了豪华型的收音机,他们二人也只能"听电视"了。又如,有人提到保证移动信号稳定的问题,虽然罗锅村从来不存在移动网络问题,包括中国移动和联通网络都绝对不会有问题,毕竟罗锅是当地旅游开发得较早的地方,但毕竟山区贫困地区依然有很多地方移动信号很难有保证,这一点却并非帮扶干部或村委会所能企及。说着说着,一位年近六旬的老村委会主任叼着叶子烟杆反映,五保户李木云早十多天就买了一台空调机。他的言下之意非常明确,五保户既然享受的全是国家的福利政策,就不应该过着"奢侈"生活;既然你想过"奢侈"生活,就不应该享受国家给你"特殊"的福利政策。持这种观点的,虽然人数不太多,但确实也代表了一种声音。我解释说,五保户一般是指无法定抚养义务人,或者虽有法定抚养义务人,但是抚养义务人无抚养能力的;无劳动能力的人;无生活来源的;老年、残疾、未满16周岁的村民。对上述人群,国家实施五保供养本无可厚非,而且随着物质文化的不断丰盈,五保户购买空调不应大惊小怪,这反而充分说明我国无论在养老和退休的问题上都有了一个质的飞跃。同时又进一步证明了我国在医疗和养老等方面有了长足的进步。众人不禁暗自点头,老村委会主任却依旧默言不语,显然心里的结仍未能解开。我进一步说:"莫说是五保或低保户,即便是一般贫困户购买空调都不会有问题。大家想想,国家扶贫政策实施了多少年,随着精准扶贫的有力推进,力度一年比一年大,贫困户摘下贫困帽子,根本不足为奇。那么,购买空调根本不是一件值得惊奇的事。我个人赞同贫困户通过劳动所得改造生活,改变家居条件。"我把目光有意无意掠过老村委会主任。他尴尬地瞧了我一眼,欲言又止。我接着说:"老村委会主任,我想你是想说,既然达到了脱贫条件,为何仍然保留在建档立卡的行头上。嗯!我想有这样想法的不单单只有你,关于脱贫后仍然保留原扶贫力度不变的政策,是政府考虑到扶贫政策和力度的延续性,一来是担心贫困户返贫,二来好让帮扶干部保持'跟踪'动态。至于刚才提到空调的问题,我重申一点,贫困户通过实实在在的帮扶后,自身有条件安装空调和其他的生活设备,我想这对我这个扶贫干部是最赏心悦目的一件事情。"

"老村委会主任,你真是要垫高枕头想想阳哥说的话,论年纪您是他的长辈,但解读政策,讲道理,那您得跟阳哥学哩!人总得讲理,不能一味靠犟。"奇鉴支书坐在办事大厅的长条柜中央说。

老村委会主任叼着烟杆吸了一口,探头瞅瞅正襟危坐的奇鉴支书,刚想张嘴,又收了回去,似乎话到嘴边突然又不知要说些什么,最终还是将半截身子缩了回去,目光木讷地投向人来人往的门外。

我适时打趣道:"支书,老村委会主任也并非蛮犟,他心里流淌着一股正义感而已。"

"哈哈……那是,那是,我用词不准确。"奇鉴支书立马意识到刚才令老村委会主任有点儿难堪了。

老村委会主任重新挺起腰杆,咧开嘴笑道:"阳哥说得有理,我是心悦诚服。不过我倒不承认我是蛮犟。"

"哈哈……"我同奇鉴支书同时笑了起来,奇鉴支书严肃地说:"就是嘛!"接着脸上像川剧变脸般堆起笑容,"哈哈……"

嗯,农村工作有苦有泪,总是在苦中作乐!

从镇工作群里了解到,市检查组当天上午检查省定扶贫村的进度非常缓慢。换句话讲,检查组工作认真细致,到点到位。据镇方面反馈回来的信息表明,检查组严格按照检查前既定的指引,一切陪导人员须隔离与受检贫困户沟通。检查组人员面对面对贫困户进行访查,对贫困户所回答的问题实施即时录入,并及时传送,具有没法更改的效果。但实际上如此操作起来费时费劲。贫困户地方方言浓郁,沟通起来其实是比较困难的。我来当地驻村工作刚好一年,对部分贫困户来说,有的时候我须手脚并用,做到肢体语言跟粤语普通话混合并济才能勉强沟通。试想一下,贫困户一下子在如此紧张严肃的环境下回答检查组的诸多问题,容易沟通得来吗?因此,整整一个上午,检查团分设的三个检查小组只检查了九户建档立卡贫困户,平均每个小组只检查了3户。若按此速度,即便一个月下来,同时取消休假,也不可能把整个镇700多贫困户检查完毕。

四十

俗语说："一鼓作气，再而衰，三而竭。"奇鉴支书考虑周详，既然大家都已经腾出时间，在百忙中抽身投入到"迎检"中来了，那么干脆把迎检工作彻底进行下去，把前期工作做得更完善。他跟众人商量后，得到了大家的纷纷响应。

于是，当天下午，除了有特殊工作的村干部以外，奇鉴支书带领全体村党员干部把各个自然村的主要道路打扫得干干净净，统一粉刷了罗锅老街的家风壁画，清洗了罗锅口绥江竹韵广场。前段时间在罗锅至白坎村村路两旁移植下的樱花树，已经结出的花骨朵儿像飘浮在蓝天下的白云。远远望去，樱花红白相间，色彩分外鲜明。近观，花骨朵儿是五朵一株，像一串串又甜又香的樱桃缀满枝头。路基的下方，在一大块丢荒的旱地上栽种的红莲，亦长出含苞欲放的红色花蕾，不经意间，你还以为那是蟠桃园里结出的"小仙桃"呢！

不难想象，罗锅村乃至罗锅人在奇鉴支书的带领下，确实敢为人先。尽管村容村貌的整洁工程所投入的工程不算太大，但工作开展起来却并非易事。单说前期工作，整合村民丢荒的土地就费神费力，但罗锅村在奇鉴支书的强力领导下，因地制宜，精准施策，为盘活荒地改造环境，硬是啃下了这块硬骨头，最终在罗锅村通往白坎村的岔口处写下"浓墨重彩"的一笔。至此，罗锅已经形成了从罗锅口至绥江广场再至荷花池一线的美丽景观，整条景观线都在X422江禄线乡道的罗锅段内。按照县委县政府部署，两年内还将完成X422江禄线全线道路双向4车道升级改造工程。无疑，罗锅村真的做到了"未雨绸缪"。

一下午的清洁工作，罗锅村的所有党员干部几乎倾巢而出，加上聘用的十几个保洁员，参与人数不在30人以下。工作一直持续至太阳西沉。看着大伙儿疲惫的笑容，再看看耳目一新的环境，奇鉴支书高兴地说："今晚我做东，请大家到九里香吃个简单的工作餐。"奇鉴支书叮嘱幺叔要落实好参加的人员，每桌大概控制在400元上下。现场的所有工作人员都为此欢呼喝彩。我知道并非大家真的为这顿小小的晚餐欢呼，而是为了平日大家浓浓的情谊而雀跃。当然我知道奇鉴支书也是借此机会支持一下九里香的生意。自从新春以来，九里香餐馆的生意惨淡，原本住在附近的几个服务员也裁减了一半。

到了六时，大家开始从各村陆陆续续赶了过来。我默默点了点人数，除了一位女村主任和村委会电脑操作员小红没到之外，其余人等均已到齐。36人一共开了三桌圆台，每桌12人，众人坐得相当紧致，显得气氛十分融洽热烈。中途奇鉴支书和幺叔都趁机拉着我给各位村主任敬酒。酒是当地自酿的一种米酒，价钱也不贵，不易上头。幺叔是个懂世故的精明人，今天奇鉴支书自掏腰包"做东"，在很大程度上是照顾九里香的生意，但他也清楚，村委会谁人的工资也都不会太高，3000多元工资在当地只能说勉勉强强属"中规中矩"之列。更多时候，作为村级干部还得兼做一些副业，否则生活非过得紧紧巴巴不可。因此，饭局上的菜肴虽也不少——足足有十二菜一汤，但全是些低廉开胃的菜肴，"豆豉蒸猪头骨""紫苏叶嗜辣椒圈""梅菜扣肉""蒸水蛋""煎焗坑鱼仔""五花腩肉炒竹笋""咸鱼茄子煲""艾叶滚肉片"……所有菜肴都足斤足秤,分量十足,而且价格都在三四十元。在乡村,这些菜品全都是最大众化的消费。

席间,可苦了我们勤劳的幺叔李瑞华同志了,他不时要协助服务员做一些零碎的工作,九里香正式的服务员只有一个。平时零星的生意,一个人应付是绰绰有余的了。可今晚一下子来了几十人,服务员怎么能忙得过来。尽管如此,从幺叔脸上的笑容不难看出,他感到无比自豪,毕竟,眼下罗锅村沿江的几间饭馆,除了九里香外,都还没有一间餐厅能够重新营业。

大概到了八点,宴会推至高潮,幺叔开始安下心来跟大家频频举杯。奇鉴支书则始终面露微笑,跟每一个人碰杯都毕恭毕敬,没有丝毫的架子,即便是村里的保洁员,他也是如此。这一点,我压根从心底里佩服他。

"支书,幺叔。我来敬你们一杯。"拥禾一村的村主任举起了两钱杯。

"李主任呀!这么高兴的事情,没有理由少了我们的扶贫干部。"奇鉴支书举起酒杯,同时把目光转移到我的身上来,目光之中大有你也休想脱得了干系。

"哎呀,支书!人家是敬你的酒,怎么把我扯上了?!"我摸了摸热辣辣的面颊。

"对对对!"村主任附和说。

"嗯,对呀!"幺叔一拍大腿,"小阳你今晚无论如何也得多喝几杯。"

我刚刚把像药水一般的酒一饮而尽,奇鉴支书就接到了副镇长陈健电话,"嗯,嗯,好!"他刚放下电话,我的电话又响了,是镇农办专职副主任唐汉健打来的电话,我刚摁通电话,那边就传来了唐主任急匆匆的声音:"阳哥,检查组临时决定明天早上抽调两个检查小组到罗锅村开展检查,请你准备一下。"

"噢!省定贫困村那边检查完毕?"我不禁脱口而出。

"今天才刚开始检查,哪有这么快!"唐主任说。

"那……那为什么?"我不解地问。

"先不要问,见面再说。"他说。

"嗯。"我答应道。

上天总会眷顾努力的人,这话一点不假。今天整个罗锅村大搞清洁像是上天刻意安排一般,至少明天会给检查组留下一个美好的印象。

尽管奇鉴支书并没有明确表态让大家早点回去休息,但既然确定了检查组明天就要来检查,大家还是很自觉地各自早早散去。

回到驻点,我洗了个冷水澡,重复看了一遍既定的"迎检"片区,发觉再没有其他问题,便早早上床休息。

心里惦记着工作,总是不能安心地睡。尽管把闹铃调整好,但还是闹铃没有响,人就起来了。洗漱完毕,吃过早点,时间还是7时25分,感觉时间过得特别慢。我给幺叔挂了个电话,但其实他比我更按捺不住。接到我的电话后他干脆约我马上回村委会集中。放下电话,才发现奇鉴支书在微信里给我留了言:黎科,早晨!我现在准备出发回村委会,你有空就早点回村委会合。我回了微笑表情,补充一句:好的。马上回。

我刚跨过村委会大门,幺叔后脚也进来了。奇鉴支书则已经用电磁炉烧了开水,泡了碗杯面,正掀开盖纸,看到我俩几乎同时进来，便笑着说："你俩吃过早点没有，这里还有几个。"他回身指了指身后长条形柜上的一个红塑料袋，"我特意多买了几个，以防大家没有吃早餐就赶过来。"

"嗯，我吃了。"我很自然地摸了摸肚皮。

"我也吃了。"幺叔说。

既然我俩都吃了，支书三下五除二便把杯面扒完。接着安排工作，最后决定，由支书和我带一组，幺叔和兴友带一组，其余村委会干部和各村村主任在村委会组成临时应急支援小组待命，以防检查组在检期间需临时提供相关资料和佐证材料。商量好检查方案以后，我们开始闲聊喝茶，到了此时此刻，我们最后那点儿紧张的情绪反而全都消失了。当然，我们对自己多年的扶贫工作也是充满信心。用奇鉴支书的话说：真金不怕红炉火。是金是铁一检便知。

8时25分，村委会以及驻镇干部所有工作人员均已到齐。8时30分镇分管扶贫工作的陈健副镇长给我挂了电话，询问迎检工作是否完备。我作了十分简短的工作汇报。他含蓄地表达了对我们此前工作的肯定，并告诉我他留在省定贫困村那边受检，就不来罗锅这边了。检查组在8点半准时从酒店出发，九点钟应该到罗锅村。若我遇到什么情况可以直接跟他联系。我笑着说："你不会听到我的电话的。"他迟疑一下，马上反应过来，笑着说："看来你信心爆棚哟！"

"那是必须的。"我说。

…………

9时整，一辆黑色商务车在村委会门前戛然停下，车子两侧印有"公务用车"字样。我们不约而同往室外迎去。奇鉴支书走在最前面，我和幺叔紧随其后，众人亦往门外而来。

商务车司机停车、熄火，打开车门，一气呵成。司机快步从左翼移步至右翼汽车中门，迅速拉开推拉门。随着"唰"的一声，车内四位身着正装、胸前挂着蓝色工作卡牌的人先后步出车舱。右翼车前同时下来一位年轻的女同志，我认得她是县扶贫办的小英。小英用一口标准的普通话介绍说："这是市检查组的四位同志。"

"先到里面喝口茶。"奇鉴支书忙不迭地招呼大家进内。

众人先后坐下，上过茶之后，小英率先向检查组的四位同志介绍罗锅的班子人员。

"嗯，这是罗锅村的支书周奇鉴同志。"小英说。

"周——奇——鉴？"四位同志都伸长脖子瞪大了眼。

"对！跟我们广东农民运动著名领袖周其鉴名姓同音。"她笑眯眯地介绍说。

"噢！今天我们可来了名人村委会啊。"其中一位年纪大的人笑着说。

小英连忙说："这是检查组的谭组长，这位是张副组长。嗯！这一位是小纯，这一位是小宇。"我们逐一握手。

"这是村委会副主任李瑞华。"小英继续介绍说。

"您好，您好……"谭组长说着说着，一脸愕然起来："是李瑞华还是李瑞环？"

小英捂着嘴，用一口粤语又重复了一遍："是木子李的李，庆瑞的瑞，中华的华。李——瑞——华。"

"哦！"谭组长长长地哦了一声，接着说，"差点以为走进了'国务院'。"

众人哈哈一笑。

"这是我们驻罗锅村的驻村干部黎晓阳。"小英落落大方继续介绍说。

"幸会,幸会。"我也一一跟他们握了手。

"黎科,你来给检查组介绍一下今天的行程安排。"奇鉴支书对我说。

"行。"我爽快地答应,"这边请,这边请。"我们招呼检查组一行进入小会议室各自坐了下来。椭圆形的小会议桌,我和书记幺叔小英坐一边,检查组四人坐在另一边。

"首先,我以扶贫干部的身份代表罗锅村全体建档立卡的贫困户对检查组的到来表示感谢。截至2020年4月16日,罗锅村有建档立卡贫困户43户,89人,其中五保户7户,低保户24户,一般有劳动力户12户。为方便检查和联系,我们把43户分作'万岗上片''万岗下片''社下片区''下沙片区'等四个片区,平均每个片区约十户人口。"说到这,我稍作停顿,目光像蜻蜓点水般轻掠过对面的四位检查人员,最后停落在谭组长身上。他点了点头。在得到对方的确认之后,我接着说:"今天我打算分作两组行动。我和书记带一组,幺叔带一组,两组同时进行,合理安排人手,因为我们每一个片区编排得都相当紧凑,距离都很近。你看这样好不好?"最后我征求检查组的意见。

"嗯!"谭组长点了点头,然后低声征询左右三位同志的意见。三位同志都表示赞同。

"那好,就按你们既定的安排线路检查。"谭组长说,"大家抓紧时间。"他补充了一句。

"嗯!谭组长,这是我从扶贫系统导出43户贫困户的年收入汇总表,上面非常清晰地列出每户家庭的收入和支出情况,对于你们检查和询问应该有很大帮助。"我打开公文包,从中取出一份折叠的图纸摊开。图纸摊展开后呈长条形,足足有1.5米长。大家都不约而同地站起来头碰头地围起来查看。

"嗯,这样就清楚多了。"

"好呀!如此核对起来就方便多了。"

"嗯、嗯、嗯,这样太好了,太好了!"

他们四人低着头,你一言我一语地带着兴奋的表情。

"转移性收入代表什么?"我不记得他们中谁首先发问。

"转移性收入包括亲友转赠,医药报销后返还,等等。"我解释说。

"资产收益呢?"

"资产收益包括我们为贫困户前期投资的县统筹水电项目以及镇统筹的商铺和我们摩拉水牛项目。"

"那就业奖补?"

"节日慰问?"

....

我逐一解释清楚。

"嗯,清晰清晰。"四人喜上眉梢,看来他们此前都被上述问题困扰过,我的正确引导起到了画龙点睛的妙用了。奇鉴支书向我竖起了拇指:"小阳关键时刻显'真功'。"我抱拳拱了拱手:"支书过奖了。现在还没有开始检查哩,可不要将这么大的高帽戴在我头上,我可承受不起啊!"

检查组四位人员瞧瞧我,又望望奇鉴支书:"你们真默契!"

我笑了笑，猛然醒悟："对了，这是罗锅村43户建档立卡贫困户的'一户一档'资料。若在检查中遇到有疑问可先记录下来，回来后可查阅户档案。"我指了指身后挨着墙体的几个钢质资料柜。透过玻璃柜门，里面整整齐齐地竖列着几十个资料盒。

"好啊，好啊。"谭组长高兴地说，"嗯，那就行动吧！"

四十一

一行人走出村委会。县扶贫办的小英先行告辞,她还要回扶贫办处理别的事情。我跟奇鉴支书陪同谭组长和检查员小宇朝桂坑村的方向而去。按照谭组长意见,"先远后近"。因此我们选择了与白坎村委会接壤的桂坑村先行检查。

车子沿着蜿蜒曲折的乡道不徐不疾前行。车窗外,乡道两旁的樱花树像两排优雅的礼仪小姐在列队欢迎,大片大片的荷塘像海浪一样在道路下方的田里涌动,就像我们把车子行驶在碧波荡漾的海边一般。我轻轻把车窗摁出一条缝隙,一股荷香便扑面而来。"罗锅真是个旅游的好地方,怪不得竹海的名字这么响亮。"后排传来了谭组长细细的赞叹声。

"几年前我来过罗锅老街,那时哪有现在这样的环境,简直天渊之别啊!"小宇啧啧称赞说,"国家近几年在新农村建设和扶贫的力度上都是空前的。农村的变化真是一日千里。"

车子停泊在桂坑村口乡道旁的一个坳口处。我们一行四人走进桂坑村。村庄内房屋陡然密集起来,道路像个瓶子口迅速变得狭小。纵横相交的巷道条条笔直,像三点成线刻画出来一般。走着走着,不时看到雕龙画凤的青砖老房,你会感叹前人的智慧。不过,进入到村内,通常需要辗转几条小巷才能到达。农家豢养的各类犬只在深居老宅前游荡,嗅到陌生人气味便会冲出来一阵狂吠。

我在前面引路，很快便到了贫困户阿斤依在山边的家。奇鉴支书走在最后面，这是我和支书长期形成的默契。

"阿斤，在吗？"我站在石板桥上隔着竹篱笆往院子里喊。

"喂！在呢。"二楼传来他粗犷而响亮的回应。接着"咚咚咚……"一阵急促的脚步声由二楼转至阳台。阿斤从阳台上探出半边身子，"噢，阳哥。等等，我就下来。"

"嘿！憨厚的农民兄弟。"我在心里想，阿斤虽是个生意人，但倒也是憨厚的老实人，从不掩饰。我不由得心中暗自发笑。

"来来来……"我连忙招呼二位检查人员走过石板桥，来到院子里。

"阳……阳哥。"阿斤下了楼，看到了两个胸挂工作牌的检查人员，不禁脸色轻变，原本的笑容变得有点僵硬。

"阿斤，这是市里的两位核查人员。"我边介绍边跨进屋内。

谭组长和小宇跟随我进入屋内。二人开始查看墙上张贴的贫困户信息卡，不时交头接耳地轻声交换意见。

"阿斤，不要怕，这是市里的两位检查人员。"我打着手势。谭组长和小宇几乎同时向阿斤非常友善地点了点头："没什么的，不要紧张，你如实作答就可以了。"

"等会有什么问题需要问到你的，你如实回答就可以了，不用拘束。"我安慰阿斤。

"哦！"阿斤应了一声，但声音明显有点儿颤动。

"麻烦您先回避一下。"小宇做了个请我出门的手势。

瞬间我感到脸颊一热："哦，哦！"我转身退出门外，感到有点狼狈难堪。

"黎科,不好意思。"谭组长朝一脸窘迫的我招了招手,"有什么再请教黎科和支书。"

"没问题。"支书在门外招了招手。我站在支书旁边点了点头。

春夏交替的季节,站在屋外,不一阵子就让人汗流浃背。奇鉴支书给我递过一张纸巾:"黎科,心静自然凉呀!"

我没有吭声,伸手接过他递过来的纸巾,在额头上来回擦了几下,纸巾湿透了。

奇鉴支书干脆把剩下的纸巾全给我递了过来。我摇了摇头:"不擦了,这个鬼天气,擦了也没有用。"

"不要紧张,你要相信自己。"他在胸前握了握拳头。

我苦笑说:"最怕的是鸡蛋里头挑骨头哩。"

"那就让他们挑没可挑。"奇鉴支书掷地有声地回了一句。

我往屋内瞄了一眼。谭组长跟阿斤面对面而坐,中间隔着一张小圆台。谭组长不时细细询问,不时点点头,又不时叮嘱身旁的小宇记录下来。整个询问过程,小宇几乎都低着头摁动手中的手机键盘,指尖起落,行云流水。他不时地又在桌面的笔记本上记录着什么。大概20分钟,二人微笑着站了起来,环顾屋内,谭组长进了一旁的厨房,须臾,响起了一阵哗哗的流水声。小宇则转至室外查看水表和电表。谭组长由厨房重新返回厅堂:"嗯,谢谢你的配合。"他向阿斤伸出了手。

阿斤一时没有反应过来,依然坐在小圆台前一动不动。"阿斤,可以了⋯⋯"奇鉴支书在门外喊道。

阿斤回过神来,迟缓地站了起来,刚伸出的手又缩了回去,他将手在衣襟前反复擦拭了几下，才伸手木讷地握着谭组长的手。

"啊！感谢配合，感谢配合。"谭组长笑着说。

社下片一共有五户建档立卡贫困户，都相对比较集中，在同一个村子上，走动起来非常方便。除阿斤是有劳动力户之外，其余均为五保户和低保户，调查起来就更简单了，只要打开我提前打印好的那张《建档立卡贫困户收入明细表》就一目了然。这无疑给询问调查带来了极大的便利，因此接下来的四户，询问起来相当有效率。尽管整个过程两位检查人员始终没有向我们透露任何情况，但丝毫没有影响我和奇鉴支书的心情。两三户过后，我们就摸出了一个规律：当两位检查人员询问完毕，在最后检查水、电、网络等"八有"落实情况时，奇鉴支书便提前赶往下一户，并通知户主提前把户口本、身份证、银行存折等必检资料提前准备，如此，又节省了不少的时间。当社下一村五户检查完毕，我刻意地看了看表，时间来到了10时45分，检查进行得相当顺利。这时候，太阳已经悬挂当空。我们回到泊车点，打开车门，一阵热浪扑面而出。奇鉴支书启动小车，同时把空调调至最高风力，让车内空间迅速降温。就在我们四人在树荫旁等待的那几分钟，我的电话响起，我随手一看，心里不禁"扑通"跳了一下。电话是幺叔挂来的，今天大检查，他给我挂电话，肯定是遇到了棘手的事，否则，他不会轻易给我挂来电话的。

"喂！幺叔，什么情况？"我半句多余的话也没有，一开口就直截了当。

"哎呀！所有检查都要我们跟贫困户保持距离。而且，是边询问边录入。太慢了！你那边的情况如何？"幺叔像连珠炮一般向我抱怨，似乎并不在意我的感受。

"我们刚检查完社一村五户，正准备前往社二村李二女等三户。"

"这么快？我们才第三户。"他有点儿沮丧。

"不要紧啦！"我安慰他，"反正按部就班就行。你要相信你平时的工作。"我引用了一句刚才奇鉴支书的话来安慰他。

…………

奇鉴支书的老款本田车虽然残旧了一点，但丝毫不影响制冷效果，几分钟之后车子就凉了下来。奇鉴支书边招呼大家上车，边从车尾厢内拿出几瓶矿泉水，小宇在接过之前有过短暂的犹豫。奇鉴支书笑着说："放心吧！这是镇里下发的后勤保障物资，不算受贿。"

"年轻人有原则是好事。"谭组长坐在后座笑着说，"但喝口水还是可以的。"

小宇咧开嘴，显得有点窘迫。

车在蜿蜒盘曲的村中穿行，两旁低矮的楼房挨挨挤挤，不时见到上了年纪的老人坐在屋前房后或闲聊或削竹篾。

车在社二祠堂停了下来。"我们先去五保户李二女家。就在那……"奇鉴支书指着正前方不足10米处的一间红砖房。

"行，路线由你们安排就是了。"谭组长提着公文包视线随奇鉴支书指的方向望了过去，"这是危房改造过来的房？"谭组长打量着眼前的红砖房问。

"嗯！这是去年危房改造过来的，政府补贴3.4万元，不足部分由我们单位补贴。"我介绍说。

"你单位真是出钱出力又出工。"谭组长笑着说，"脱贫攻坚之年，每个单位都把扶贫工作放在重中之重的位置上。"

当我们出现在李二女家时，谭组长和小宇都感到十分惊讶。他们二人一直以为李二女是个老婆婆，谁知，却是个80多岁高挑瘦削的老男人。让人感到意外的是，当我们跨进屋内，老人依然坐在电视机前手舞足蹈地观看NBA篮球赛，真活像一个大男孩。或许是平日少有来人的缘故，二女看到我们，高兴得像个活泼的小孩。他一把拉着奇鉴支书，一手拖着我的手，像看到远方亲人的来访。他咧开嘴，露出快掉光的牙，笑道："来来来……我耳朵不好使了，身体也不中用了，不中用了。"谭组长打趣道："怎会呢？老人家看着一点都不老呢。"二女听着这话高兴，回头笑道："你这人会说话，老头子我今年都八十有二了……"

得知我们来意后，老人十分配合，不一阵子就把户口本等资料一一摊在电视机前的小圆桌上。奇鉴支书跟我使了个眼色，我们二人悄悄退到门外。出乎意料的是，很快我们就在门外听到谭组长感谢二女配合核查的道谢声，随后二人就出了门。二女一直把我们送到车旁。我上了车，他仍不忘向我招手，连声说："拜拜。"

谭组长说："你们的扶贫工作做得非常到位，你是带着一颗真心来扶贫的……"

小宇少有地插了一句："我可以看出，你们群众基础好，工作做得扎实。我在镇基层工作差不多十年了，'新农村'建设即将展开，你们的经验值得学习和推广，不知阳哥是否有整理资料的习惯？若能把工作经验写成文章在我们的《农村报》发表，让大家共同探讨学习就好了。"

"哎呀！小宇呀！这个完全有可能，小阳是我们的才子，他不时有文章发表在各大报纸上呀。"

"哦？"他们俩同时把目光集中在我身上。

"见笑了，见笑了。就是闲来写写画画而已。"我不好意思地拱了拱手。

说者无心，听者有意，小宇这么一说，我真思量我应该沉淀下来写一本关于扶贫工作的"驻村记"。尽管我的工作还不算出色，但在脱贫攻坚的两年间，我深入田间，知民情，解民忧，风里来，雨里去，群众的诉求，扶贫干部的艰辛，这足以成就一本宏大记事的作品。并且我亲眼看见了多少扶贫干部带病工作，甚至累倒在工作台上的事，这些都是这部作品的好素材。

沿着李二女屋前的小道前行大概100米就是建档立卡户程少英的房子了。少英的房子处在社下二村与桂坑村交界尽头一个独立的小院里。

我们一行到达少英家的时候，恰恰遇上少英儿子陈金城休假在家。大概是担心"疫情"影响的缘故，谭组长和小宇询问起来就比此前几户人要细致得多。庆幸的是，此前我们工作做得扎实，就在检查前的半个月我跟金城联系过好几次，主要也是担心春节过后复工复产等问题。金城在电话里表示，疫情确实对企业冲击不少，出口订单陡减，开工率不足，时断时续。到了四月情况才渐渐好转，大概恢复了以往的八成。他的工资从5000元锐减至3000多元。幸而金城在佛山工厂从事工作多年，算是个老员工，而且他所从事的染整活儿算是个又脏又累的技术行当，在严重缺工的情况下，无论如何雇用单位也不会轻易减薪或裁员。不过，据他所说，今年影响确实也颇严重，这种情况以往真的是从没有发生过。不过"天道酬勤"这句古话一点儿也不假，在此期间,金城在厂出具了今年第一季的平均工资,3300元的工资总体来说还不算糟糕。我翻看了微信的通信记录。金城的工资证明在手机液晶显示屏上赫然入目。小宇在查看凭证的同时,还稍微扩大了原图,并记录下厂方的联系电话。我解释说,工资凭证我另外有纸质版留存于"一户一档"的个人资料档案之中。他们二人都点了点头。小宇再粗略地在A4的空白纸上计算了一下,看神色,还是挺满意的。一番询问和查看之后,小宇又开始快速按动手机键盘,我知道他正输入数据,照推测,少英户也没问题了。

少英户检查的时间超出了我们此前的预算,当我们去取车的时候,已经接近12点了。考虑到社下片区只剩下陈二华户在这附近,为避免线路繁复,谭组长同意先把该片区完成后再收队,这样下午可以直接前往别地检查。

陈二华家与程少英家的情况基本相当,儿子都在县外务工。只不过二华之子陈淦雄在深圳务工,工资相对少英之子陈金城工资要更高一点。深圳是特区,借着改革开放的春风,一直飞速发展。果不其然,二华之子陈淦雄工资有4000多元,此前也开有务工收入证明。小宇却一反常态,他直接给厂方挂了个电话,表明电话来意,切实希望厂方如实报送陈淦雄的工资情况。厂方劳资部最后报出的数字使人多少有点儿意外,厂方解释说,此前开出务工收入证明考虑到疫情仍远未结束,下半年有可能存在不可抗力的变数,因此陈淦雄此前开出的务工收入证明相对有点儿保守,若按之前实发工资应在5500元左右。在得到厂方确认之后,检查速度明显加快,很快我们便驱车赶回了罗锅村委会……

四十二

到达村委会后，奇鉴支书礼貌地征询市检查组是否留在罗锅用餐。谭组长也不客气，表示检查组有严格的外出纪律要求，一切行程包括住宿都有了安排。奇鉴支书倒也爽快，也没任何多余的客套话，领着村委会干部包括我在内，把检查组送至门外。考虑到时间已过正午，一来一回时间花费不少，而且检查组将在15时回到罗锅村。因此，奇鉴支书建议统一订餐，大家可边吃边总结一下上午的检查情况，查漏补缺。

上午幺叔一行只入户了三户建档立卡贫困户，足足比我和奇鉴支书带队的那一组落后了一半，进度十分缓慢。原因主要是出现了我早上提到的有劳动力户的收入落实问题。幺叔事先没有把相关资料存放至手机，当遇到检查组存疑的时候，只能指靠冰姐在"一户一档"中复印送往检查地点，如此一来一回，既耗时又费劲。午饭过后，幺叔还是"老人老办法"，他跟冰姐一起把下午将检的贫困户重点资料复印存放在公文包内。奇鉴支书打着哈欠揶揄道："幺叔，你是三个'脑子'的人，但对着一个'脑'的电子计算机，你还得补习补习啊，否则你这个副主任不称职呀。"

幺叔两手捏着上衣的下摆，朝肚皮扇风，粗声粗气地说："是啊，真是它认识我，我却不懂它。对着它真是空有一身力气也使不出啊！干着急。"汗水濡湿他的额头和脖子，在褶子上停留，形成一条抢眼发亮的光线。

我们哈哈大笑，昔日融洽的气氛暂时掩盖了检查带来的紧张。我自告奋勇地说："幺叔，有空的时候，我教教你。"

幺叔看了看我，一脸苦笑："唉！兄弟，我真是临老学吹笛了。"

冰姐一旁尴尬无语，说也不是不说也不是，眼睛漠然地望向门外。我知道冰姐还有几个月就要退休了，而且她从前一直从事接生工作，后来镇设立卫生院后，才被安排至村委会工作。对于五十多岁的农村妇女，重新普及电脑知识确实有点困难，况且要一个即将退休的人熟悉电脑，也是一件不现实的事情。我趁机伸了个懒腰，说道："冰姐身手敏捷，行动迅速，就好比电脑高速运转。上午全仗有冰姐的有力'补给'，否则就更麻烦了，虽然效率不算高，但总算有惊无险，可算首功一件。"我安抚道。

冰姐刻板的面容终于像乌云背后露出了阳光："阳哥，你就是会称赞人。"冰姐笑着回答。

奇鉴支书蹙起眉头，笑道："嘿！冰姐，黎科赞你，为的是让你卖力地做事。"

冰姐偏过头来说："那也是心甘情愿的。"

"哈哈！"奇鉴支书隔着长长的办公桌朝我竖起了大拇指，"黎科真是高，城里来的干部就是不一样，有领导艺术。"

"支书见笑了。"我拱拱手，"都是一块儿工作的同事，归根到底是想把工作做好而已。"

兴友在木沙发前拼了两张椅子，再把自己撂在上面，蜷曲的躯体像具艺术的雕塑。我不打算在这里午休，这里已经活像一个人体艺术的陈列间。我猫着腰蹑手蹑脚绕过长长的办公桌往门外走,经过幺叔身边时,他抬起倦怠的眼皮,咂咂嘴,微微点了点头,算是跟我打招呼了。兴友回应我的则是他欢快的鼾声。

蝉声琅琅,层层叠叠,像一张从天上铺天盖地而来的丝网。我踩下油门,引擎的声响载着我冲开那张无形的网。几天的劳碌奔波,我感到眼睛苦涩干燥。还好,无边的翠绿在热浪水汽中蔓延,柔和了人内心那份焦虑与烦躁。村委会离驻点不过几分钟的车程。

屋外的热浪,像潮水一般一波接一波地从窗户的缝隙中吹袭而来。蝉鸣依旧继续聒噪,无休无止,无穷无尽。我关上窗户,室内迅速安静下来。我实在太困了。躺在床上,我甚至来不及把鞋子脱掉便迷迷糊糊睡着了,那一刻我甚至听到自己的呼噜声像打雷一般响彻屋内……

尽管炎热天气给人带来困盹,但时钟刚刚指正两点,罗锅村委会就已经像一锅煮沸了的开水,似乎为这个炎炎夏日添上一把熊熊的火焰。幺叔一把拖过椅子,隔着云石台询问我们这一组的查访情况。其实他知道问了也是白问。上午,检查组只管询问和调查,出来都闭口不谈结果,对于我们来说,好比煎熬一般难受。奇鉴支书见了,淡淡一笑,说:"大家都别瞎猜,没有坏消息,就是好消息。"顿了顿,他又说,"大家只须认认真真,一家家,一户户,带好检查组的同志就行了。至于结果,我们要相信一直以来我们所做的扶贫工作。"

奇鉴支书说的确实有道理。接下来,大家都把焦点集中在下午被检的对象上面来。幺叔吸取了上午检查的经验,他和兴友、冰姐从一户一档中复印出下午或有需要的资料备用,其中最重要的是有劳动力户的收入证明。这看似简单的工作,有可能为下午的检查带来便利。

果然，下午第二组的核查进度有了明显的加快，这跟幺叔此前的准备不无关系。整个下午的核查工作都开展得非常顺利，其间分管扶贫工作的副镇长陈健同志分别给奇鉴支书和幺叔挂了电话。按说，作为一位分管镇扶贫工作的行政"主官"，在这么紧张的时刻，都会跟踪核查的最新情况。但那天陈健只字未提关于核查的情况，而是叮嘱大家天气炎热，连续作战，需要做好防暑降温工作，还有就是要做好核查组的后勤保障工作。

就在一切紧张而有序进行的时候，忽然第二组出现了一段小插曲。大概是时间差的缘故，检查组手里所持的罗锅村贫困户名单是44户，而省扶贫信息平台上则是43户。发现这个问题后，现场的幺叔吓了一跳，兴友和冰姐也是捏了一把汗。要知道，这可是不容小觑的问题，完全有可能被问责，甚至扣上录入不精准的"罪名"。两位核查员也犯了难，马上向上汇报。还好，检查组反馈迅速，经查阅系统，原来是把一个销户了的贫困户也算上了，并且留存相关的佐证，总算只是虚惊一场。

核查工作从下午3时持续到5点30分，总体速度明显加快：我所在的第一组核查了八户，进度有少许提升。第二组核查七户，进度明显加快。

送走检查组的同志，第一天的核查工作总算结束。尽管结果未知，但众人还是松了口气。虽然奇鉴支书此前有"没有坏消息便是好消息"的推论，但我的心还是有些忐忑不安。不过，我也没有把这种不安的心情跟大家倾诉，毕竟，在这关键时刻，任何一种心情都会影响到明天继续的工作热情。

奇鉴支书在咨询我和幺叔有没有其他意见后，便叮嘱在场的人员今晚须休息好，明天仍需继续迎接检查。我在村委会旁的小店草草吃了个云吞面之后便匆匆赶回驻点休息。

打开空调，唰唰地喷出一阵热气。尽管罗锅竹林萦绕，但经过一天煎烤后的楼顶，还是让人如置身在烤箱之内。一天的奔劳，让精力旺盛的我感到前所未有的疲乏。稍事休息后，我打开电脑，查阅明天检查的线路图，细细推敲需要准备的注意事项。"叮咚"桌面上的手机屏光一闪。"阳哥，今天情况怎么样？"是陈健发来的信息。我顺手回了一条："核查组什么也没说，不知情况怎么样。"他回了一个微笑图，然后回了一条跟奇鉴支书一样的话：没有坏消息就是好消息。我看了不由得一阵苦笑，然后回了一条："怎么你跟支书说的话一模一样呢？"他继续先回了个嘚瑟图像，少顷，他又回复了一个令人安慰的信息："阳哥放心，根据第一天核查的情况来看，今天的情况偏向乐观，凭昨天的经验来看，在我8时30分报送第二天将要核查的内容时，核查组会同时反馈当天的核查情况，刚才我已经报送了第二天罗锅村的核查资料，而核查组并没有反馈今天遇到的问题。"

我马上回了个"喘大气"的图像，想想又回了一个"微笑"。很快我的屏幕显示："祝顺利，辛苦你了。"我回了一个"握手"和"嗯，祝大家顺利"。

简短的信息沟通之后，似乎室内的空间变得凉快了，人的思维也变得清清爽爽。我哼着小曲洗了个冷水浴，回到卧室，人撂在床上，心无旁骛地呼呼大睡。

当我再度睁开双眼时，已是晨光熹微，和煦的光线透过帘缝照在我的床前，鸟鸣声啾啾啁啁，宛若珠玉落盘说不出得悦耳动人。我伸伸懒腰，很想在薄薄的被褥内多待一会，但我知道今天绝对不可以……

　　紧张工作的时间总是过得特别快，一个上午的核查，似乎瞬间便过去了。接近12点，第一组和第二组回到罗锅村委会集中。第二组依然出现了小插曲：当第二组按既定的走访线路来到贫困户欧阳洁容家时，于前一晚答应回家受访的欧阳洁容临时有别的事爽约了。经幺叔沟通，最后答应尽可能在下午六点前赶回家。如此一来，极有可能耽搁市核查组的既定核查工作。现场核查组短暂商讨之后，最后还是致电市核检组组长，由此拉开了一段别开生面的核查，通过电话核查的方式询问贫困户的情况；或者将"八有"情况由村委会一一拍照后由镇农办转市核查组。得到明确回复之后，谭组长把手机平放在长长的办公桌上，用"免提"拨通了欧阳洁容的电话。旋即，现场的气氛立马紧张起来。当时所有的工作人员已回到村委会，大家不约而同地围了上来。市核查组的四位同志几乎是头碰着头将桌面上的手机围成一个小圈。我跟奇鉴支书、幺叔、兴友等一线工作人员紧贴在小圈周围。电话询访比现场更加困难和残酷，更容易失误，因为这种访问缺少了人与人之间的表情沟通，通信质量和被访者当时所处的环境也会影响到核查效果。任何一个小小的失误又会直接被开启录音功能的手机无情地记录下来，那是板上钉钉的事情，绝对没有二次回答的机会。当时所有在场人员的心仿佛一下子悬了起来，片刻之间整个空间似被屏蔽一般，鸦雀无声，甚至每个人的呼吸声都能听得一清二楚。

　　"喂！是哪一位？"桌面话筒里传出一个沙哑的女声。嗯！我第一时间就辨认出是欧阳洁容。

　　谭组长在听到对方回应后马上把身体俯低贴近话筒，问：

"是欧阳洁容吗?"

"是,你是谁?"

"我——"谭组长刚回应,又立马回过头来,目光像寻找着什么。我明白他的意思,便往前挤了挤,靠近话筒大声说:"洁容呀!我是小阳呀!"

"哦!阳哥,你好呀!"她在那头马上提高声调,显得很是亲切。

"洁容你好啊!昨天幺叔有没有通知你市核查组来核查的事情?"我问。

"有,真不好意思哦,今天我临时有点特殊的事。我跟幺叔说了,尽可能六点前赶回去。"

"没事,没事。也不用赶,现在核查组有几个问题向你了解,希望你实事求是地回答。"我说。

"行呀,什么问题呢?"

我挺起身子把目光转移到谭组长身上。他对我点了点头,表示谢意,然后再次靠近话筒,问:"你好呀!我想了解一下,你家庭人口有多少?有几个人务工?"

"我家里一共三个人,三个人都务工了。"她答。

"请问你们都在哪儿工作,收入是多少?"

"我在地盘打散工,每月都有2500元左右;儿子在佛山打工,每月是2000元左右,包吃包住;女儿在县中医院当护士,有3000多元收入。"她一一回答。

"那好,你知道驻村扶贫单位是哪个部门吗?"

"知道,是自然资源局。"

"那么你知道驻村干部是谁吗?你又知不知道帮扶责任人

是谁?"

"都知道,驻村干部是黎晓阳,阳哥;责任人是冯政慈,都很好记呀!他们很好,都经常来。"欧阳洁容说。

"你现在的住所安装有固定电话和宽带吗?"

"都有。"

"你的饮用水是井水吗?"

"不是,是自来水。"

"还有一个问题,扶贫单位2019年有来慰问吗?"

"有呀!"

"一年来了几次?"谭组长继续追问。

"去年来了四次,有米有油有慰问金。"

"那好,没有什么问题了,打扰你了。你还有没有话要跟驻村扶贫干部说?"最后谭组长问。

"好呀,再说两句。"那边传来了等待的沉默声。

"洁容打扰你啦!没什么了,保持联系。"我说。

"不打扰不打扰,没能赶回来,真的不好意思呢。"她说。

挂了电话,大家心头上的那块巨石总算落了下来。

"嗯!"谭组长应了一句,"小宇如实记录好。"他回头跟小宇说。

"好的。"小宇应答得干脆利落。

大概在下午五点的时候,欧阳洁容赶回到家中,那时两组核查人员都已先后回到罗锅村委会集中。虽然奔波劳碌了一天,但得知欧阳洁容已返回家中的消息后,核查组抱着高度负责的态度,马上又返回欧阳洁容家中核查"八有"情况。在场的每一位同志都暗暗为核查组认真负责的态度点赞。

送走核查组一行人，众人都各自赶回家去。连日来的奔忙，并且高度绷紧的神经，实在是令人疲乏至极。我则食欲全无，只想好好地睡上一觉。

四十三

沿着X442江禄线乡道驱车回驻点，刚驶出那段遮天蔽日的密林，一镰弯月便暴露在"绥江竹韵"上空，六角楼亭的斜影浅浅地挂在广场几处低矮的连廊上。

我刚将摩托车驶入院子，还来不及熄火，就听到隔壁淦哥家里传来喊我的声音："阳哥，阳哥，你回来啦。"车头大灯的光线射在墙上一明一暗。"嘿，嘿……"我赶紧熄火回应道，起初我还以为是淦哥喊我，回过头来一看，原来是俭飞站在院墙外边。

"咦，俭飞。"我看见他的脸上带着一种异样的喜悦。

"怎么啦？"我问。

"阳哥，咋这么晚？"俭飞噔噔地从淦哥院子绕过围墙跑了过来。

"你在等我？"我惊讶地问。

"是呢，来了有好一阵子，见你不在，便到淦哥家里等你。"俭飞咧开嘴笑了笑。

"那进门说话。"我边说边掏出钥匙打开屋门，随手亮了灯。

"嗯。"他跟在我的身后。

此时我留意到他汗津津的手里握着一样东西。

我启动座地扇，摁下电热壶，说："你坐你坐，我先擦擦脸。"

"啊,不急不急。"他刚坐下来又拘谨地站了起来。

"快坐,快坐。"我打了个手势,示意他坐下来。

我擦了身,洗过脸,换上一身干净的衣服重新来到客厅,整个人觉得清爽了许多。坐下来好一会儿的俭飞看上去还是大汗淋漓,浅蓝色的衬衣贴在身上像一块浮雕图。

"不用紧张,你我又不是初次见面。"我拖过竹椅坐在茶几的另一端。

"我是特别爱出汗的。"他抹了抹额上的汗珠解释说。

"来,先喝茶。"我给他递上一杯泡好的怀集冻顶茶。

"嗯,谢谢。"他双手接过茶,"阳哥,我的灵芝场终于产出了灵芝菌。"他急不可待放下手中的茶杯,"你看。"他像变戏法般从身旁取出一根黑色伞状物,乍一看,像个小小的紫红蘑菇。

我一下子呆住了。当我反应过来,我旋即惊呼:"咦!这是刚摘下来的?"我惊讶地问。

"嗯,下午摘下来的。"他答得干脆。

"啊!祝贺,祝贺你呀!我还是头一回见到这么新鲜的灵芝菌。"我接过俭飞手中的灵芝菌仔细端详,"嗯,多像一个有生命的'小精灵'。"我难掩心中的喜悦赞叹道。我边说边瞅了瞅俭飞。他正盯着我,一种难以言喻的激动。

"哎呀,真是个好兆头呀!"我边说边往他的杯子里倒茶,"来,我们以茶当酒,祝贺你!"我举起杯子。

俭飞拘谨地试图站起来,我再一次制止他:"哎呀,不要拘束嘛。"我举起的杯子在空中抖了抖,"婆婆妈妈的。"

"嗯,谢谢你。"他激动地举起了杯子。

那一刻，我所有的疲乏一扫而空。看得出，俭飞内心也很激动。尽管前景言之尚早，中途也不知道会再碰到多少波折，但眼下毕竟是一个很好的开端。

早在几个月前，我就到俭飞的灵芝场参观过几次。那时，大概是春节前的一个月，也就是俭飞栽下"梨素木"已经有好几个月后。按理，育好菌苗的梨素木栽到地里，两三个月便会长出灵芝菌来。但那段时间着实让人焦躁，俭飞栽下两大片的梨素木犹如石沉大海，没有丝毫动静。原本俭飞是想分批投入，但一来受资金局限，二来也出于降低风险的考虑。当时的局面让人进退两难，不久偏偏又遇上前所未有的疫情，走动起来诸多不便。那时候我们主要通过电话或微信与外界联系。在没有找到确切原因的情况下，我们只能胡乱瞎猜，天气、土壤、材质（梨素木）、浇水、施肥……总之，急得像热锅中的蚂蚁。好在，后来副镇长陈健请来县农业方面的专家。专家初步判断正常，因为灵芝菌一般从栽下梨素木至长出菌来，需要二个月至六个月，其中受天气和土质影响最大。到了那时我们才稍稍缓了口气。后来，在镇的统筹安排下，把俭飞安排到罗锅电商专员的岗位上，这无疑为俭飞的稳定脱贫增加了一道保险杠。

尽管从俭飞的描述中得知，暂时产量还不会太高，但无论如何，他今晚所带来的，无疑是个令人振奋的消息。姑且不论最终的结果如何，但终归这是迈向成功的第一步。

正当我们二人谈得火热的时候，庭院外面忽然传来一阵急促的脚步声。"小阳，在吗？"人未到，一串再熟悉不过的声音就飘进屋内。

"在!"我应声道。外面的人不是别人,正是幺叔。

门框"当"的一声响,幺叔毫不客气地自顾打开院子没锁的锁头,匆匆进屋。

"坐,坐。"我娴熟地从茶几下取出一个杯子,摆在茶几上。俭飞把刚烧开的开水添加到茶壶里。

"看你急成啥样,先坐下来喝口茶。"我拎起壶往空杯里斟上茶,示意兴冲冲的幺叔坐下来。

"小阳,告……告诉你,一个……一个好消息。"他的屁股刚碰到罗圈竹椅就喘着气、够着身子对我说,"听说,听说检查组反馈回来的信息——"他突然神情沮丧,没有把话说下去。

"扑通"一声,我的心一紧,"到底反馈了什么信息?"我急急追问。

幺叔"扑哧"一声抱腹大笑起来,"哎呀呀,哎呀呀。"他笑而不答。在这节骨眼上他居然跟我卖起关子来。

"故弄玄虚!卖什么关子,快说。"我沉下脸,一脸愠色。

"好了,好了,我说,我说……"他收起笑容,挺起胸膛,一本正经地说,"反馈回来的信息嘛……就是……"他突然提高声音道,"就是……罗锅村零问题过检。"他打了个OK的手势,"完美!无懈可击!"最后他一字一句,字字铿锵,说完,他像小鹿一般啜了一小口茶,眉飞色舞。

"耶!"我跟幺叔都不约而同伸出胳膊击掌并相互拥抱祝贺。我们二人兴奋得像个天真无邪的小孩——又跳又是欢呼。俭飞忙着一边为我们倒水,一边嘴里说着祝贺的话。

"叮咚!"桌面上的手机屏光一闪。我低头一看,是陈健通过微信发来的信息：祝贺罗锅村零问题通过考核！我马上回了一条：感谢！同贺！

一阵兴高采烈之后，幺叔忽然话锋一转，道："咦！俭飞，你不是也来报喜的吧？"

"我……我……"俭飞羞涩起来。

我接上话茬：报喜是报喜，不过，此喜可不同你刚才所说之喜哟。

"哎呀！你也跟我卖起关子来。"他说。

"此乃以彼之道还施彼身。"我双手交叉于胸前，昂首挺胸，一副"报复"的样子。

俭飞在一旁窃笑……

"好了，好了，不玩了，不玩了，快说吧。"他最后用软下来的语气表示投降。

"你说吧。"我瞄瞄俭飞，示意由他来说。

得知俭飞的灵芝种植场终于成为名副其实的灵芝菌场，幺叔一开始还有些不相信自己的耳朵，短暂的惊愕之后，喜出望外的他猛然一个右勾拳险些将前方的茶几掀翻。幺叔兴奋地说："俭飞，好好干吧！多育些好的灵芝菌，现在的人都追求养生保健，县城不是有很多干货批发收购吗？"

人与人之间的关系，有时候总有一种说不清道不明的微妙，我驻村扶贫，跟幺叔本属同事关系，跟俭飞属帮扶关系，可随着时间和空间的变换，似乎在不知不觉中已经有一条链条或纽带紧紧地将我们捆绑在一起。我们像并肩作战在同一条堑壕里的战友，又像患难相扶的弟兄，荣辱与共，我知道这是我们共同目标的使然。

"叮当，叮当……"不知不觉墙壁上挂钟敲响了十下，似乎在提醒在座的客人，时间已经不早了。确实，兴奋过后，我实在掩饰不了自己的困意。我长长地打了个哈欠。二人见状马上起身告辞。

我回到房间，换上睡衣，换上清清爽爽的木屐拖鞋，揉揉太阳穴，再把手机调至振动状态。很多时候，我一旦进入阅读写作当中，我都尽可能回避手机，但彻底的关机又不大现实，只能将手机处于振动状态。我又开始半躺在床上开启我的阅读旅程。我有阅读纸媒的习惯。自从爱上写作之后，即便再累我都坚持在睡前阅读一小时书刊。

——蓝天下，大红公鸡站在绥江边睡那块大石上仰头"喔喔"地欢啼起来。我不知在什么时候安静地躺在绥江边的竹林边，眯着眼睛看着大朵大朵的白云在离我头顶不远的空中慢慢悠悠地飘浮着，天空离地面变得很低很低，仿佛我一伸手便可以摸到。清凉的风像长着眼睛的飞鸟穿过竹林。空气中散发出竹的气息，不时飘过一阵一阵的果香。嗯，对了，昨天发现隔壁淦哥的百香果藤蔓攀过了围墙延伸至我的院内，结出紫红紫红的果实。我嗅嗅鼻子，原来是南柯一梦……

第二天一早回到村委会后，我才知道再过三天省核查组第三方将进驻县城展开抽检。大家刚刚松弛下来的神经再度活跃起来，不过，这一次，大家消除了此前紧张的情绪。听到省检的消息后，大家仍然停留在"市检"的劲头当中，信心爆棚。若市检之前大家还有什么顾虑和缩手缩脚的话，那么，从这一刻开始，大家已经进入了一种轻松而积极的迎检状态。现在，每一个人都确信，罗锅能亮出优异的成绩单。接下来，每一场考核，其实都是我们对党对人民递交的"成绩单"。那几天，每个人都摩拳擦掌，都在焦急等待着"省检"的最后抽签结果。

尽管是等待，但我们等待的方式绝非把所有工作停顿下来。我跟奇鉴支书和幺叔商量了一下，接下来的工作就好比大考在即，关键靠平日工作的积累，眼下要保持一份乐观而谨慎的心态。最后我们决定，这几天除处理好日常事务外，尽可能再抽空到贫困户家中走访，并且工作重心放在村容村貌的保洁上，毕竟罗锅村在当地算是个有名的旅游景点。

早在一个月前，县、镇两级政府以及村委会已经紧锣密鼓地着手实施X442江禄线乡道的征地拆迁工作，同时，罗锅村以西也启动了"文旅大桥"的征地拆迁，在未来的两年，罗锅村至高铁站将不用5分钟车程，形成一个十分便捷的旅游商业圈。可以预见，随着交通网络的进一步完善和提升，这里很快将成为一个具有原汁原味水乡风情和深厚文化底蕴的旅游胜地。也不难想象，随着国家经济由高速增长转为高质量增长的新常态，国家惠农、扶农、助农政策的逐步全面实施，以城带乡的发展阶段，工业反哺农业、城市支持农村的能力会显著增强，农业和农村发展正面临着前所未有的历史发展机遇。我敢断言，2020年是脱贫攻坚的收官之年，同时又将开启一个新的起点，新的征程，乡村振兴将是未来的主题和目标。也许，数千年来，人类文明的进步就是源自不懈的努力和追求。

四十四

4月24日，即罗锅村"市检"过后的第三天。从县里反馈回来了信息，省检查组最后确定到古水和洲仔镇实施调查评估。据悉，选取调查评估对象采取了最原始的老办法——抽签。既不采用推荐也不作预先指定，整个过程在当地相关部门和第三方机构的见证下进行，公开透明。那天我像以往一样回到罗锅村委会，几天前的热闹景象已经恢复了平静，各人都埋头整理着各自手头上的工作，事关连续的备检工作，令一些琐碎的日常事务耽搁了好些时间。比如村委会委员兴友哥，他必须抓紧这几天的时间，把当月的账整理好报送到镇财政所；又比如分管国土、民政工作的副主任幺叔，他手头还有几宗急需丈量的宅基地以及通知镇民政部门入户核查"低保"对象……总之，各人手头上的工作都是满满当当。但有一点，我感觉到他们有一种重重的失落感，或者说挫败感。我心里明白，这或多或少跟"落选"有关，是抽签落选后遗症。此前村委会以及全体党员干部同心同德，保持斗志昂扬的姿态积极备战，可眼下说落空就落空了，心里难免都有一种落差。就好比一个优秀的运动员，在参赛前的那一刻被告知赛事已经被取消，那种心情只有当事人才能理解。于我而言，我却有另一种看法：扶贫工作主要着重我们的工作成效，无论是调查评估，还是抽检核查，目的都只有一个——一种促进我们日常工作的手段，而非唯一的标准。因此，作为扶贫干部也好，村镇干部也好，只要我们扎实开展工作，让农民兄弟姐妹摘掉戴在头上的贫困帽子，早日走上致富奔小康的快车道，这才是我们的终极目标。而这个过程，我们无须太多的证明，也无须要证明些什么。

实践证明，工作在一种紧张而欢愉的状态下进行，效果更是事半功倍。自从罗锅村狠抓落实各项乡村环境治理政策以后，在奇鉴支书强有力的带动下，罗锅村实现了村村保洁全覆盖，村容村貌早已焕然一新，观光栈道绿意婆娑，与不远处的绥江水交相辉映，勾勒出一幅疏朗有致的写意画。

大检过后，副镇长陈健一大早专程来到罗锅村为我打气，也顺道来检查平日村内的村容村貌。

"阳哥——"陈健脸上洋溢着喜悦之色，"恭喜你帮扶的罗锅村以零问题通过了市检的全部考核啊！这几天，可以安安心心地休息一下了吧。"

被恭喜的我却神情苦恼："陈镇长，市检省检虽过，但年底还得迎接国家检查验收呀。而且疫情之后，很多情况都存在一定的不确定因素，因此，接下来的工作任务会越来越重才真！"

"是啊！"陈健点了点头，"对了，听说你以前从事了多年的农村工作，又在机关里头待过一段日子，其实，你很适合从事乡村振兴工作。"说话之间他已经望向了停靠在江边的那艘铁壳船，陷入了沉思。

我随着他的视线望向那艘铁壳船……随着"文旅大桥"的征地工作接近尾声，眼前的重型机械鱼贯进场，绥江两岸的地质资料探测进行得如火如荼。

我心里五味杂陈："乡村振兴任重而道远，我还真不好说自己适合还是不适合？"我踟蹰着说，"目前扶贫工作还不能松懈,得一步一个脚印集中在巩固成效上。"

"嗯。"陈健扭过头来,"对了,下个月有一个农民致富带头人的讲座在广州举行,我给你罗锅村一个名额,你看安排谁去参加更适合?"

我心中一荡,却装出一副难为情的样子:"哎呀!我的陈大镇长,我偌大的罗锅村,你才给我安排一个名额,你是不是太抠门儿了?"

陈健哈哈一笑,说:"阳哥,你呀你……"他瞪了我一眼。

我狡黠一笑,然后又伸出两根指头嘻嘻笑道:"两个——"

陈健正了正脸色,道:"你呀你——总要跟我讨价还价。"

我摇摇头,一本正经地说:"陈镇长此言差矣,我的请求可是有根有据的。"

陈健微微一笑,嘴角扬起:"说来听听。"

我唯恐陈健变卦,忙道:"你想想,罗锅村转变最大的是谁,"我顿了顿,"是阿斤。我当然优先考虑的是他,但回心一想,今年俭飞的灵芝场也初露端倪,但直至目前,仍未能弄清楚灵芝菌推迟结菌的原因,正好通过这个知识讲座请教专家和普及他的相关知识和眼界,我想在新的形势下,我们再不能用老办法、老工艺来实现农民奔康致富了。"

"嗯……"陈健长长地应了一声,脸色为难,似乎有什么事情。我不敢多问,忙装着欣赏眼前秀丽的风景,但心思全无,哪能看得进去。

不料陈健又道:"我得整理一份申请书,明天再去县扶贫办尽力争取争取。"

我有些惭愧。原来这些日子,陈健一直都为多争取几个名额与县扶贫办反复沟通了好几次，近来县扶贫似乎也有松动的迹象。

"辛苦您了，陈镇长！"我感激地说。

"这是什么话？！你离乡背井地来到这里，我还来不及感谢你呢。"陈健瞄了我一眼，脸上充满喜悦，"想起他们的转变，我心里就暖暖的，只要他们好好干，我们就算再苦再累也一定要尽心尽力地帮助他们。"他一副勇于担当的样子。

忽然，陈键惊喜道："你看，好美的红阳！"

一轮红阳斜挂天际，映照在绥江碧绿的江面上，洒下点点金光，夏日朝霞下的罗锅村显得格外静谧而谦和。

站在陈健身边，我能感受到他内心的那份无言的喜悦和激动。但一时之间我不知道该说些什么好。我知道，此刻他憧憬着未来，尽管他默默地站在这里没有说话，但我还是从他的眼睛里看到他的内心。他是真心希望我能继续留下来，或者说能够再留下来一段比较长的时间，但他同时又明白我的家以及我的家人在远方……

时候不早了，我们绕着罗锅村往回走。

"罗锅村实施环境卫生网格化管理都有些日子了，公益性岗位也相应做了调整，目前都尽可能向贫困户家庭倾斜，像维强、汝焕他们几个做得咋样？"陈健边走边问。我没有直接回答他的问题，而是通过一个肢体语言回答了他——徐徐打量四周。

陈健微微一笑，心领神会，然后将目光环视四周，然后悠悠说道："环境卫生确实焕然一新了……"

"你看到的，难道只有环境？"我忙打断了陈健的话。

他短暂的惊愕之后，便又重新环视四周。"咦——"他嘴角随之翘起，露出浅浅的笑意，非常享受。

"罗锅村实施环境分片网格管理以后，各村都一下子安静了下来。"我顿了顿，又说，"须知道，早些年像阿斤、俭飞、唯强等，都是出了名的闲散人。"我看了陈健一眼，"可现在，这些人都活脱脱的'改头换面'了。他们各谋各的职业，越干越起劲。"我笑了笑，继续往下说，"如今在竹韵广场，天未亮就能见到汝焕忙碌的影子；在下沙村，每天见到唯强辛劳的身影；在万岗坪村更有五保户李木云胖嘟嘟的矮个子坚守在保洁岗位上；在社下村有低保户李水森巡逻的背影，在电商公益岗位也有我们的俭飞。"我像背台词一样把话说下去，"俭飞改变得最快，现在他身兼数职，越干越起劲，谁还有心思聚集在这里扯淡。"

"好，好，好！"陈健兴致盎然地听着。

"现在，俭飞、阿斤这些昔日的'老牌'贫困户都脱贫了，致富也是迟早的事。人生！真是此一时彼一时，难以预料！"我感叹道，"俭飞、阿斤，无疑起到了很好的示范效应。你看！"我忽然停下脚步，抬眼望了他一下。

"现在的大白天，年轻人都务工去了。留下的，都是行动不便的老汉或老太太聚集在院前屋后，摇着葵扇看迎来过往的车辆，继续诉说他们那些陈年往事。"我指指路边那茬老人。

"是啊——现在很舒服的罗锅村啊！"陈健很享受地瞟了我一眼，然后像"铁达尼号"的女主角站在船头那种非常享受的神态。

陈健的心情似乎格外舒畅，边走边跟我讨论俭飞灵芝场的事情。他打算再次联系县的农业专家为俭飞的灵芝场现场"号脉",并值此让俭飞有更多的学习机会。听着他真诚的关心,望着他一副文质彬彬的样子,心里倏地一个颤抖:嗯!有这样优秀的基层干部,贫困户又何愁不能脱贫致富呢?也真替大家有这样的一个"父母"官而感到高兴。毕竟,无论我留下与否,终归有一天我都要回到我家人的身边。想到这,我真还有点不舍得。大概是陈健看出了我的心思,他反而呵呵笑地安慰起我来:"阳哥,来这里这么久,有了感情吧?"他指了指靠西边的那片竹林,感慨地说,"用心工作的人,肯定会对这片耕耘的土地有着不一样的情感。不过,无论如何,这份独有的情都会像这里的青竹一样,长年茂盛,历久弥新。"

"嗯!"我随他的目光投向那片青竹林,心有感触地答应道……

出了罗锅村,陈健便要直接驱车赶往罗维村委会,临别时他探出车窗,语重心长地对我说:"阳哥!扶贫工作已经进入倒计时,但乡村振兴任重而道远。虽然你驻村的时间并不长,但你的工作大家都是有目共睹的,农民兄弟也十分认可。我真心希望你驻村期满之后,能够继续留下来帮助我们。"最后他用真诚的目光向我点了点头,"请你认真考虑我的话。"

我站在车旁,心情复杂地点了点头。

跟陈健道别之后,我一直都陷入了深深的沉思:是呀,国家改革开放四十多年,不知不觉步入了"深水区",农村是个巨大的群体,在时代的巨变中不可避免地与新事物新观点产生碰撞。随之而来的新问题、新矛盾便会出现。一年多来,我最大的感慨是他们观念的迅速转变。我想,除了事物发展的自然规律之外,最主要的,是近年来采取不同于以往盲目地以捐款捐物为主的

"输血式"扶贫，而是因势利导，更注重德智和观念的帮扶，真正做到全盘思考，因人而异，精准施策！

4月30日，我做好了回端州过"小长假"的准备。在此之前，整个四月我们每位扶贫干部都没有休息过一天。没有休息，自然各位扶贫干部就没有回家的时间了。

"五一"的那天早晨，和煦的阳光照耀着罗锅老街。几位上了年纪的农家人坐在绿意婆娑的竹荫下，依着绥江水畔消暑纳凉。罗锅渡口前迎来了今天的第一批客人，红男绿女像鲜花一般布满古香古色的街道和广场。小客轮在渡口前，拉响了长长的汽笛声，它像吹响号角准备迎接一拨又一拨的客人……

春天似乎稍纵即逝，人们开始意识到初夏的来临。

到了上午10时，罗锅老街游人如织，惹得蜗居数月的农人纷纷走出户外，尽情享受着夏日的阳光。那些复课不久的少男少女脸上都洋溢着春天般的笑容，他们在村中各处尽情嬉戏追逐，到处传来孩子们欢乐的笑声。

在动身返回端州的前两天，我就跟太太商量好了，我将继续驻村延续扶贫工作。在此之前，单位征询过我个人的"去留"问题，妻子当然希望我早日回到她身边，毕竟驻村以后，家里的大小事情都由她一人独力承担，而且儿子刚步入初中的学习阶段，从生理和心理上都应该由我做引导。尽管如此，当我用"旁敲侧击"的方式婉转地表达出我想留村的意向时，妻子还是表现出极大的宽容和理解。她同时意识到，刚刚脱掉"贫困"帽子的农民兄弟，就好比自家刚踏入青春期的孩子，同样需要社会更多人的支持和理解,才能最终走上致富的快车道,实现"弯道"超车。

生活似乎时时充满着惊喜。当我驾驶着车子进入已阔别了两个多月的端州城区,它像迎接远方游子归家一样热烈。从东大门的大冲端州入口进入主城区,整条街道干净整洁,车辆行人各行其道,建筑物像水洗过一般,耳目一新。嗯!我可爱的"家"正在创建全国文明城市。

阳光穿过远处高耸的楼顶洒照而下,处处洋溢着小城那种独有的自由与清新的气息!

我把车子停泊在家的楼下,抬头望了望家的方向。我依稀听到儿子在三楼高声呼喊我。当我打开车门的那一刻,妻子已经陪同儿子站在车门边。妻子依旧一如既往地默默为我挽起行装,儿子则拉着我的手,说:"爸,你终于回来啦?"

"嗯!"我轻轻地应答他,然后伸出手碰了一下儿子的脸。那一刻,我真是五味杂陈,不知接下来该如何去跟孩子沟通。

"爸!这回你得多休息。"他拽着我的手,"否则我可不会让你继续留在驻点的。"他做了个鬼脸。

"噢——"刚抬起的脚,马上停了下来,我偏过头去一脸狐疑地盯着儿子。

儿子收起先前那副"嘚瑟"的样子,一本正经地说:"我从《西江日报》看到你撰写志光叔叔的事了。为此,老师让我在课堂上念你的文章。爸,我真为你感到骄傲!"

瞬间,泪水像决了堤的洪水一样,模糊了我的眼眶。

这些日子里,儿子开始懂得包容,懂得理解。在课堂学习我的文章时,他知道了我肩膀上的意义和责任。

"你，你不怪爸？"我激动地问。

儿子歪着头凝视我，摇了摇头。

"他咋怪你？你现在都成了他心目中的英雄了。"妻子在一旁啧啧说道。

"爸，将来我也要像你一样去帮助那些需要帮助的人……"

听了家人暖心的话，当我再一次离开这座城市返回驻点时，已不再感到困惑与彷徨！

后记

涉足文学创作,是2016年的那个仲夏。此前投稿,屡屡如泥牛入海——杳无音讯。

某天,忽然收到《西江日报》副刊编辑发来的一个刊登消息,我的第一篇小说——《化骨龙的传说》,终于发表了。让人意外的是,小说还得到了肇庆市作家协会主席钟道宇先生的点评。尽管点评只有几十个字,但对于我这个文学新人来说,无疑已经胜过万语千言。

三个月后,适逢"2016年广东(肇庆)长篇小说创作高级研修班"在鼎湖山举办,我再次幸运地被肇庆市作家协会推荐参加了这次研修班的学习。之后,我的作品开始在"星湖之春"原创文学大赛等征文中获奖,作品也从过去单一的小说到后来的散文和报告文学,并先后在《西江日报》《羊城晚报》以及"爱花城"网站等报刊媒体发表,还有的作品被收录在出版社出版的《星湖挹翠》《此物最相思》《肇庆文学·端州卷》等丛书以及多部大型报告文学作品集。这一切,都为这部《驻村记》埋下了"引子"。

去年,我被单位肇庆市自然资源局派往基层驻村扶贫,得知消息后,肇庆市文联、肇庆市作家协会的领导第一时间找我谈话,鼓励我要结合扶贫任务深入生活,写出一部扶贫题材的长篇小说。我清楚地记得，当时市文联、市作家协会的领导对我说："今明两年是脱贫攻坚战决战决胜的收官之年，也是全面建成小康社会之年，你既是我们的会员，又是扶贫干部，写一部扶贫题材的长篇小说，讲好肇庆扶贫干部的故事，展现脱贫攻坚、建成小康社会工作给农村带来的新变化、新成效，激发大家决战决胜脱贫战的信心和决心，为全面建成小康社会发挥文学的特殊作用，意义重大。"我听了，深受鼓舞，表示一定尽我所能将这部长篇小说写好。

作为一名肇庆市作家协会的会员，作为扶贫攻坚的见证者与参与者，我还有什么理由推辞呢？于是，从下乡扶贫的第一天起，我便开始记日记，着手准备这部长篇小说《驻村记》的写作。

都说万事起开头难，尤其是面对这样一部如此宏大叙事的纪实性长篇小说创作，翻动着那些每天的日记，我真不知道该如何动笔才好。我将我的想法告诉了肇庆市文联、肇庆市作家协会的领导，他们又鼓励我说："文学最难得的是真实，是自然，是无技巧，小阳啊！你担心什么呢？你有生活，你的写作纯粹而干净，写这样的题材，应该比其他作家更容易轻装上阵，你不用顾虑太多，你只要写出自己的真情实感就可以了……"

正因为市文联、市作协这些领导们润物无声般的鼓励和帮助，我最后才下定决心，采用第一人称来写这部长篇小说，一来可以让读者读来更为真实和自然，二来也减少中间的"拖沓"，让小说更加精简练达。

在众多的文学作品中，类似于乡村题材的优秀作品一直以来都并不少见，甚至很多享誉文坛，成为有温度、有深度的永恒经典的作品。怎么样才能像广东省作家协会所要求的那样,成为新时代的"柳青、路遥式"广东作家呢?怎么样才能为扶贫干部画像、立传呢?这让我苦恼。当我执笔写这部长篇小说的时候,心里确实来来回回盘旋过千百次,总怕写得不好。幸好,身边的文朋诗友给我鼓励和意见,于是,我大胆地摒弃了许多写作的"固定形式",放开手脚,来一场毫无束缚的写作,除选择了比较自由的思想拓展写作空间的维度之外,文中选取像"阿斤""斤嫂""志光""春生"等几个较为典型的人物展开。或者,这跟我这个小人物的性格有关,总觉得小人物小事情更接地气。

村镇干部和扶贫队伍是两个庞大的基层群体,人员多来自各部门各行业,有机关事业团体,也有工矿企业。从陌生到相知相熟,他们都只为一个目标紧紧地拧在了一起——全面打赢脱贫攻坚战。而我又从中挑选了"奇鉴""幺叔""老周""肥良"等几个代表,当中有严肃认真、也有风趣幽默而不失搞笑的人物,我用我笨拙的笔记录这些扶贫干部真实生活的本相,让读者可以更直观地了解扶贫干部的点点滴滴……

"各位亲朋好友、领导同事及同学们,当你们看到这条朋友圈时,我已经离开了这个世界。感谢大家一直以来的关心及帮助,虽然人间有爱,但疾病无情,我已无法战胜恶疾,不能在扶贫的道路上继续奋斗、帮助更多的人,愿大家一切安好……"这是我所在单位原驻怀集县梁村镇镇武村第一书记冯永成朋友圈的最后一条消息,这条消息是他的妻子陈永珍为他发出的最后一条朋友圈。年仅42岁的扶贫干部冯永成因积劳成疾,不幸在肇庆市第一人民医院去世,他妻子代他发的这条最后的朋友圈,曾让我热泪盈眶。在千人大核查检验之后的三个月,本书初稿完成,"肥良"也不幸身患重症转治广州;老周因身体问题不得不回城疗养,这些都极有可能是长年累月超负荷工作所致……

同在千人核查期间,一直撰写顺利的《驻村记》几乎被一度中断。就在迎检的第一天,接到家兄电话,二姐姐被确诊中晚期胃癌。那一刻,我眼前一片漆黑,天旋地转……那段时间,白天繁忙的工作令人根本无暇胡思乱想,但稍稍停顿下来,脑瓜便不听使唤,身上常常莫名地大把大把地出虚汗,整副身子像倒塌下来一般。即便安静下来,勉强执笔,也是寥寥数字之后,便是泪流满面。其间,每逢周末还要陪二姐姐辗转广州医治。她精神稍好时,总关心我的工作并询问起我的作品,甚至表现出为有这样的一个作家弟弟而感到无比的自豪,就像我一个忠实的"小粉丝"。我知道,那一刻,她在她生命的最后时光,拼尽最后一丝气力为我这个弟弟无声地打气和激励,就像当年她背着我冲过马路时那般的勇敢。每每这时,我抓着她枯槁的手,痛彻心扉。在她人生的最后阶段,我时时刻刻能感受得到能让她唯一开心的便是看到我的作品能见诸报刊,我甚至一度相信精神和精湛的医学可以治愈世上的不治之症,我甚至曾经看到眉宇间的"佛光一现"……

这些事,我本不打算写成文字,甚至在二姐姐去世前我都没有告诉过任何人,包括我单位的同事。可是,当出版社让我写后记的时候,我还是忍不住想起了二姐姐,因为,在千千万万的扶贫队伍当中,又何止我这样的情况呢……

在这部长篇小说的写作与出版过程中,我得到了中共肇庆市委宣传部、肇庆市文联、肇庆市作家协会的大力支持与帮助,感

驻村记

谢肇庆市自然资源局、肇庆市扶贫办对我驻村期间在工作、生活上的关心与帮助……

2020年12月6日